文芸社セレクション

人華の園

那須は独立国だった

益子 勲

JN035572

文芸社

目次

平安末期（〜一一八五年）

　平清盛（一一一八〜一一八一・治承四年閏二月・六二歳で歿《ぼつ》・養和元年六三歳とする説もある）の病死前後と那須与一宗高の時代背景と共に歴代天皇史の一部をおり混ぜての創作である。与一は二三歳で歿した短命な生涯であったとする書と六二歳で歿したとする書がある。また、生歿年不明の書もある。那須与一以外にも書によって甚だ違う古代要人の歿年差は大きく。古代要人で一番の歿年差は八代の孝元天皇で古事記は五七歳。日本書紀は一〇一歳。同天皇は記紀伝承上の天皇で孝霊天皇の第一皇子。別の書を拝すると十二代の景行天皇と十六代の仁徳天皇は一四三歳で崩御とある。古代に一〇〇歳以上の生存はあり得ぬと思うが尊重しよう。記紀とは古事記と日本書紀を合わせたのを言う。初代の神武天皇から九代の開化天皇までは実在せず記紀伝承上とされる。実在せずと記しつつも第三代の安寧天皇は百二年間の最長在位で古事記は一三七歳で歿。日本書紀は一二三歳で歿とある。こうなると誕生も歿年も在位年間も信用出来まい。同時代に三六〇歳まで生きたとする人物がおる。それは武内宿禰（孝元天皇の曾孫。孫ともされる）で死亡の記録は無く。因幡の海岸に沓を残したまま行方不明とされる。

那須与一は古事記や日本書紀に載る程の古代要人でないが二三歳と六二歳では違い過ぎでどっちが正しいか追い追い分かるだろう。歴代天皇の崩御も相違するが御名さえ違いがある。歴史学者や歴史小説家に怒られるが神武天皇は最低でも四人居て順次に影武者の如き人物が演じたのではあるまいか。それなら一二六歳の崩御も理解し。景行天皇と仁徳天皇にも影武者があって一四三歳で崩御も理解する。神武天皇と十代の崇神天皇は同一人物とする書があり。同一人物とするなら初代の神武天皇は六〇〇歳以上で崩御したことになる。目撃者は現存していないのだから何処までが事実か不明である。だから歴史書は本気で読まない事をお薦めし、この創作も本気で読まない事を願う。ある書には、那須与一に関する資料は信憑性がありません。謎が多く残り。実在しなかったのではとする有名出版社発行の書もある。また、実在しても生歿年不明ともある。読者の方々、今の表現を承知で読んで頂きたく思う。よって私感を大いに込めての創作で。これは以前に読んだ歴史書物と違うな。あるいは歴史で習ったのと違うなと感じても目くじら立てずに読んで頂きたく思う。古事記での神武天皇は前記の他に始駁天下之尊《はつくにしらすすめらみこと》と神倭伊波禮毘古尊《かみやまといわれびこのみこと》の三つの御名と幼名は狭野尊《さののみこと》で高天原から降臨神《こうりんかみ》の瓊瓊杵尊《ににぎのみこと》の曾孫《ひまご》？に当たるとされる。日本書紀での御名は神日本磐余《かんやまといわれ》彦尊《ひこのみこと》と言う様に一定せず。一二六歳で崩御ともある。同天皇には前記の御名の他に神日本磐余彦火火出見尊《かむやまといわれひこほほでみのみこと》との文字もある。《㊟・現代では余り使用されない漢字が所々にあるから広辞苑などを手元に置いて読まれる事をお薦めします》

与一を書くには天皇史も必要ある。天皇史にあっては絶対に教科書には載せられない醜態や苦行や惨状も挿入した。もしも天皇制を愛し、天皇制を重んじる方々がこの本を読まれたなら怒られるのを覚悟である。天皇史がどうして那須家に関係するのかと思うだろうが後々に記すとしよう。

天皇史を書くには平家と源家も書く必要がある。清盛は木曽義仲によって館を追われた後も疾病が回復しないまま歿した後は嫡男の重盛を差し置き。六男の重衡《しげひら》（宗盛とする書もある）が家督を継ぎ　源頼政《みなもとのよりまさ》を宇治に攻めて滅ぼすまではいいが、東大寺と興福寺や他の寺と共に数千人の僧侶を焚焼させた事で僧侶らの怒りを買い。後に一の谷の戦に敗北し、奈良の僧侶らの要請で木津川で二九歳の若さで処刑される。処刑の前、天皇家の三種の神器を後白河法皇に渡すなら重衡を返す条件を出したのに断った。平家側は重衡よりも三種の神器を選び。三種の神器を持つ事で皇室を操れると信じていたからだ。だから高倉天皇の第一皇子に娘（徳子）を反強制的に嫁がせた事で清盛への反発も多い。反発するだけなら良しとしても重衡ですら、いとも簡単に処刑で磔《はりつけ》や断首は通常にある。平安時代が終わって鎌倉で源家が政権を握ると処刑は増す。

鎌倉幕府の成立年すら三説で一一八五（いいはこ）造ろうと一一九二（いいくに）造ろうと一一八三年ともある。国名も、大和《やまと》、倭《やまと》、倭国《わこく》、倭奴国《やなこく》とある。天皇の御名の頭に、日本《やまと》や大日本《おおやまと》があるのを思うと、古代には日本《やまと》が国名であったのではなかろうか。それらを無視してここでは和国《わこく》で統一する。

那須与一（以下、与一）の墓地と所縁《ゆかり》とされる箇所が日本の各地に多くあってどれが本当か分からない程にあるのは何故《なにゆえ》だ。なのに前記の如く、与一は実在の人物ではなかったとする書もある。だからこの物語は、与一は存在しなかったとする書物の出版社と著者への挑戦でもある。

与一にあっては真実か夢幻《ゆめまぼろし》かの判断の付かない語り継《つ》がれた挿話《そうわ》や叢話《そうわ》（種々の話を集めたもの）が幾つもあってどれを繋ぎ合わせたら真実が書けるのか迷う箇所があったのも正直な思いだ。様々な書を拝読させて頂いた中で、与一本人か兄弟姉妹の末裔が各地に多大に存在する。与一の父親の資隆《すけたか》は複数の女性に十三人の男児と、八人の女児を生ませたことを思うと引き継がれるのは当然でその末裔が偶然に、この那須独立国を読まれたなら。出鱈目ばかりで弖爾乎波《てにをは》が合わず。拾《ひろ》い学問で末学《すえがく》の果ての創作だとお叱りを受ける覚悟である。どうか寛大《かんだい》なご宥恕《ゆうじょ》を賜る。那須与一の生誕地の那須は、下野国《しもつけのくに》の東の端に在し、三世紀（弥生時代）には独立国で約五百年続くも平安時代初期には衰《おとろ》えの途《みち》を辿り。与一が荒海の屋島近海で平家側の御座船が掲げた扇を矢で打ち落としたのは余りにも有名であるが、当時はそれ程に知られず。約百年後（承久～仁治）に書かれたとされる平家物語の中で。与一の活躍場面だけを切り取り、平家物語の本文とは別に脚色して琵琶法師が語り歩いた事で弓の名手が必要以上に美談化され。語り継がれの伝承によって全国に知れ渡ったとされる。与一誕生の頃は独立国でなく、下野国の単なる一部となる。独立国であったとする由縁は孝元天皇の孫との縁組と。前漢（二百二～八百）の亡命王朝と辰韓《しんかん》（百済《くだら》と新羅《しらぎ》）の連合により成立したとされ。下野国の諸藩（宇都宮や小山）や常陸国とは全く別の国の成り立ちであった。

　与一を書くには約八四〇年前を語る必要がある。政《まつりごと》を司るのは朝廷で執権者の高倉（憲仁《のりひと》）天皇である。併し、八歳で即位した高倉天皇に政《まつりごと》を司る能力があろう筈なく。実権を握り操るのは平清盛であり後白河法皇（第七七代天皇）である。後白河は早々に二条天皇に譲位しても五代の天皇に亘《わた》って院政を敷いて法皇と名乗り。平家と諍《いさか》いを起こしつつも表向きは約三十年間を牛耳《ぎゅうじ》る。公家は天皇派と法皇派で諍いをしつつも言葉を捲したて、清盛が生存中には責任を押し付けて巧みに乗り越えた。上手く、と言うか、双方を理想通りに熟《こな》せたのは僅か一年二ケ月である。後白河が法皇とまで名乗って院政を敷いたのは間違いであったろう。約三十年間を苦しみもがいた民が多く居たのを後白河法皇は知らない。そこに慈悲心《じひしん》は微塵《みじん》も無く。忍難の民を救う思いは爪の垢ほども無い。忍難どころか己に棲む障魔に負けて抑制《よくせい》すら出来ぬ状態にある。それを多くの奉職者は感じ、後白河は玉座や錦の畳に坐すに能《あた》え無き人間だ。清盛とて臣民に斟酌《しんしゃく》せず。後白河法皇と共依存《ともいぞん》で政《まつりごと》には価値無き者と知っていた。こうなると人でなく物体である。一刻も早く、その二つの物体の坐す場を簒奪《さんだつ》せねばならぬ思いは多い。たが、清盛は腹部に腫瘍が出来たまま平癒のないまま以外にも早く歿した（頸部に腫瘍とも）。清盛の死を平家の血筋以外の者は拍手喝采で狂喜した。

前記もしたが、言仁《ときひと》は間違いなく次の天皇になるのを鑑み。娘の徳子を、半強制的に嫁がせ。皇室までも外戚《がいせき》として権威を振りかざし、子弟を官職に就かせて専横を振る舞い。平家以外の血筋は悉く除外したからだ。存命中はおくびにも出さなかったのに清盛の死と聞いて一変した。特に百姓は太鼓を叩いて乱舞した。何故なら耕作地を戦によって何度も踏みつけられたからだ。一見平和に見えた筈の清盛存命中であっても数多《あまた》の小競り合いが都を少し離れるとあったからだ。諸藩に散らばる弱小城主でもいつかは大諸藩に認められたい思いがある為に、自分よりも弱小と見下げた城や城主を襲うのなんかは普通にあり。その一つ一つを清盛も後白河法皇も把握せず。報告さえ受けぬ。清盛の死で悲しんだのは瀬戸内海の船主や漁師の元締めらだ。特に船主は宋国との貿易で巨万の富を得させてくれた思いがあるからだ。それらは清盛までの三代で多くの富を得て同時に清盛も個人的に善き思いをしたのを知っている。次は和国の誰を大将に宋国との貿易を続ける事が富を得る手段かを描いたが、清盛亡き後も平家以外には富を得させてくれる大将はないだろうの思いだ。

清盛の存命中は、清盛も後白河法皇は悪い性格だけは良くぞ似ていると陰で罵《のの》り噂をしても口には出さぬ。本を正せば、清盛は白河天皇が祇園女御《ぎおんおじょご》に生ませたとされ。義父の忠盛も白河天皇の子であろうと信じた。『女児なら朕の子にせぬ。男児なら朕の子とするが、忠盛の下で弓矢に強き身に育ててくれ』で生誕前に女御と共に預けた。書によっては祇園女御でなく上臈《じょうろう》か雑仕《ぞうし》女ともあるが祇園女御が正しいか。清盛を生んだとされる女御は清盛が三歳の時に死亡で妹が育てた。白河天皇は姉妹を交互に閨房《けいぼう》や褥《しとね》に夜毎に招いたのである。忠盛は妹も引き受け、清盛も引き受けて嫡子として育てた。また、女御や上臈でも雑仕女でもなく。白河天皇が巡幸の時に、小川で洗い物をしていた婢女《はしため》が、天皇を間近で見ようと近づいた時に目が合い。天皇は一目で気に入り。閨房に呼び寄せた一夜の慰《なぐさ》み女との間に生まれたとする説もある。当時の天皇にはそんな事は普通にあり、天智天皇は女御や雑仕女を何人も懐妊させては他家へ『朕の胤《たね》が入った女《め》なるぞ。尊く思えよ』と下賜させたとある。

清盛が白河天皇の皇胤とするなら生誕から換算すると退位後の六五歳でも婦女には盛んだったことを意味する。また、白河天皇に関係無く。藤原為忠が祇園御女に生ませたともある。どちらにしても義父になる忠盛は、生まれる子に罪は無いと鑑み。実子として育てる寛容さは備わっていたのだ。それもこれも忠盛は、父の正盛が宋国との貿易で多くの資産を得た事で、自分を含めて嫡子となる清盛にも善き前途があると予想したのであろう。清盛の胤親《たねおや》が白河天皇であろうと藤原であろうと。大きな貸しのあるのは確かで後々に、平家にも清盛にも都合の善き絵を描いたのは正解であったろう。後白河法皇からすれば本来は歯牙《しが》にもかけぬ平家である。貴族から比すれば下《か》碑《ひ》な伊勢平家なんぞは歓迎する筈がないの思いが懐《ふところ》にあるのに、後白河法皇からすると清盛は絶対に白河天皇の落胤《らくいん》の強い思いがあり。その方が自分を護るにも貴族を護るにも都合が良い。清盛が白河天皇の落胤なら自分の今後に全てが上手く運ぶだろうと。双方共に勝手に描いた接近だが内心は目の上のたん瘤でもある。後白河法皇にしても清盛に力が付くと天皇と貴族を蔑《ないがし》ろにするだろうとの思いが現実になりつつあるのを感じる日々でもある。だから朕の考えも多少は入れ。平家との縁組を承知した。朕の息の掛かる間は天皇の権力が失われる事も脆弱になる事も無いだろう。その為には掌《たなごころ》を使って平家と清盛の監視はこれまで以上に使い分けねばならぬ。清盛が宋国から高価な書物を購入して政治的な知恵を勉学しているとも耳にした。それだけでなく人を介し、殿舎に訪れる出入り業者や余興に訪れる婦女を夜毎に呼び付けているとの噂も耳に入った。それは殿舎（宮殿）であり、清盛の館（清盛の住居）であり、朕（後白河）が居住とする満濃寺《まんのうじ》までもである。その噂を聞くと後白河法皇の名で男女関係を律する旨の告を満濃寺に出した経緯がある。それだけに後白河法皇は清盛の精力旺盛さにも困ったもんだなという思いと悔しさもあるのだ。周囲には男女関係を厳しく律しつつも自分は平然と落胤に昂じるのが貴族社会である。第十一代の垂仁《すいにん》天皇は、最初の皇后が自焼死の後。姪の四姉妹を同時に皇后として迎えた。当時の皇后なる妃《きさき》は遊び妾《め》の延長だ。男なる生き物は婦女に対して姦《おか》した者が勝ちの勝手な思いがある。それがやがて姦邪亡国《かんじゃぼうこく》になりうるを知らな過ぎだ。時は前後するが七世紀後半の天武天皇は十人の皇后を擁し、その中の一人が、天皇崩御の後に即位して、第四十一代の持統となる。この時点で何人もの女帝が即位をしており。世界的にも希に婦女を国の頂点にしたのである。それであっても身分の低い婦女を慰み物の対象にする考えは多く強く。古代や過去だけでなく現時点でも貴族や執権族は婦女を我が物顔で囲い。それらへは金を湯水の如くに使う。清盛が特に寵愛《ちょうあい》したのは白拍子《しらびょうし》なる女《め》である。白拍子は立烏帽子《たてえぼし》と太刀で男踊りを舞う女で妹があり。清盛は姉妹を交互に閨房に招いた。当然に噂は都や巷にも広がり渦中の姉妹となる。元は貧女の姉妹がどうして清盛に特別な寵愛を受けるのかと羨ましがったり。清盛は白河天皇が祇園女御の姉妹を寵愛した挙句に姉に生ませた子を思うと血は争えないんだな、の噂も流れた。後白河法皇はそれらを承知した上での日頃の言動である。後白河法皇は白河天皇の曾孫を鼻にかけ。直系が三代続けて天皇で更なる支配力を永遠《とわ》に持とうとしたのは見え見えだ。後白河法皇は鳥羽天皇と待賢門《たいけんもん》院との第四皇子で、周囲も本人も当てにしなかった希なる天皇で二七歳の遅い即位。降って湧いた様な即位だから自身を擲《なげう》って和国万民の為に手足となって働くなんぞの思いは微塵《みじん》もない。清盛とて同じで万民よりも平家の繁栄を末永くの思いだけしかないのだ。

清盛と後白河法皇のそれらの経緯や言動を百も承知の英邁《えいまい》な男が殿舎の奉職者の中におる。それは冠木原衛門《かぶきはらえもん》である。英邁とは才知が抜きんでて優れる事である。原衛門の表向き職種は検非違使庁の検非違使。検非違使庁とは非法と違法を検察して訴追と訴訟と刑執行の役所で、現在なら裁判所と警察を兼ねた強権力な役所だが形骸化で後々に廃止となる。検非違使庁は後に八つの中の省で刑部に属す。原衛門は要職にありながら禁じられている多くの宋銭を蓄財した。

原衛門は清盛の存命中から、清盛の館も後白河法皇の満濃寺《まんのう》とも離れた殿舎奉職だが、双方の愚《ぐ》強権ぶりを具《つぶさ》に監察し、清盛の毀誉褒貶《きよほうへん》を承知と共に懐中《かいちゅう》の芥藻屑《あくたもくた》まで知る。殿舎に御奉職なら、本来は丈夫《ますらお》として誇りを持てる筈なのに数ケ月か数年で誇りを失ってしまうのが現実。この時代としては大きく六尺近くあり。体格を見ただけで相手を凄ませる雰囲気がある。そこへ来て武闘に優れて殿舎内でも一目を置かれる存在だが強いその威厳《いげん》は見せずに至って柔腰《やわごし》である。

原衛門には二つの裏仕事がある。側近や幹部の数人は承知しているが同僚も知らず。家族も知らない。その原衛門は違法蓄財が発覚してしまったと覚悟して罷免と罰を言い渡され。財産没収の前夜に妻子を残し、既に麻袋に詰めてある宋銭を背負い逃避する。奉職する者の刑罰は遠流か斬首だ。前日までの原衛門は刑罰を言い渡す側に属していたのに逆転した。殿舎を支えるとは現在なら宮内庁職員で公務員だ。朝廷時代も戦国時代もそれらの犯罪は絶えず。それらへは人権剥奪で重罰を科《か》され。遠流《おんる》と財産没収でお家断絶。また、六条河原で丸太に縛られて目隠《めかく》しされ、男なら褌一丁で二本の竹槍で胸部を何度も突き刺す。婦女なら腰巻を捲り。間隔を開けた二本の柱に開脚で逆さ吊りし。女陰、腹部、胸部、頸部の順に竹槍を突き刺す。これは懲らしめる意味で簡単に死なせず。婦女が重大な罪を犯すとこうなるぞの見せしめだ。調べる側は、我々の調べに誤謬《ごびゅう》は無いぞで。それらの刑は、幾何学模様的の竹矢来で囲まれた外に集落民や都人を集めて公開の磔刑だ。すると見物者の中から「可哀想だから一気にやれー。早く楽にしてやれー」等の言葉が発せられるがお構いなしに突き続け。こと切れたと思われた辺りで吟味役が、手を心臓や口や鼻に添えた後。確実な死を見届けた後に斬首する。斬首した頭部は丸太の天辺に乗せるか樹木に梟首《きゅうしゅ》して烏か鳶に襲われるのを待つ。それは宋国式の刑罰で死亡後も著《いちじる》しく辱《はずかし》めを与える為の棄市《きし》である。宋国が西側的の刑罰がないものかと考えた末の刑罰だ。西側では生身の両耳と鼻を削ぎ袋に入れて川か海に遺棄《いき》する。都でも数十人には西側的に執行したが執行役や隠坊の悲痛な訴えを鑑みて棄市《きし》にした。併し、いつの世も残虐を好む輩がおる。一番の好き者は二五代の武烈《ぶれつ》天皇で罪人妊婦の腹を裂いたり。裸で木を登らせ弓矢で打ち落とした等があり暴戻《ぼうれい》の限りを尽くした。斬首された胴体はどうなるのかを知りたいだろう。考えによっては梟首《きゅうしゅ》より無残で酷で新しい刀が鍛冶から届くと。頭部の無い胴体や手足を一刀両断に切り。切れ具合を試すのである。

　刑罰の中でも奉職者が金銭と物品横領や秘匿の漏洩は重罰を科すべしの、君子側の考えは強く、奉職者が罪を犯すとこうなるぞの重なる見せしめだ。また、必要以上の宋銭の蓄財や生活物資の備蓄は厳しく罰する考えは変わらず。それを戒める為の公開磔刑である。原衛門は河原でその様子を妻と長男に何度か見せてその都度、罪を犯すとあの様になるぞと聞かせた。それが逆転して自分が棄市の恐れがある。いや、恐れでなく間違いなく家族共に棄市。家族は逃避も密行も出来ない。それを覚悟の自分だけの逃避だ。厳しく戒めてるのは前記の宋銭蓄財と物品横領と秘匿漏洩《ひとくろうえい》だ。次の厳罰は船による海外や沿岸輸送船や河川航行の船舶からの抜き荷である。抜き荷の多くは金銀銅や砂金で。これらは献上品で都や諸藩に届ける筈のそれらを途中で抜き取って他に売買してしまう。当然にこれらの発覚は棄市だ。都の近くに住する者は六条河原であり。諸藩に住する者は諸藩の定めた磔刑場。抜き荷の疑いで捕縛や参考人で聴取するのは検非違使の役目の一つで原衛門も聴取したり書記役で携わった。聴取を進める内に相当の割合で関係者の手引きや唆《そそのか》しと判明する。するとどこまでが抜け荷の仲間と決め兼ねる。現在も有する公務員や有力者の犯罪に当たり。逮捕後に裁判を受けて罰せられるのは下っ端で蜥蜴《とかげ》の尻尾切りだと多くの国民が思う。原衛門が抜け荷の疑いの船頭を聴取したものの蜥蜴の尻尾切りで済まされてしまい。主犯を捕縄や捕縛の一歩手前で無言の圧力に屈した悔しい思いをした。主犯格は数百年前も現在も法律の透き間でのうのうと生き延びておるのだ。清盛も後白河法皇も奉職者にあっても善き事は儂がした事によって美味《うま》く運ばれと言い張るも、失敗や悪い事は互いに被《かず》け（責任を転嫁する）合っては自分の非を認めないのは昨今に始まった事ではない。清盛と後白河法皇の周囲は特にである。

原衛門は殿舎を僅かに離れた栢野《かやの》地区の舎人《とねり》に妻子と共に住む帯刀《たてわき》で数少ない舎人《とねり》だ。原衛門は約十年前から、妻に活計の節約を要請して蓄財したから逃避準備は万全。遠流か斬首なら何処かで一人《びと》で暮らすことを考え。妻子には気の毒以外にないが自分だけ生きるを決意した。妻は恬淡《てんたん》で常に質素で妻なりに蓄財もしていたが原衛門の思いも素直に承知した。それは平家と後白河法皇の討滅の思いのある夫の懐《ふところ》を察しているからだ。それがやがて和国の和平と安穏を守る為の思いからだ。こうだあだと叫ぶ同僚は殿舎内にも館内にもおるが実際に行動を移す者は皆無。叫んだとしても天皇も側近も考えを変える事はないんだの諦めだ。昨今は、都人はおろか庶民までも和国を潰す要因で身も心も荒《すさ》んでおる。高倉天皇は飾りで清盛も後白河法皇も政を司る能力は皆無だ。このままでは和国は滅ぶ。原衛門が一人で出来る事は限られるが万端な手を尽くさねばならぬ。それは時には卑怯な手段であるがやらねばならぬ。その手段の一歩は深山《みやま》の廃寺に籠って修行を重ねる事と気付いた。深山の廃寺には傀儡《くぐつ》の統領とされる男が棲《す》み。香具師頭や傀儡廻しの下で大道芸を望む者を男女に区別なく厳しい修行と共に訓練と鍛錬で耐えさせる。大道芸や寸劇をする為には誰もが何役も熟《こな》し、太鼓も鼓も叩いて笛も吹く。特に小型の篠笛は大方が匠《たくみ》に吹く。それは地方の知らぬ渓谷や深山での遭難を防ぐ為の合図の方法でもあるからだ。それら全てを熟す為に、荊《いばら》の中や雑草の上や灌木《かんぼく》間や大木間を素足で走る事から始める。慣れてくると誰が見ても危殆視《きたいし》するであろう行動も呆気《あっけ》なく済ますまで成長する。現在ならスカイツリーの外側の鉄骨を命綱無しで駆け登る事をだ。一つ一つの行動は自分を投げ捨てて誰かの為になるを念頭に動き。自己は捨てて利他を重んずるを教示する。利他とは他人の利益の為に行動すればやがて己に返ってくるである。

女人であっても手心は与えず。土踏まずも太腿も荊や木株で傷が付こうとお構いなしに修行に耐えさせる。すると半年も過ぎぬ間に、対面で話していたと思うと。目前で宙返りをして走り出すなんてのはお手のもの。また、真っすぐに走ってたが、急に蜻蛉返《とんぼかえ》りさえ出来るまで上達する。それで終わりではない。

一人前になるには百人中の九八人は修行に堪え切れず下山してしまう。統領は人心の収攬《しゅうらん》も匠で精神までも鍛錬して持って生まれた性格までも変えてしまう。原衛門は殿舎に奉職しながら数日間の修行と鍛錬をするとに下山して奉職し、三たび四たびと繰り返して山に登るのを統領から許された。それは訳がある。原衛門は既に武闘の術を会得しているのを見込まれたからだ。原衛門は闇夜でも数里を走れる体力と眼力を秘めている。当然に剣術も騎馬も熟練で流鏑馬《やぶさめ》の如きに弓も達者である。原衛門の弓の命中率は高い。通常兵士の矢の平均飛翔距離は二三丈（約七六メートル）位だが原衛門は二五丈（約八十メートル）先の五寸弱の的《まと》や動く鼠などの小動物も含めて射止められる。原衛門はこの時代には大柄で一目でも見た者は忘れない風貌と体格で腕も太く。弓を引く腕力も抜群に強い。大柄なのに平坦地も丘陵地も斜面も縦横に走れる剽悍で無敵である。目立つ体形で逃避に不適切の思いはあるが敢《あ》えて決行する。数年は山中に隠れ、更なる修行と鍛錬を重ねて仙人か山伏の如きなら銭は使わない。数年は隠し置いて後に使う。それも和国の為になる事を念頭にだ。仙人か山伏の如く生き。時には集落へ出て住民に接触して会話や身の熟しで性格を見抜き。この者は儂に付いてくるなと感じたなら。先ずは清盛と後白河法皇を討滅の必要さを語り。自らが都やその周辺に上る決意させる。その為に更なる宋銭を貯める必要があった。逃避も恬淡に生きる。

原衛門は後日に知ったが、鍛錬を受けた山の更なる奥は、後に義経になる沙那王

（牛若丸）が弁慶に勉学と武術を教示された鞍馬山の二つ手前だ。牛若丸は七歳で入山して弁慶に勉学と武術を教示された。この時点で牛若丸は鞍馬山に居ず。奥州蝦夷《おうしゅうえみし》の藤原秀衡《ひでひら》の庇護《ひご》で更に文武両道を身につけたとされる。

殿舎の奉職者と館と都の人心の多くは腐って荒《すさ》み。平家が末永く安穏であるを思い。驕《おご》り昂《たかぶ》り箍《たが》が緩んで遊興三昧に浸る武士も公卿も貴族もおる。約四百年も表向きは平和と安穏が続いてるがその裏は宿痾《しゅくあ》だ。庶民でも裕福な男は婦女の尻を日中から追うは数多あり。婦女を誘う為の褥《しとね》部屋を貸す業《なりわい》まである。鎌倉時代になって公式に遊郭と遊女が認められるが室町時代とする書もある。いや、既に昌泰元年には宇多上皇が狩猟の宿泊地に遊女を招いたとする書もある。平安時代、遊女なるは表向き皆無の筈なのに存在して轡《くつわ》女郎や下等遊女とも言われ。存在しない筈の遊女も齢を重ねると大年増《おおとしま》と言われて売れなくなる。統領は齢《よわい》を重ねた元遊女に厳しく芸を伝授する。伝授された女人らは香具師頭と共に縁日や祭礼で人出の場所で見世物などを興行する。また、香り薬や糯細工《しんこざいく》や、その他の粗製乱造品などを販売したり大道芸もする。その女人らは裏では身を売り。男の体に淫乱を仕込ませては小遣いを稼ぐ。香具師とは書いて字の如しで様々な香り物の中には麝香などの高級品もある。それは男にとっては忘れ得ぬ馨《かぐわ》しい香りだ。女人らは褥で麝香《じゃこう》の香りを僅かに醸しつつ。耳で囁《ささや》いたり吮《す》っ（唇を細くして吸う・吸うは、大きく）たりを繰り返しつつ。遊郭訛りで話すと。客はその気になって本音を話してしまう。女人にすれば話を聞き出すのが目的で話しさえ聞き出せば用はない。男にすれば儂と褥《しとね》枕であんなに良い香りを漂わせるのは儂を本気で思っているのだと勘違いをしてしまう。勘違いの男らは貴族であり僧侶であり卿《きょう》であり殿舎への奉職者であり武士らである。僧侶は姦通《かんつう》や酒肉《しゅにく》は不犯《ふぼん》（女性に淫戒《いんかい》しない）である筈なのに平気で繰り返す。不犯を重ねるには銭が必要だ。その者らは寺院に届けられたお布施を商人などに貸して利ざやを稼いで小遣いを拵えているのだ。女人との逢瀬で淫乱となった僧侶や他の男らの体は三度四度と女を求めて不埒な日々を過ごす事が当たり前で、跳梁《ちょうりょう》しては我が物顔で悪の輩を増やすありさまである。香具師《やしかしら》頭は言葉には出さずも女人らへは推奨の思いだ。女人らは常の衣装は粗末でも。時には巫女姿でほんのり化粧が至って嬌姿《あでやか》に見えて男衆の心を擽りつつ虜《とりこ》にするのである。女人らを求めるなら力を発揮するのに仕事となると懶惰《らんだ》男が多く。仕事を如何に熟しているかに見せかけ形《なり》の輩が都とその周辺に多い。懶惰男と不埒男と婦女らが都と和国を穢す元凶だと承知していても、清盛は男女の遊蕩《ゆうとう》を厳しく制するを出来なかった。「殿とて絶世の美女とあったではないか。それも敵対した源義朝の常盤御前《ときわごぜん》だ。武士も家臣も公卿も都人も百姓も女人と戯《たわむ》れるは明日の精気を醸し出す妙薬《みょうやく》よ。併し、家臣の誰もが心配しとったのは常盤御前は絶世の美女であると共に傾城《けいせい》（女人が色香で城主を惑わせて城を傾けと滅ぼす）の女人であると感じてしまっていた。殿は常盤御前に心情を捧げ、身を亡ぼすのは自業自得としも。傾いた城を残されては家臣が堪ったもんでない。頃合いで常盤を諦めた事で安堵したのは家臣だけでない。都人もでしたぞ」を言われると立つ瀬無く。多くが知る事実だ。『あれは朕《ちん》が好んだのではない。政《まつりごと》の策略《さくりゃく》を図られた犠牲よ。朕も一時は御前を本気で恋い慕うもあったが全ては和国を慮《おもんぱか》ってよ。だが、誤りだった。平治の乱で義朝氏（常盤の夫）が敗北死したとは言え。常盤御前には申し訳なかった』と今でも言う。男女が体を交わす時には誰もが淫乱になり。特に男は忘八になるのは今も昔も変わりはない。この時代に政を司る男の婦女への執着は筆に暇が無い程にある。源義朝一人を挙げても常に数知れずの婦女を侍《はべ》らせ。確実に名前が知られているは常盤だけ。常盤は今若、乙若、牛若（義経）の三人の男児を誕生させている。義経となる牛若は九男である。義朝は常盤以前に複数の婦女に六人を誕生させた。それは遊女であったり婢女《はしため》であったり得体の知れぬ婦女らである。

二つの物体が政を司る感は都人の誰もが知っておる。だから双方の顔色を窺いつつ利得の方へ良き顔を向けては美味い汁を吸う武士と公卿と貴族らだ。どちらかに付くかで三度の飯が食べられて家族を養えるからだ。それらは互いに讒訴《ざんそ》しつつも本気で検非違使へ訴えはしない。それは証拠を掴んでなく。飽くまでも噂に過ぎんと思っているからだ。それでいて互いに間諜《かんちょう》的な輩を有して情報を得て。その情報をどちらに流すと自分に利があるかを秤に掛けて流すは普通で双方への間諜だ。間諜とは今で言うならスパイ。情報を得る手段の無い者は不満が募る。それらは住まいも仕事も無い輩《やから》と徒党を与《く》んで悪態狼藉《あくたいろうぜき》を働くは常で。何処から現れたのか魑魅《すだま》如き姿で兵部でさえ取り締まる範囲を超えた悪態が日夜続く。悪は群れるのが好きで都人や民衆を陥れる意見は直ぐに纏《まと》まり、悪に引き込むのはお手の物で犯科《はんか》の得だけを語り、障魔《しょうま》の手先となり真面目に働く民百姓までも悪へと導く。魑魅や狼藉の中には僧侶であった男も含まれておる。

清盛は存命中、源家に与《くみ》する近隣の諸藩も東国の諸藩も平家を討滅すべしの思いあるのを承知しているが、源家に与する藩の意見が固まらなかったのも原衛門は承知だ。東国は平家を討滅の考えは多くも西国は違う。特に瀬戸内を通過する宋国との貿易船が寄港する事によって富を得て財政を潤《うるお》す諸藩は、政治的に不満や不平あっても財政を想わば清盛と平家の討滅なんぞは考えも及ばない。東国の諸藩は騎馬を用いる野山の戦いは得意でも、海戦となれば平家に与する各諸藩は戦わずして有利だが頭の隅にある。ある時は船主と名乗り、海賊と名乗り。また、水軍と名乗る瀬戸内の漁師元締めはいつでも戦う構えだ。それは平家の力の与《あずか》りを十分に承知をしているからだ。平家に与らぬ漁師と船主は扼要《やくよう》されて自由闊達に航海できずに自然と淘汰されてしまう。扼要されて消滅したかと思われても富を得た船主はそうは簡単に完全に破滅はせず。時を計って再び数百隻の大小を所有するに至り。その中の半分以上は宋国から購入した軍艦同様で頑丈で堅牢だ。当然に宋国までも往来し、玄界灘も東支那海も自由闊達に航海し。時には諸国知らずの海賊にも遭うが筋肉隆々で腕っぷしの強い水夫《かこ》がそれらを薙ぎ倒し。あるいは薙ぎ倒された水夫が何人も海の藻屑となり。何十隻もが沈められるを繰り返すも持ち合わせの魁偉《かいい》で生還し。瀬戸内の猛者として恐れられつも覇《は》権《けん》を掌中にしたのである。西の海は儂のもんだと縦横無隅《じゅうおうむぐう》の航行は平安中期には既に確立していたのだ。悪の味方か善の味方かも解らぬ振る舞い船隻があって宋国からの荷を奪い合うのも事実。その為に船主は魁偉《かいい》な水夫を高額で雇った傭兵でもあるのだ。瀬戸内に属する赤穂や播磨や備前や周防や四国全域を根城にする水運は宋国と独自の貿易で儲けているのを平家は咎《とが》めない。特に赤穂藩は瀬戸内の干満を利して多くの塩田を要し、塩を海の無い諸藩へ販売して財政は潤沢だ。この赤穂塩が、やがて松の廊下の刃傷と忠臣蔵に繋がる。宋貿易で巨万の富を得ての活計を思えば知らぬふりは出来ぬ恩が清盛へある。忠盛と祖父の正盛には大きな恩があるんだと親から聞かされつつ育ち。漁業を覚えて航海術も身に付き。海賊同様に東支那海を縦横無隅の航行して財を築いたのを鑑みれば、清盛の為なら戦うぞで腹も括《くく》る覚悟し、四国と中国地方に蟠踞する兵士は二十万とも三十万ともされ。貿易船に見せかけを合わせると三千隻をゆうに超す。その中の数百隻は二本の檣《ほばしら》に帆布巾は十五反以上で帆布丈も五丈以上ある大型船だ。

天皇と法皇の狭間の平家の目は隅々までは届かぬ為に本来の戦う武士の心が削がれてしまったのである。戦い無いのは良き事ではあるが戦う機会も場所も無いと武士は時を持て余してしまう。すると結局は耽溺《たんでき》で酒と女に心が向いてしまう。そんな勝手気儘な振る舞いは目に余るが本気で咎める者が皆無だ。原衛門が深山に籠ると都の愚かさと異常な煌《きらび》やかさ過ぎを感ずる。清盛の祖父の正盛（生歿年不明）と義父の忠盛が外国（主に宋）との貿易で儲けて巨万の富を得たのは確かなのを、藤原頼長は平家側よりも詳しく記録として残している。

外国貿易だけでなく、瀬戸内周囲の諸国諸藩にあっても漁業と塩田と諸国貿易での儲けを、今で言うなら上納金の形で集まる仕組みで黙っていても資金は平家に入って潤沢になる。そんな事から、後々の為に清盛が福原に殿舎を新しく構築しようとの考えがあるとの噂が原衛門の耳に入った。福原は瀬戸内海に面し、貿易船の様子が清盛と後白河法皇の目から見えるのが理由らしい。完成すればそれは遷都で高倉天皇の次に即位するであろう天皇の為の新宮殿である。遷都に資金の掛かるのは必至。遷都の為に金子《きんす》の引き締めがあるのではないか。引き締めは都に出回る金子の流通を抑える事だ。そこで原衛門は違法蓄財を急いだ。

福原に新殿舎の構築は反対されつつも順次の上棟で次々に公卿や側近や物資を移すも反対が強く。中止となり諦めて元に戻した（完成したともされる）。それでも将来的には福原を都として和国の中枢にするぞと諦めはしなかった。福原は障子を開放すれば瀬戸内の海が間近に目視できる事が魅力で。瀬戸内を制する者がやかては東支那海も制する事が出来るの考えは変わらず。海を制すれば更に平家が潤い。和国が潤うの思いは変わらないの思いだ。東国には平家憎し、平家の贅沢三昧の活計が和国の滅亡を誘う。だから平家を討滅せよの諸藩がある事は平家側は承知していても。噂を聞くと砂金をばらまく事で本格的な謀反の蜂起を止《とど》めてはいる。その砂金の基は清盛の育ての親の忠盛と祖父の正盛が宋国を主とした外国との海運貿易で得た資金であり、国内の各諸藩から集めた砂金である。更に資金を潤沢にするには、やはり瀬戸内の海が目視できる福原を都にする考えを諦めきれない。東国の諸藩の謀反の動きを止めるのには更に資金を必要とするからだ。

福原に都が移るのは反対だが奉職するからには選べられない。それでも原衛門は常に庶民を見ての奉職であり活計である。『宮仕えは上の顔ばかり見るな。下種《げす》の顔を良く見て意見も聞け』である。親父の言う下種とは殿舎に奉職する部下だけでなく農工商民が含まれていたと常々の言葉から察し。休日には長男を伴い百姓を手伝い。国家の礎は百姓の汗の尊さにあるんだと教えた。

違法蓄財したのは宋銭で宋国から輸入の銅銭だ。和国の鋳造技術が不正確の為だ。宋銭輸入の支払いの多くは砂金である。同時に様々な物も輸入して仏教書や漢方医薬書や宋国の建国以前の政治的史書も当然ながら、庶民の生活の姿や様子を記した書も入っていた。どう見ても門外不出だろうの政治的史書までも輸入された。それは不満分子が無断で持ち出して業者に売り。輸出業者らの手で堺商人の手に渡る。この時点で宋国には印刷技術があり。輸出業者が勝手に増刷して和国や他の国へ輸出したのである。これを読むのは勉学を好む清盛以外にないの思いで高値で売りつけた。清盛は喜んで買うと日夜に読み。和国の文化の遅れを知り。宋国以外とも交易の必要さも知った。その支払いの多くを今では考えられぬ砂金だ。宋銭を蓄財すると流通分が不足する。すると更に輸入が多くなる。船賃を含めると宋国の価値より随分と高くなる。

その分だけ持ち出しが多くなる。持ち出しを抑える考えから宋銭の蓄財を禁止した。後々に判明するが想像していたよりも宋銭は広く列島に流通し、後に北海道となる蝦《え》夷地《ぞち》もだ。陸路よりも船で運ばれた蝦夷地からの物資の支払いに宋銭が使われたとみられる。この時点に正式名称の北前船は無いが西国へは相当量の物資が蝦夷地から運ばれた記録がある。松前藩は蝦夷住民の知行地として沿海部だけを与えた事で海産物を主に大きな収入を得てた模様。大和朝廷は松前藩を通じ、蝦夷領主に『服従せよ』の使いを出したのに『服従はせぬ』で。使いを追い返したのに宋銭は流通させた。服従しない理由は『言語や風習が違い過ぎる。よって従うは出来来ぬ』である。蝦夷地と日本海沿海で宋銭が流通した証拠がある。函館市で甕《もたい》（瓶《かめ》・当時はもたいと発音）に納められた三七万枚が発掘。更に小松市で二八万枚、湯沢市で二七万枚。僅かだが栃木県の茂木町で二八枚。これは何故か六二一～一四二八の約八百年間に流通した宋銭。宋国は滅んで明《みん》になり永楽時代の洪武通宝や永楽通宝だ。因って和国の鋳造技術が如何に不正確だったかだ。宋国の更なる前の一二〇年には鉱石から鉄や銅を選別する技術があり。鉄銭や銅銭の鋳造技術があり。埋められてた宋銭は誰が何の為か不明のままでいずれは三市一町以外でも宋銭や明銭が後に発掘されるだろう。話は逸れるが平安初期に設けられた征《せい》夷《い》大将軍は蝦《え》夷《ぞ》の征伐に派遣された頭の役職名とされる。

原衛門は約十年前、大蔵省の算師《さんし》の阿南慎之輔《あなんしんのすけ》に不正を持ち掛けた。俸給は原則として玄米と銭の半々を破って玄米四で銭六にしてくれとだ。すると慎之輔は『発覚したら。お主も儂も遠流か、これだぞ』で右手を首に当て微笑した。不正は伴に承知だ。奉職者の不正は遠流か棄市は承知。当人だけでなく家族もだ。更には何代に亘って都に住むも奉職するも出来ない。発覚すれば慎之輔も同罪を承知で依頼を受けた。慎之輔は家柄が良く、祖父の代から算師で奉職で何事も無いなら息子も奉職する。なのに不正に絡んでくれた。原衛門が今更責任感じても遅い。慎之輔を案じての遅疑逡巡の逃避は失敗する。家族を捨てる逃避は成功させねばならぬ。原衛門には検非違使の外に二つの裏仕事がある。だから俸給が多い。多い分を六に持ち掛けた。慎之輔は巧みな算術で続けてくれた。それと妻の節約で宋銭は随分と貯まった。それを麻袋に詰めて機会を待った。原衛門の裏仕事の一つは暗殺師。原衛門は本当は争い事は嫌い。なのにどうして暗殺師に選ばれたか分からない。それでも選ばれたからには精魂《せいこん》込めてやらねばならぬ。戦いの為の訓練と鍛錬にも耐えて武具も自らの考案と研究で鍛造した。

高倉天皇は不在と同じで武士も家臣も公卿も貴族も箍《たが》が緩んで日中から婦女の尻を追いつつも、勢力争いの渦中は獅子身中の虫で数々の噂が囁かれた。獅子身中の虫を吹っ掛けるのは一部の婦女であるのを承知しつつも、男なるは褥《しとね》の中で耳元で婦女に囁かれるとその気になってしまうものである。そこで様々な噂やデマが流れた。噂の中でも誰が天皇の味方で、誰が敵で敵の大将に誰が通じているかの噂は止まらず。原衛門は、その噂の元を突き止めて殺害せよと度々命じられた。これには少し無理があるなと思っても従わなければ逆襲を受ける。それを思うと突き止めて即刻殺害する以外に生きる道はない。その頃は家族を守る思いが特に強く。命令に従う事が自分と家族を守る術であったからだ。原衛門は天皇を守る為に奉職中も刻を見計って武闘の訓練や鍛錬をする。更には率先して深山の廃寺で統領の下で修行と鍛錬を繰り返し。都に戻ると兵部の幹部兵士の十数人を仮想敵に仕立てて武闘の訓練をする。年に数度は御前で競技会や模擬戦で原衛門は何度も褒美を頂戴した。因って天皇も側近らも認める武闘に優れていたのである。だからと言って不正蓄財が許される理由はない。

深山での修行や鍛錬の相手は人間だけでなく熊や猪とである。熊との戦いは素手である。熊は完全な肉食でないから人間を襲うが食べ尽くしはしない。熊は俺の縄張りに、けったいな動物が獲物を横取りに来たと思い。傷を負わせれば横取りはしないと考え。それ以上は襲わない。原衛門は熊との取っ組み合いもした。当然に腕に嚙み付かれたり。あの鋭い爪で引っ搔かれたこともあり、傷跡が両腕にあり、首根っこと背中と腹にある。何故そこまでして熊や猪と戦うかを誰も思うが原衛門には決意がある。それは和国を救う為の試練なのだと。平家と後白河法皇を討滅するには強い心と身を持たねばならぬ。平家と後白河法皇を不安定ながらも継続されるを願う輩も多く。儂《わし》が平家と後白河法皇を襲う旗揚げしたなら、戦の道理を知らぬ愚か者は徒党を組んで儂を襲おうとするだろう。併し、武器だけでは儂を襲えぬと悟った輩は、山や川に棲む獣や魑魅魍魎《ちみもうりょう》までも使って儂を亡き者とする。それを予想して熊や猪などと訓練鍛錬を重ねたのだ。熊は相手の弱体が目標で人間を殺しはしない。相手（人間）に大きな傷を負わされれば二度と俺（熊）の縄張りを荒らしたり。獲物を奪うは無いだろうの思いで怪我させるのが目的だ。併し、熊に襲われると出血多量で死亡する確率は高い。原衛門は数匹の熊の習性を観察した。観察だけでなく、巣窟の近くで子熊を威嚇して親熊を何度も怒らせた後に戦った。それが暗殺の為の秘技や妙技も役立つと分かった。深山での修行は戦う為の訓練や技を磨くだけではない。深山に棲息する獣の習性を見極めるのも必要だ。

　原衛門は人前で裸になる事はないが、もしも見たなら両腕や体の傷には言葉を失う。袖は時によって捲らねばならぬこともある。すると腕の傷を見ただけで驚きつつも、その傷はどうしたのかとは問わぬ。問わずとも四つ足獣による引っ掻き傷だと想像するからだ。原衛門は忘れもしない熊との取っ組み合い傷だ。深山の親分とされる熊に遭遇した。熊は儂を見付けて一瞬だけ怯《ひる》んだかに原衛門には見えた。熊の親分は時々里に出ては住民を脅かしている話は聞いたが原衛門は初めて遭遇した。熊は儂に初めて出くわし、けったいな二本足の大物に驚いた目に原衛門は感じた。戦えば俺（熊に）が勝つ。この熊はこれまでの数度の戦いに負けた事は無いと自負してる。なのに儂の目を見て手強い相手と見た様だ。それでも二本足のけったいな大物に勝てるぞと思ったに違いない。原衛門は負ければ死を覚悟した。だが、熊は相手が死ぬまでは戦わぬ習性がある。両腕か頭部に傷を負わせれば怯むことをこれまでの戦いで熊なりに承知している。相手（人間）の戦う意志を奪うのは腕と頭部だ。先ずは両腕に深手を負わす。その次は頭部への思いがある。顔面に被り付き。戦闘能力を失わせる。これまでに熊の親分に襲われた被害者を見ると、原衛門が想像した通りの深手を負って戦闘不能になった時点で突き放す。原衛門は決意した。殺《や》るか殺られるかとだ。原衛門は相撲の如きに四股《しこ》の形に中腰になると両手を前に突き出し。来るなら来いの態勢を執った。熊もそれを感じたのだろう。目を大きく光らせると一気に原衛門に飛び掛かった。原衛門は躱さず体で受けた。六尺に近い儂だが、前脚を上げて向かう体勢は熊の方が背丈がある。純粋に考えれば儂に勝ち目はない。体重も儂より遥かに重く倍はある。想像以上の熊の体重を感じたままで取っ組み合いになった。熊の親分の両手の爪は着衣の袖を簡単に突き破って筋肉を破った。瞬時に血の流れるのを生温かさで感じた。それでも原衛門は怯《おび》えずに挑んだ。熊は何故か口を開こうとしない。口を使わずとも鋭い爪だけでこ奴を仕留められると思っていたに違いない。原衛門は熊が大きな口を開いて噛みつかれたなら薨《みまか》りを覚悟した。儂は熊が大きな口を開ける事が出来ない様にと。熊の頸根っこに頭突きを数回繰り返した後に背伸びをして頭を更に上げてのけぞらせた。熊は儂より背丈があるので功《こう》を奏した。原衛門は頭部を密着させたままで熊の頸根《くびね》っこを押し上げ続けてた。その刻がどの位続いたか分からないでいると腕の筋肉に刺さった爪が緩んだと感じた。熊は儂の頭が頸根っこにある事で呼吸がしづらいのだ。この時と思い。更に頭を持ち上げると腕に突き刺さった爪が抜けた。その瞬間に原衛門は熊の親分を巴投げで谷川に落とした。熊の十本の爪が刺さって鮮血がどっと流れてるのに何故か痛みは感じない。それればかりか筋肉が漲《みなぎ》る気がした。その勢いが巴投げで倍の体重を軽々と投げられた気がした。力が想像以上に出た。それは筋肉の隠れた膂力《りょりょく》だ。

誰も目撃はしてないが事実である。それを機に熊の親分の姿を目撃した者は山奥にも里にも居ない。一ケ月を過ぎた頃に統領に言われた。『熊の親分と相撲でもしたのか』とだ。原衛門は笑いながら。『相撲の真似事ですかね』で残っている腕の傷を見せた。『ほう。親分は相撲に負けて腰でも折って再起不能って事か』それ以後の原衛門は恐れるものも畏怖《いふ》も無くなった。

深山には大きな川はないが渓谷や小滝がある。そこにははっきりした四季がある。特に冬と夏は、これが都と同じ国の山奥かと疑う差がある。夏は極暑が続き。冬は極寒の日々が続く。原衛門は極寒の真冬が好きだ。体を戒め鍛えるなら極寒がいい。風冴《かざさえ》る高木針葉植物の樹木間を褌一丁で縦横無隅に走る事で体力が付いた自負がある。走るだけでなく滝の下で垢離《こり》もし。水が冷たく動き難い山女や岩魚を釣針も銛も網も使わず鋭く切った竹を投げて捕獲する。また、山沢には沢蟹が繁殖する。蟹は歩くのが遅い為に簡単に捕獲できる。それを焚火に投げ込んで手足を外して食べ。それは良き蛋白源だ。竹槍の投擲《とうてき》は統領の教えを乞《こ》うた技で十投で九投は成功する。それも水面近くでなく。水深を狙う。

深山に棲む獣も渓谷の川に棲む魚も集団で生きている。それぞれには、人間には見えぬ境界線があり。その線を越えさえしなければ他の集団から襲われる事の無いのを棲息する中で感じるのだ。そこへ来て一番の侵略者は人間である。特に平家の血が通う輩はである。だから滅するのである。次は後白河法皇に関する輩だ。清盛も後白河法皇も己の地位や立場を守る為に姻戚者の男児や女児を。更には妻や姉妹を敵対する大将や身内に差し出すのは境界線を越え。時が来て不要とあらば見えぬ形で掠奪するは普通にある。言語を持たず話せず。文も書けずに深山に棲息する四つ脚獣よりも人間界の非常識と愚かさは目に余る。特に清盛と後白河法皇の周辺ではだ。奉職だけでは経験の出来ぬ事である。原衛門は深山から殿舎に戻ると統領に教えを得た秘技と妙技を少数精鋭の偸盗組の仲間に教える。

偸盗《ちゅうとう》組は鍛冶《かじ》職、指物《さしもの》職、大工職も熟し、更には漢方医薬の知識も学ぶ。鍛冶は戦い易い武具の鍛造。錠前の鍵穴に釘や針金を挿入して音と感触で合鍵を造る鍵鍛冶《かぎかじ》でもある。指物職は襖や障子の紙を破かずに桟を外す。大工職は蔵や門の閂を左右に移動させずに外す妙技。漢方薬学は如何に相手に苦痛を与えず毒殺するかだ。味方の受傷も時に応急手当てをして薬師も兼ねた。これは統領に教えを乞《こ》うたと同時に偸盗組の必須である。薬を与えても治癒効果無しと判断して苦痛を与えずに殺害する。意識あれば許しを得るが意識無き者は「許せよ」で苦痛なき様に即刻殺害する。場合によっては敵方が瀕死や重態での死より楽に死ぬのが当人の為であろうと殺害する。戦や争いでなく、命じられてこんな事もあった。十数人で宴席を設けた時に幹部の一人へ毒盛りを命じられた。宴席の中間になった頃に狙われた男は小用に立った。飲みかけの盃に半分程の酒が残してある。原衛門は男の一人隣に座していた。幹部の一人の目が原衛門を目で促した。原衛門の心は進まぬが座を立つと数歩歩《あゆ》み。畳の縁で躓いた振りをして体を崩すと。右手に忍ばせてた砂粒ほどの丸薬を男の盃に入れた。一瞬周囲を見たが原衛門の手先を見た目は無いと見た。幹部の数人以外にはだ。原衛門は何事も無き態度で座に戻った。体をやや伸ばして男の盃を見たが丸薬が溶けて酒の色が変わる事はない。そこへ男が戻ってきた。隣の男が徳利を持つと男に酒を薦める。「もう一杯どうだ」。すると男は「やや－、すまんな－」盃を持つと薦められた酒を受けた。すると男は間を置かず。いつもの飲みっぷりで盃を呷った。男は元から飲みっぷりが良く。丸薬が溶けても酒味が不変だったのか、変わっても分からなかったのだ。原衛門は苦衷《くちゅう》にある。命じられるまま、盃に砂粒ほどの丸薬を入れたからだ。無味無臭で酒に溶けても色も出ない為に気付かれることはないと薬草園男が以前に漏らした通りだ。原衛門は酒に丸薬を入れるのに抵抗あったが幹部の命令と偸盗組を鑑みれば拒むが出来ない。拒めば後々に仕返しを予想するからだ。丸薬は敵を殺害するだけでなく時には自らも服用する。それは戦いで絶体絶命時や敵からの刃傷《にんじょう》死より無傷で死を選ぶ為だ。暗殺も偸盗組の行為も失敗は許されない。反撃されて刃傷での死は恥だからである。よって偸盗組の手甲には和紙に包んだ丸薬を常に忍ばせてある。と言う様に、何事にも命を賭けないと偸盗組は勤まらない。

宋国からの輸入は宋銭と一緒に漢方医薬書もあった。漢方医薬書には怪我や疾病を治癒する行為と共に死に至らしめる創薬方法もあって表裏一体《ひょうりいったい》が記してある。少量ずつ混ぜ合わせれば薬となり。多くを混ぜ合わせると死を招く処方もあり。度を越すと毒薬になるともあった。原衛門は暗殺師と偸盗組の立場で書を目に触れるのを許されたが、殿舎奉職でも多くの同僚は目にも手にも触れることは許されない。本を正《ただ》せば治療や治癒の為の創薬は毒薬が変じたのである。変毒異薬であり、毒は毒を以て毒を制すだ。薬と毒に関して様々な譬えが昔からある。薬草園男が、丸薬は今で言う林《りん》檎《ご》（林檎の原種か）の種子とその周囲から抽出したと漏らした。千年単位の古代から林檎らしきは薬用と滋養に用いられ。原産地は中央アジアのカザフスタンと中国国境の天山山脈の平坦地とされる。現在の様に大きくなく、甘くなく、酸っぱくて多くを食べる事は出来ず。平安時代中期の宋国輸入の漢方医学書には、種子とその周辺に毒性があり、抽出すると青酸加里に匹敵の猛毒になると記してあるのを読んだ。読者も何らかの書物で一度や二度は『林檎を食べると死ぬ。絶対に食べてはならない』を読んだ事があるであろう。林檎は世界中で何度も接ぎ木改良で現在の大きさと美味さになったのである。

　各家庭には秘伝薬がある。簡単なのは頭痛と腹痛薬で怪我や刃傷手当て薬もある。それらの原料は野草や菜根や木肌だ。殿舎にもある。そこには数人の薬草園男が専任で管理と共に創薬に携わる。どの時代にあっても公表せず毒薬を創った。それは対峙《たいじ》する者に用いるだけでなく内部に用いるのもある。朝廷は常に内部対立も過言でない。それは外部に通ずる魑魅魍魎が蠢《うごめ》いているからで聖徳太子ですら殺された噂で。病死と公表されてるが毒殺か暗殺によっての死と言われる。暗殺なら誰がやったと知りたいだろう。日本書紀によれば蘇我氏の何者としか分からない。蘇我氏は古代の有力豪族で用明天皇と常に対峙していた。特に物部守屋《もののべもりや》との対峙が激しく。物部は挙兵したが蘇我氏に滅ぼされた（〜五八七）。聖徳太子は後に付けられた名で本名は厩戸《うまやと》の皇子。天皇には毒殺や暗殺の噂が常にあり。実際の毒殺は崇峻《すしゅん》天皇や天智天皇らである。崇峻天皇は曽我氏の専横《せんおう》に憤慨《ふんがい》して倒そうとしたが逆に毒を盛られた。専横とは我がままで横暴なふるまいだ。時を飛ばして近年では江戸末期の孝明天皇だ。同天皇は表向きは疱瘡で一時は回復に向かっていたのに悪化して急逝とある。死の直後から同天皇は毒を盛られたのではと噂は広がり。その度に青酸性の薬が噂に出た。毒殺も暗殺も実行するか依頼するのは全くの他人でなく血縁者だ。それも遠い血縁者でなく極近い伯父伯母姉弟などである。孝明天皇にあっては疱瘡疾患と砒素による毒殺とあるが後者が有力。それは典医が毒を盛ったと素直に考えられるからだ。典医は常にお側付きで多種多様な薬を調合できる。なら誰が命じたかである。一番に考えられたのが岩倉具視《ともみ》を崇拝する輩か血縁者だと噂された様に。権力者の周囲には常に渦巻く毒殺や暗殺である。また、殺害だけでなく佐州国（佐渡島）へ遠流である。遠流で記録に残る限りの最初は式部太輔《だいふ》の穂積朝臣老《ほづみあそおみ》とされる。穂積は天皇の乗った御輿《みこし》を指さした『乗輿指斥《じょうこうしせき》』の罪の遠流だ。何と酷い罪であろう。天皇の乗った御輿を指して遠流になるとはだ。日蓮が文永九年に遠流になったのは多く知るが随分と後だ。佐州国を遠流の地と定めたのは神亀元年である。穂積はその二年前の養老六年に遠流。穂積は棄市《きし》になる筈が一等減じられての遠流。朝廷からも遠流があって時代は飛ぶが順徳上皇。順徳は二五歳で遠流となり。在島二一年で四六歳で崩御《ほうぎょ》。武家では京極為《きょうごくため》兼《かね》、日野資朝ら。宗派違いで仏法怨敵の行空もだ。この他に遠流は免《まぬ》かれたもの頓死《とんし》は数多《あまた》ある。頓死と襲撃を免れた日蓮は宗派違いの仏教を鎌倉で布教させようとして執権の北条時頼の癇《かん》に障って遠流。浄土宗の念阿良忠《ねんあよしただ》は雨乞いに失敗した事で極楽寺良観と結託して偽りの報告書を幕府へ提出した。日蓮と信徒は和国を謀略へ導く宗教であると提訴した。鎌倉幕府は提訴の言い分だけを取り入れて日蓮を捕らえて遠流にした。

殿舎内は今で言うなら不倫の園か館とでも言うだろう。幾多の書には、殿舎と館やその他を含めると約三千人が奉職している。当然に男衆が多い。三千人が奉職すれば男女関係に激しい者もおろう。婦女が一割で三百人とし、奉職する家族の娘を含めると婦女はゆうに千人は超すだろう。その中から義朝の妻となるべく常盤が選ばれた。常盤は絶世の美女であったのは間違いあるまい。常盤は下級武士の子女で一三歳で九条皇后の館に雑仕《ぞうし》として奉じている。常盤は絶世の美女であった為に数奇な運命を辿《たど》る由《ゆい》となり。一人の妻女では飽き足らぬ男の妻となったのが不幸の始まりであろう。常盤には義朝《よしとも》へ嫁ぐ前から傾城《けいせい》の女だの噂があり。義朝は意外にも早く敗死の後、藤原長成へ嫁ぎ。更に清盛に靡《なび》いた事で立ち上がる事はなく傾《かたむ》いたままで生歿年も不明とされる。

表向きは当然に奉職する者の男女関係は厳罰である。とは言うが男と女が存在する限りはどの時代でも絶える事の無い事実である。

庭田重村なる人物が居た。庭田は中務《なかつかさ》省に奉職して縫殿寮《ほうとのりょう》長を命じられた。重村は瑠璃《るり》なる上臈と不義密通を重ね。時々の逢瀬では不足で焦りが生じて自宅に住まわす。隠し通せる筈ないのにだ。結局は発覚して重村は佐州国へ遠流となる。瑠璃は懐妊していた為に遠流にならなかったが寺院に蟄居《ちっきょ》を命じられた後に男児を出産。預かった寺院は瑠璃の子供まで預かるのは迷惑として親子を裂いた。表向きは華やかに見えても奉職者が罪を犯すと重罰が情け容赦なく科せられた。庭田家は重村の代で断絶したとある。また、雅楽部には女子衆も居たことから用事も無いのに教練場の周辺をのぶら歩き男もある。楽器を奏でる者は伶人《れいじん》として囃《はや》されたと史書にはある。昔も今も男の行動は変わらない。

時代に関係なく叛旗を翻《ひるがえ》す輩は必ず何処かで謀議の後に書物にする。決行日や人数をだ。原衛門はその書を盗んだり掠める技にも長《た》け。敵対の鳩首《きゅうしゅ》場所の天井や床下に侵入し、盗聴して内容を記憶して声の主も判別する。これまでに幾つもの謀議場所に侵入して成功を収めた。謀議には同藩の輩だけでなく地方藩の輩が加わったのもある。それは言葉がやや違う。直ぐには西国か東国の区別しか分からなかったが数回聞く間に訛り等で大方の国別が聞き取れた。一番の収穫は総後架《そうこうか》（寺院や頻度《ひんど》の共同便所）の溜め桶だ。二番目の収穫は公認はされてはないが遊郭の天井裏である。表向きは遊女を買うであるが真っ赤な嘘で、悪の輩か叛旗を翻す輩の謀議には絶好の場所である。これらの謀議を溜め桶や遊郭の天井裏で何度も聞いた。この仲間には必ず僧侶や住職が含まれるのがこれまでの例として残り。乱には必ず僧侶が音頭を執《と》るか裏で指図をする。寺院によっては僧兵《そうへい》まで周囲に住まわせて戦に備えるもあり。どちらに加担すれば得かを観察しつつの僧侶らである。戦に加担したなら場合によっては焼き討ちも覚悟である。だから武将にあっても本気で神仏を信じる武家と公卿と貴族は極少《ごくしょう》。戦に勝利した時にだけ報告に行くが腹と顔は違う。「神仏を信じたから勝利した」と都人や庶民には言うが神仏にすら面従腹背《めんじゅうふくはい》だ。権力者は神仏を利用するが本気で信仰せぬぞが常。また、神仏側にあっても資金は出させるが本心は違う。戦が始まれば直前でも欺《あざむ》き叛旗《はんき》を翻《ふ》る。どちらが利を叶えてくれるかが腹にあり。利得の算《そろ》盤《ばん》を弾いての神主や僧侶が目に余る。原衛門は祖父母と父に言われたのを忘れない。『神官と僧を信用するな』それは奉職して半年も経たぬ間に実感した。謀議や叛旗を企む仲間には必ず僧侶なり、元僧侶が含まれていた。幼児の頃の僧への印象は、優しいお爺さん、であったが大人になり。奉職しての印象は、鬼が衣で身を隠し、衣を権威の象徴にしているなであり。僧らの心は鬼に劣ると思った。

奉職するとは、朝廷（天皇）が政を司る館へ勤務だ。なのに奉職者の多くはそう思ってもなく。感じてもないのは何故なのか。奉職する時点には、天皇様の為と和国民の為と誰もが思い。母親が縫った新調を着衣し、心をときめかせて奉職しても数ケ月か一年位で変わってしまう。それは先輩の日常の言動からだ。

清盛の館に奉職する者も同じ様なもので、存命中の清盛の贅沢三昧や放蕩を敵視して襲撃の機会を狙うも一族で謀議の場の多くは寺の庫裡だったり遊郭である。謀議の果ての一番大きなのは平治の乱だ。攻撃や打倒や乱の基は武家だけでなく天皇家からもある。それを互いに承知しつつ一方では味方の振りをし、一方では敵愾心《てきがいしん》と猜疑心《さいぎしん》を抱きつつも平家と清盛本人の討滅の思いは固い。謀議には必ず裏切り輩がおる。一番の裏切りは摂津《せっつ》源家の有力武人だ。摂津は清盛に大きな恩を売った。戦に裏切りと恩の売り買いは付き物。原衛門はこれまで裏切りはしなかった。これは変だぞと思っても命を受けたからには何事も成し遂げた。原衛門は命を受け。寺の庫裡や大将の蔵に侵入して書物を持ち出し。書写して原本を元に戻すことを何度もした。また、侵入場所で書物を数回読んでの記憶にも長《た》け、現在の原稿用紙一枚分なら三回も読むと、一字一句違わず記憶して書物にする。原衛門は殿舎側には本当は貴重な男だ。それでも罪を犯せば厳罰である。

高倉天皇は源家一族から数回襲撃されたが、何れも平家の力で追い返したが奇跡の様な追い返しであった。それでも既に天皇にも朝廷にも執権能力は無かった。それでも戦になると清盛に援護や擁護をする。それは見せる忠実さだからだ。側近らも同様で陰の勢力争いは止まる事はなかった。原衛門はそれで殿舎に奉職するのが嫌になった。陰の勢力争いの中には、早い話が次の襲撃をしてくれまいかを呟く程であった。

襲撃してくれとは清盛の館か別の平家一族の住まいにである。

高倉天皇は秩序を守らせる力が失せて為体《ていたらく》だ。次は嫡子の言仁が即位と予想されるがこれがまた腑《ふ》抜《ぬ》けと空者《うつけもの》と為体の見本で側近も周囲も呆れている。呆れると同時に気の毒に思う。病弱の為に必要以上に舐犢《しとく》されて育った玩具《がんぐ》で遊びたい盛りだ。それを機に私腹を肥《こ》やしたり、気に入られ様とする側近が多くなり。原衛門から見れば笑い事ばかりで即位後の想像は付く。原衛門はその前の逃避だ。

出来れば慎之輔を誘うのを考えたが直ぐに打ち消した。慎之輔に話をしても直ぐに承諾出来ない事情が慎之輔にはある。阿南家は家柄が良い為の重責から逃避も密行も不可。慎之輔は施薬園《せやくえん》にも少なからず携わってた。季節によって着衣から漂い出る臭いが薬を思わせたからだ。それだけでなく慎之輔は次世代を担う民部や治部《ちぶ》の若き奉職者の為に租税《そぜい》算術と地測算術を教える立場でもある。だから話しても直ぐに承諾をせず。遅疑《ちぎ》逡巡《しゅんじゅん》してる間に周囲の事情も変わると儂自身の懐も緩んで逃避に失敗する。懐を鬼に儂だけで決行する。慎之輔は施薬園に携わると共に別の薬草園にも関係していた。その薬草園の男らが毒入り丸薬を創った。

原衛門は前日午後、刑部省の卿《きょう》から『明日の巳の刻に参られよ』の言葉を賜った。その時の卿の顔に原衛門は悲痛を感じ取った。普段はそんな丁寧な言葉を受け賜ることはない。これまでに原衛門に見せた事の無い顔であった。丁寧な言葉も悲痛な顔もこれまでに一度もない。余程考えた末の言葉と決断だ。原衛門はいつも辰の刻に執務机に向かうのに改めて言う必要ない。辰の刻は現在の八時。当時は干支《えと》で時刻を表した。これまでも卿や幹部から呼び出しの後に姿が見えなくなった奉職者が数人いて。間を置いて棄市が実行された。同時に家族もだ。それは何の罪を犯したかの公表はせず。本人も何を糺《ただ》されたかを知らないままが多い。

　原衛門は俸給の六対四が発覚したと覚悟した。それ以外に卿に改めて呼び出される理由は無い。儂だけでなく慎之輔もだろう。慎之輔は算師の上司に、やや刻をずらし、参られよ、を賜《たまわ》ったろう。不正発覚は遠流か棄市は覚悟はしていた。卿と幹部は二人の不正の噂を何処かで耳に入れた後。出納帳や他の資料で細事に監察して不正を確認後。他の証拠を固めた後に二人を問い質す為の、参られよ、であろう。問い質されるまでもなく宋銭の蓄財は犯罪だ。

　殿舎と舎人は遠くはないが、時には寄り道して慎之輔と居酒屋で一献やるのを誰かが不審に思って報告も考えられる。それも尾鰭《おひれ》を付けるのが世の常である。尾鰭を付けられない様にと支払いはいつも折半を守った。原衛門と慎之輔の昵懇《じっこん》を奉職者の中で知らない者は無いと思う位の仲の良さをやっかむ輩を知らない訳ではない。他人を貶《おとし》めるなら見聞きせぬ事も尾鰭を付けて報告したと考えられる。憶測と尾鰭を交えて仲間を貶めるのは奉職者の本音だ。特に高倉天皇期の後半は側近や同僚の欠点を探して上司に報告する輩が多くなったのは確かである。そんな思いの時に呼び出しだ。

原衛門は今夕の殿舎から舎人までの帰途に異常を感じた。それはいつもの往来人の顔と目でなかったからだ。原衛門は儂は見張られているなと思いつつ舎人へ帰った。

原衛門は平常心で舎人に帰り。家族と夕餉《ゆうけ》（当時は、ゆうけ）を済ませると直ぐに鍛冶作業所に入った。鍛冶作業所に入るのは通常で家族は疑問を持たない。許しを得て舎人の住いから、やや離れて鍛冶作業所を設けたのだ。それは裏仕事の偸盗組仲間に使い易い武具を鍛造する為でもある。原衛門は逃避に備えて表向きは杖に見える隠し刀ならぬ仕込み杖を鍛造した。鍔は無く、約三尺長の先半分は錐状で手元方は刃状。斬るよりも突くか刺すのが目的。斬るには腕を高く上げるが、突くか刺すは握ったままの態勢で素早さがある。それを鞘《さや》に納めると誰もが杖と思う。これも偸盗組に加わってからの武具だ。原衛門は仕込み杖で十数人殺めた。後々に原衛門なりに調査すると謀反も叛旗の話も噂が先立ったと判明した。命じられて従ったが取り返しのつかぬ過ちであった。このまま奉職したなら何人を殺めるか分からない。次は言仁《ときひと》が天皇になるを想像すると尚更だ。時忠が豪語《ごうご》した『平家にあらざれば人にあらず』を幼少時から脳に植え付けられているのを思うと無理難題を側近に命ずるは予想がつく。だから誰かが襲撃してくれと呟いたり囁きたい意図が分かる。

原衛門は鍛冶作業場に入り。掘り下げてある穴の底に埋めてた麻袋を取り出した。単なる穴ではなく。鍛冶作業に大きな玄能を使う時に腰を曲げずに立ったまま使う為だ。腰高に掘り下げた穴に入り。立ったまま大玄能を使うのは実に楽と同時に作業効率が良い。また、風を送って炭を燃やして金属を短時間で高温で焼くには大量の風が必要。それには松炭を使う。炭は原衛門が深山で焼いた松炭だ。鞴《ふいご》を使うにも穴に入って立ったままか、縁《ふち》に腰掛けてられて楽。更に掘り下げ、宋銭を詰めた麻袋を納めて砂利を入れた麻袋を載せてあるから誰も気づかれない。宋銭の麻袋を取り出した穴へ麻袋から出した砂利を敷いた。すると自然に見えて穴全体の底と思って物が隠されていたとは誰も思わない。着替えの数着と蠟燭も数本が隠してある。着替えの内の一点は近江《おうみ》の麻織りで軽くて活動に最適だ。別の麻袋には大工用と石工用の数本の鑿と鍛冶道具も詰めてある。それらと共に宋銭の麻袋を担ぐと相当に重い。それでも原衛門には慣れた重さで修行と鍛錬《たんれん》の賜物だ。作業場は家族も舎人人も近隣の百姓も知ってるが内部は知らない。単なる趣味の鍛冶場と思っているからだ。百姓の鍬や鋤を修理したり鍛造もしたり。包丁や鋏を打ったり研いだりするが手間賃は貰わない。

貰わない分だけ軒下に野菜などを置いて帰る。家族で食べきれないので舎人の家族に分ける。祖父母にも親父にも言われた通り。『握っている銭や物は離せ。すると廻り廻って来た銭や物が両手に余る。空いてる手は誰かの為に使うのだ』である。銭や物を独り占めで握っていると銭や物が廻り廻って来た時に掴めないぞ、の意味だ。銭とは金子《きんす》（当時は銭より金子）である。蓄財の宋銭は自分の為には一銭たりとも使わず。和国の為なら躊躇せず使う。本を正せば民帑《みんど》である。民帑とは税金である。原衛門は民衆直垂《みんしゅうひだたれ》に着替え、手甲脚絆で膝下を紐で結ぶと足が軽い。既に何度かはこの衣装で鍛冶作業して身軽さを体験した。懐には短い懐剣も忍ばせた。刃渡り三寸にも満たぬが偸盗組では大いに役立った。本来は使わぬままでいたい。

今夜中に決行する。妻子を思うと躊躇するが決意をここで止めてはならぬ。都を離れて朝廷の行く末を直視は出来ぬが人伝に聞こえる。平安の世は長く続かないは確実。いや、続けさせてはならぬのだ。それが和国の為で平家と後白河法皇の討滅だ。二人がこの世から消える事は和国の和平と安穏と首途《かどで》の一歩だ。

仕込み杖を天秤に着替え包と草鞋《わらじ》袋は前。宋銭の麻袋を後ろに結び。頭にはざんざら笠を被った。

原衛門は夜道も日中の如く歩き。剽悍《ひょうかん》で疾風《はやて》の如くに走るも可能。深山で統領の下で修行と鍛錬を重ねたからだ。時には素足、時には草鞋足で斜面を縦横無礙に登り下りをした。腰高の灌木は飛び越え。斜面や不安定地を走る事で足底弓《そくていきゅう》は発展と進化して走るのが速くなると言うのが統領の持論で正しいと思う。足底弓の凹みが多くなった気がするからだ。

殿舎の奉職人は占星術書も読む機会があった。古代人は北斗七星と天の川の明かりの下に目標を求めて歩いたものだが、夜目の鍛錬を繰り返すと闇夜の徒歩も競歩も走るも出来るのである。占星術を学ぶと更に夜の行動が安易になる。占星術はバビロニア・ペルシア・サラセンを経て宋国へ入り。後白河天皇時代に他の書物と一緒に輸入された。その書物を見て星座と月の満ち欠けを習得した。偸盗組は闇夜の徒歩も競歩も鍛錬する。また、日中は繁みに隠れたり樹木の上で休息し、夜は月と星の明かりを頼りに走りもする。それらは何れも足音をさせずにだ。その為には占星術が必要だ。占星術はバビロニア王朝時代に西アジアのチグリス・ユーフラテス川下流地方で起こった古代帝国時代の天文学である。

原衛門はもう一度、身なりを確認する。草鞋も脚も異常なし。仕込み杖の前後の振り分けも異常ない。仕込み杖を肩に担ぐと準備完了。今夜は闇夜で逃避には絶好だ。偸盗組で訓練と鍛錬を積み重ねた人間でないと闇夜では一間（約一・八メートル《メートル》）も歩けない。原衛門は戸を開け、顔だけを、そーっと出して外の様子を窺った。望み通り闇夜だ。ぐるりと周囲を見渡しても空気すら動く気配無い。見張り輩も鍛冶場の見張りは予定になかった。原衛門は仕込み杖の振り分けを担いだままに出た。そして戸を静かに閉めて錠前をした。カチリと音したが反応する動きは微塵もない。原衛門は、よーし、と鍛冶場を一気に離れた。妻よ、すまぬ。息子よ、すまぬと呟いた。原衛門へは別の方法で罰があるとしても妻子が生き延びられる保証はない。数年後には源家が間違いなく襲撃される。場合によっては統領が源家の分子を誘って襲撃をやも知れぬ。儂はその一角を担うべく。統領と儂の考えに賛同する者を集める為の密行であり逃避でもある。

闇夜だが原衛門には端倪《たんげい》の夜だ。舎人を僅かに離れると小高い丘がある。子供の頃から、この丘から眺める夕焼けは奇麗だった。特に太陽が遠くの山頂に消えかかる直前は、どうしてこの様になるのだろうの夕焼けは赤や茜がかったわけでなく。七色真綿が薄く混ざりあった雲になる。今夕は眺める余裕が無かった。逃避を前もって決めていたなら昨夕に眺めておくべきだったがもう遅い。新天地で果たしてここで眺めたと同じ真綿の様な夕焼け雲を眺められるだろうか。

丘の頂上へは九十九道《つづらみち》を登る。九十九道を駆け登ると舎人全体を俯瞰《ふかん》した。普通の人間には闇夜で何も見えぬが原衛門の目には舎人の全体の輪郭が薄く浮かぶ。宋国から輸入漢方医学書に記してあったのを薬草園男が読んで偸盗組に教えた。また、統領もそれを承知してて原衛門や他の鍛錬者に教示した。難しい事でなく、番茶を濃くして粗塩《あらじお》を少々混ぜて目を洗うだけ。洗うよりも木綿に沁み込ませて目を拭くだけだ。また、金針菜《きんしんな》も家族の誰よりも多く食べた。金針菜を食したからでもあろうが訓練でも視力は良くなったのは統領の教え通りだ。離朱《りしゅ》の目ほどではないが五、六十歩先の毛の先端が見える。

舎人《とねり》は生まれて育った場所だから脳裏にある。舎人のある栢野とは永久の別れだ。その覚悟がないと逃避は出来ない。もう一度……俯瞰する。一擲乾坤《いってきけんこん》の運命を賭して引き返すことは出来ない。頭を下げ、舎人を捨てるを詫びる。……すまぬ。舎人よ。栢野《かやの》の地よ。生まれ育て今夜まで生活させてくれた土地。間違っても戻ることは無い。捕縄《ほじょう》されてもだ。捕縄前に舌を噛むか懐刃で喉を刺して死を選ぶ。

頭を上げると一気に九十九道を走り下りた。仕込み杖の前後に荷物あり。普通の者なら走り難いが訓練で慣れた体だ。夜明け前に三刻（六時間）で百町《ちょう》（一町は六十間・約百九メートル）は走れる。偸盗組は一刻（二時間）に闇夜でも二十町は走れる。それも足音も無くだ。袋を直接背負うと走る体に合わせて揺れてザクザクと音がする。音がしない様にと杖の後ろ側に結んだ。それも含めて何の音もせずに走れるのは深山の統領の下で鍛錬と偸盗組での賜物《たまもの》だ。

舍人のある栢野地区を離れると道は険しい。百町あっても紆余曲折《うよきょくせつ》で直線にすると遠路ではない。険しいほど都合よい。逃げるも追うも五十歩百歩だ。偸盗組は原衛門に明晰な判断力と強靱な体を作る機会を与えてくれた。それを存分に活かし。卑怯ではあるが冠木家の血の為に自分だけ生き延びる。そうでないと冠木家は絶えてしまう。今夜までの冠木は捨てる。苗字が必要な時には栢野にする。生まれ育った舍人のある栢野の土地を忘れない為にだ。

逃避の足を近隣の農耕馬を失敬しようと思ったが直ぐに打ち消した。農耕馬は俊足に走れず重荷だ。農耕馬はそれなりの苦労して馬匹《ばひつ》（調教）して貴重な財産だ。農耕馬でも乗れば徒歩より速く。短日で遠路になる。短日で遠路は都の情報が入らなくなってしまう。また、秣《まぐさ》の調達が難儀だ。家族は眠りに就いたろう。これまでも鍛冶場で寝た事もあるから妻も子も異常とは思わずに朝を迎える。

翌日午前、顔を出さぬ原衛門に不審を抱く卿や幹部らは短刻は待つが長くは待たず。舍人に迎えを出す。『原衛門殿はどこにおるか』と問うだろう。妻と長男は『昨夜から鍛冶場に行ったきりで戻っておりません。これまでも鍛冶場へ行ったきりで翌日の昼近くに戻り。朝食と昼食を同時に取る事もありました……』で丁寧に答えるだろう。迎えの者は最後まで聞かず『今日は、大事ある由《ゆい》と昨日中に達してある』を伝えても、夫の行き先を聞かれても答えられない。妻と長男と迎えの者は鍛冶場に行くが原衛門の姿はない。戸を叩いて呼べど答えは無い。錠前をガジャガジャさせても返事は無い。迎えの者は錠前を叩き壊して戸を開けて入れど原衛門の姿は無い。これに妻も長男も吃驚。妻と長男は何度か鍛冶場を覗き見て知ってる。知ってるから変わりは無いと答える。今直ぐにでも鍛冶作業が出来る雰囲気だ。妻も長男も全く意味が分からない夫であり父の行動。腰高に掘り下げた穴の底は砂利で埋めたので更に深くなっていたとは想像出来ない。厳しく問われても答えられない。長男も同様である。況《ま》して一〇歳に満たぬ次男もである。知らないで済む筈はない。妻と子供は腰紐に引き立てられる。そこで更に厳しい尋問を受ける。まるで犯罪者の如くだ。尋問されても知らないを答える。そこで初めて兵部省は兵士に顔の手配書を持たせて早馬を出すが日中しか走れない。仮に追いつかれようと逃げる自信がある。仮想敵に仕立て訓練や模擬戦で兵士の弱点を承知だ。追いつかれても狭隘《きょうあい》な杣道や樹木間に誘い込めば逃げ果《おお》せる。馬上弓は樹木に当たって届かない。馬は樹木間を走れないのを兵士らは知っている。

原衛門は元服の後に父の後を継いで奉職。父は、やや病弱だった為に早めに辞意を申し出た。父は原衛門を殿舎に奉職させたいと思わなかったのに、卿《きょう》が自ら、息子を奉職させてはどうかと父に言った。それで原衛門が奉職した。一八歳であった。約十五年奉職したが半分は身も心も嫌気の日々だった。特に高倉天皇の即位後はだ。嫌気が増すごとに宋銭の違法蓄財を始めた。家族へも周囲にも同僚へも顔は笑っても心は苦衷《くちゅう》と憤慨《ふんがい》の日々であった。兵部省兵士ですら天皇と合わせて側近や周囲の為体《ていたらく》を知っていた。奴らを見ると懶惰《らんだ》をしたくなる。だから兵部省は機能を失ったも当然と思って原衛門の行動だ。為体は多くの目に明らかでそれでも天皇を支えようとする輩や側近も多い。それは自己擁護だ。朝廷政治が続くなら自分の生活安定が続くと信じてだ。それでいながら奴らはどう考えているんだと懐疑心と猜疑心を互いに持つ輩が多くなった。原衛門から見れば阿《おもね》るとしか思いない輩が如何に多いかだ。原衛門はそれが嫌で堪らなかった。深山の統領は懐疑心と猜疑心の輩の情報を相互に利用し。懐《かい》柔策《じゅうさく》を加えて各地に散った香具師や傀儡廻しに同行する女人を含めた仲間に教示する。それは口には出さずも平家と後白河法皇を討滅させる思いが誰よりも強いからだ。原衛門が思うに、統領は出来れば武士を使わぬ戦を一時は考えていた。原衛門は約半年前、統領に話した。『場合によっては妻子を残し。逃避と言うと大袈裟になるが、行方を暗ますやも知れぬ。殿舎に奉職して気付いた事の一つだが、平家の和国操縦は既《すで》に破綻しておる。後白河法皇とて同じ。一刻も早く二人を討滅せねばなりませぬ。目標達成は年月を要するだろうが、都から離れた場所に儂と同じ考えの者があると信じ。この者らを集めて統領の下へ参上《さんじょう》仕《つかまつ》りまする。儂が一ケ月上らなかったら行方を暗ましたと思って下され。妻子を思い躊躇すると計画は失敗します。居場所が定まりましたなら消息《しょうそく》文を託します』とだ。統領は否定も肯定もせずだ。その思いが今夜の運びとなった。

逃　避

この時点で源頼朝は鎌倉を政の中枢《ちゅうすう》にしようと鑑《かんが》みて様々な手段を講じて着々と諸藩を味方にし、場合によっては戦わせては勝者を我が手にして鎌倉へと向けさせ。朝廷をも壊滅させる思いで覇権の夢を追う日夜だ。その実現には東国の諸藩全部を掌握する意気込みだ。原衛門は耳を欹てて頼朝の動向を探り。推測を合わせる日々はあったが情報は正確には届かず。何者かが戯言を加えて流し。現時点では頼朝がどんなに足掻こうと鎌倉を政の中枢にしようと思えど。平家から見れば、頼朝は私設の政集団で傀儡《かいらい》に過ぎぬ思いだ。また、頼朝の思い通りに、事がうまく運んでも後白河法皇は認めん。認めたら遷都だ。遷都なら天皇を鎌倉に移す事になる。清盛が福原に幾多の館を建てて完成した順に移住させたのに反対が多く。断念して諦めた経緯を鑑みれば鎌倉を含めた東国は田舎侍の住処であることを主張し、天子様を東国になんか譲れる訳がないと言うだろう。

奈良から京へ遷都して四百年以上を都として守った誇りが都人にはある。その誇りを譲れる訳はない。天皇や側近や公卿衆へ不満はあるが、それと遷都は別の思いは強い。仮に天皇はどうにかなるにしても公卿衆は先鋒《せんぽう》で死守する。当然に貴族らもである。それは前記の間諜らが様々に脚色しては有利に聞かせて金銭を得るだけで正確な情報は流さないからだ。併し、政《まつりごと》なるものはいつの時代にも裏で操り。資金を提供する輩もおる。頼朝を担ぎ出して資金を提供するのは伊豆の北条時政だ。伊豆へ流された頼朝を手懐けたと言うか丸め込んだのは北条である。北条家の祖は平貞盛だ。貞盛の父は将門に殺害された事で恨みと怨念で平家討滅が常にある。頼朝の母の常盤は平家によって残酷な仕打ちを目の当《ま》たりにしたのでその怨念《おんねん》も強く懐《いだ》く。自《おの》が若輩で果たせぬと考えた頼朝は伊豆の北条依存で平家の打倒討滅に乗り出す。併し、その信頼度は何処まで真偽かは不明。

とにもかくにも原衛門は都周辺から離れる。余り早く離れると情報の届くのが遅くなるのは承知。最終目標は関東平野が頭にある。殿舎に奉職して得た知識を存分に利用して生きる。大雑把な地図は頭にある。奉職で得た知識や技量は良き事にだけ役立つことが無かったと言うか、使う機会と役立ちが少なく殺める事が多かった。それは本意ではなく命令だ。これからは良き事にだけ使う。

尾張や三河や鎌倉を通らず。琵琶湖を右手に見つつ北陸道《くがどう》を途中まで行き。美濃国の徳山、郡上、下呂、信濃国に入って木曽、塩尻、上田、軽井沢方面へ向かう山中を選ぶ。鎌倉の近くを通れば頼朝の情報は得られるが安全を思うと列島の中心部を通り。富士山を右側に眺めつつ態《わざ》と遠回りで一旦は武蔵国を目指す。

約半年を掛け、一旦の隠れ家としたのは武蔵国の荒川上流川縁の自然洞窟だ。ここまでは追われる気配なく来た。機能を失ったも同然の兵部省であっても朝廷に忠実な藩主もあれば平家に加担する藩もある。原衛門は、何処の、どの藩が味方か敵か全部の把握はない。敵の藩に捕まれば理由無く襲われる。併し捕まるも殺される訳にはゆかない。統領の思いを実現させるのは当然だが、冠木家の血を絶やしてはならぬ。逃避までして目的を果たせぬなら棄市を選んだ方が良かった。

不正を続けてくれた慎之輔一家も棄市は間違いない。これまでも朝廷や殿舎からのお達しや原則をねじ曲げて許された者は原衛門の知り得る限り皆無。それを承知で慎之輔に願い出た時点で棄市にあたう。それなりに互いに重き責任を承知だった。それを祖父と父に篤《とく》と聞かされての奉職であった。

あの夕方、殿舎から舎人への道の数人の動きは儂の探目《たんもく》があった。殿舎者でなく原衛門が顔を知らない影者だ。どの時代にあっても影者を構成させて原衛門らの偸盗組さえも監視させていたのは明らか。その者らは、原衛門が舎人に帰らず。そのまま行方を暗ますのではと様子を窺わせたに違いない。何事も無く帰宅を確かめた後に殿舎に戻って報告をした。慎之輔と接触するのではの思いもあった筈だ。慎之輔の家系は優秀。だから大蔵省へ三代続く算師《さんし》家系である。算師で原衛門より位は上だが帯刀でない。他の誰が六対四の不正を持ち掛けても絶対にしない。なのに儂の願いは聞き入れた。発覚すれば家族共に棄市の罰を承知でだ。

最終目的地は武蔵国やその周辺でない。ここは休息と情報を得る手段の場所だ。原衛門は日中は洞窟から出ず。竹で編んだ、うけ、を夕方に川底へ沈め。翌朝に引き上げると数匹の小魚と時には鰻も入る。それと木の実などを食べて日々を過ごす。日中は洞窟の中から川の様子を見つつ。うけや日用品の笊なども編む。笊は子供の頃に祖父や祖母に教わったのだ。ざんざら笠も破れたので新しく編んだ。更に長旅を予想して蓑も編んだ。材料の菅《すげ》は無数にあって不足しない。時おり堤防の上を眺めても人の姿も見ない。荒川上流に来るまでに追っ手も無く。やや気抜け逃避になった。幾つもの大川を越え。荒川に来るまでの平坦地や沿岸は堰止《せきど》めして田圃に水を引き入れて稲作が主だ。上流近くに来ると平坦地が少なく畑が多い。段々畑とは言わずも緩い傾斜地に麦作が多い。洞窟内から時おり見えるのは、流れを上下する小舟だ。小舟には一人か二人が乗り。投網《とあみ》漁の姿が時おり見えた。集落からは随分と離れているのを実感した。

原衛門は半月過ぎた頃に初めて洞窟を出た。日中は初めてで住民に接触してみる。それには言葉に気を付ける必要を感じた。西国と東国は言葉が違う。ここが重要で東国の人間と思わせて話さないと発覚する恐れがある。原衛門は偸盗組で敵対する館《やかた》の天井裏に侵入し、謀議を盗聴して西国か東国か言葉の違いを判断した。東国の言葉の経験はないが話してみよう。

西国の人間なら、源家に通ずるか平家に通ずる人間かで対応が違うと思う。場合によっては問答無用で襲われる覚悟も必要。いや、儂を襲おうとした者の血を見るのが嫌だ。接近戦なら瞬時に十人は殺《や》れる。だが、仕込み杖にも懐剣にも血を付着させたくない。矢も二本までは同時に振り払う自信がある。

果たして何処の人間と語った方が安全だ。原衛門は荒川上流に辿り着く途中で目を付けてた場所がある。そこは集落民同士や別の集落民らが物を交換したり購ずる市庭《いちば》的（市場）な場所。原衛門は百姓姿に替えて出掛けた。集う姿の殆どが百姓に見えたからだ。原衛門は、うけで捕獲した岩魚《いわな》や鰍《かじか》やその他の小魚の天日干しと焼いた鰻を持参した。場所を仕切る男に「三つの山を越えた集落で百姓してら。初めて来た。百姓の合間に川魚も獲《と》るんで焼いた鰻と天日干し小魚だ」と言うと。初顔に胡散臭《うさんくさ》そうに見たが疑う目は感じなかった。仕切る男は「代わりに何が欲しい。初顔はこっちが知らないと思って値を吹っかける癖があるが反対だ。初顔なら値を抑えろよ。そうすれば次もうまくゆくでな」で西国人間を疑う様子は全くない。それでも頭の天辺から草鞋の先まで見つつ。随分と、でっかい男だなの思いはあるとみた。集う者は原衛門より小柄。小柄だが誰も健全に見える。原衛門は「それは分かってます。米ばかり食べてたんで。うどんを食べたいんでな。小麦粉か、うどんが欲しい」嘘も方便だ。すると仕切る男は「分かった」と言った。原衛門が持参した鰻と魚の天日干しの包を解いて吟味した。「よーし、待ってろや」で取引は成功した。これを数回繰り返して仕切る男と集まる百姓の信用を得る事が大切だ。原衛門はうどんの束を持って帰れた。

次は、竹や篠を細く割って編んだうけを数本持参した。交換用だから丁寧に作った。捕獲した小魚類の天日干しも持参。うけは交換でなく売れると言うので相手の言い値で売った。小魚の天日干しと野菜を交換。野菜は初めてだ。多くは木の芽や実や野草を食べてたからだ。

原衛門は平家と源家の兵士らの動向を、それとなく仕切る男と百姓男らに聞いたが全く分からないと言う。関東平野のこの辺りは都も鎌倉も遠いと思い。平家は兵士らを束ねる力は逸して朝廷側にも戦闘力は皆無とみた。よって原衛門を追う兵力も無いと確信した。四百年以上続いた平安時代の崩壊を予想した。

傘岩暮らし

荒川上流の洞窟を抜け出し、約二年を要し、住むに良きとして見つけたのは下野国《しもつけ》（下野国・以前は毛野《けの》国で現在の群馬県と栃木県は一国。広大過ぎるから二国にせよで。渡良瀬川を境に上毛野と下毛野となる）の那須野ケ原の那珂川中流の傘岩だ。日中は自然壕や樹木上で休息。夕方や夜になってから移動したから見つかずに来られた。だから懐剣と仕込み杖は一度も使わなかった。移動しつつ、眠りつつ、和国を救う準備を描いた。それには秀《ひい》でた人物を探さねばならぬ。秀《ひい》でて儂に賛同する人物だ。何に秀でるとは言い切れぬが見付けるのが先。以前の那須地方は那須国として独立した一国であったのを多くは知らない。それは教科書や歴史書に載らないからだ。那須独立国があったと言ったら。現在の栃木県人ですら「そんな事はないだろう」。筆者的に言うなら。「そんなごじゃっぺある訳ながっぺ」だね。だげんと。歴《れっき》として那須国は独立してあったんだよ。広大な土地ならあらゆる事に秀でる人物はおる。それも出来るだけ早急に探す。一日でも早く平家を。討滅し、間を置かずに後白河法皇の魂をも潰す為だ。

　那須国が独立国であったのは知らなくて当然で古代の那須国は隣国の毛野国や岩代国や常陸国とは異なる文化を発展させ。大陸や辰韓《しんかん》から渡来人を積極的に受け入れて直ちに帰化させた。最初に受け入れたは第十二代景行天皇とされ。自らも東国を巡り。大和武尊《たけるのみこと》が遠征中に逝去すると。景行天皇は更に力を入れて巡幸を繰り返す。更には、藤原鎌足が大化の改新前、朝廷が大陸文化を学ぶ為に、小野妹子《おののいもこ》らを遣隋使《けんずいし》に送り出す約百年前に大陸へ使者を送り出したのである。当時の東国は一四ケ国。同年代の国郡改革制度で那須国は毛野《けの》国に編入。更なる霊亀一年に諸国は二文字に定め、上野国と下野国となるも旧那須国は独自に渡来人を多く移住させた。辰韓から渡来の中には元は大陸系も含まれ。大陸系も辰韓系も関係なく受け入れたのを鑑みれば那須王朝と言って過言ではあるまい。那須国を支配したのは豊城入彦命《とよきいりひこのみこと》や建沼河命《たけめまかわみこと》と饒《にぎ》速日命《はやひめのみこと》とする書もあるが、どちらにしても独立国であったのだ。豊城入彦命は父の崇神《すじじん》天皇の命を受けて東国平定の為に何度も行幸し。歿後は中野内の大宮神社に祀られているのを思うと那須国王朝であったのだろう。大陸の孝献帝《こうけんみかど》と子の孝徳王《こうとくおう》と。前漢王朝の子孫が九州や西国を避けて那須国に亡命した史実からも、大陸や辰韓に知れ渡っていた和国の雄であったに違いない。二〇〇〇年代も三〇〇〇年代も和国は弥生時代である。この時代に大陸往来があったとは信じ難いが、亡命となれば和国に記録なくも大陸には何かの方法であったのか。何たって漢字を編み出した国家である。

時が経過しても更に積極的だったのは第十五代の応神天皇と仁徳天皇とされ。移住者の中には養蚕と土木技術に優れた人物が含まれており。移住者を各諸国に配置させて養蚕と土木技術に併せて河川から砂金の採集技術を普及させた。応神天皇の後に即位した仁徳天皇は本格的に治水工事を実行し。河内平野の水害を防ぐ為に難波に堀を開削した。これが和国で最初の大規模土木事業とされる。

天皇が代わっても養蚕と土木技術と灌漑用水を積極的に推奨した事で、那須国は周囲国に羨まれる緑田（水田）が多くなり。下野国に併合後も絹と武茂川の砂金を主産業として独自の文化の発展を遂げ。大陸や辰韓を迎えるだけでなく那須国人も辰韓へ渡ったとされる。応神天皇と仁徳天皇は長きに亘《わた》り那須国の平穏と安穏を見届け。応神天皇は七一歳最年長の即位で退位後も長寿で一二〇歳を超す記録がある。羽曳野《はびきの》市にある誉田御廟山古墳《こんだごびょうやまこふん》の前方後円墳は日本で二番目の大きさから。那須国だけでなく貴族や公卿衆からも都人からも誉れある天皇として称賛されたのであろう。

せめて栃木県の小中学校の歴史書では那須王国があったと教えるべきだよ。教科書に載せずも教師は雑談的に話すべきだね。教科書の通りに教えるよりも雑談的な会話が多くを覚えられるんだよ。筆者の知識はその口だ。ダンプカー・ドライバー（昭三八〜四一年）の頃にね。『千年以上前は那須王朝の国があった』と聞いた事がある。その時は渡り人夫《にんぷ》の出鱈目《でたらめ》だと思って聞き流したんだけどね。那須与一の事を書くにあっては様々な書を繙《ひもと》くと。あの話は本当なんだと思うようになったね。渡り働く人夫（今は差別語で使っちゃ×だよ）の中には博識者が意外と多く。それも俺は博識だぞは思わせずにね。日焼けで真っ黒な顔に鉢巻きで五線譜《ごせんふ》の如きに額に皺《しわ》をよせ。下ろし金の様な掌を見たら働く以外に能が無いと普通は思っちゃうけどそれは偏見で間違った見方だね。殺人まではせずも強盗や殺人未遂と窃盗の前科を有するは工事現場にザラに居てね。全員ではないけど刑務所で色んな本を読んでの知識らしい。まだまだあるよ。そういった人に聞いた話が。刑務所を出て帰る場所の無い者は生活資金が無い為に再犯の恐れがある。再犯を防ぐ為には、仕事を与えて生活資金を稼がせるの思いから。法務省の出先機関から建設会社や工務店に内々に通達があったらしいよ。で約六十年過ぎても何故か忘れずに覚えるんだ。だげんど教科書で習ったのは空っ穴だね。

那須国の中心は小川村の梅曽《うめそう》（現・那珂川町）に郡衙《ぐんが》が置かれたとされるものの何故か、日本三代古碑《こひ》の一つの那須国造碑《こくぞうひ》が湯津上にある。大和武尊が東国の平定時に訪れたのを思うと。飛鳥や奈良や大和との結びつきが深く約五百年に亘り那須王国（ちと大袈裟かね）は続いたのである。那須国造碑は、女帝として四人目で第四十一代の持統天皇の時に建立されたのを思うと。現在なら、遣り手の女性とでも言うだろうがそれ以上の統率力と素質を持ち合わせてたのだ。持統は天武天皇の皇后十人中の一人で戦にも積極的に加わって地位と信用を築き。天武天皇の逝去後は九人を追いやって天皇の坐を掌中にしたのである。外交も積極的で移住者や帰朝者の意見を取り入れ地方行政にも力を入れた。併し、それ以前に建国されていた那須独立国は衰退の極みで。下野国の一部の那須藩となり。蝦夷《えみし》国の手前としか見られず。奥州藤原氏が栄華を迎える時は往還路の沿線とされるだけになってしまったのである。

那須藩は、小川、芦野、三輪、黒田原、稲積、那須を主に一四の村や郷の中で那須氏の出自で台頭を現すに至り。後に弓の名手の那須与一に繋がるのである。与一の父の資隆の前は宗資、資房、資清、資満、資通、定信である。那須家の祖は藤原道長の孫の道家の子の貞信とする書と相模原の山内家とする書もある。また、津軽氏との縁が深いとされ。どちらにしても那須国が独立していた頃と時代が合わない気がする。実在しないともされる大和武尊が那須を訪れたのは西暦一一〇年頃とされ。女帝最初の推古天皇も聖徳太子も存在しなかった頃である。

那須（那須家以外）の先住者家族の祖先は西亜細亜《あじあ》の気もするが、確認には膨大な資料を繙く為に時間を要するから止めて、那須藩が初めて築城したとされる小川村の神田からとする。

烏山や福原への築城は更に遅れてである。那須国が約五百年に亘って繁栄の一つは武尊民卑《ぶそんみんぴ》の思いがなかったからとされる。二世紀末から那須国の誇りがあればこそ廃藩置県で宇都宮県（後に栃木県）になる時。黒羽藩主の大関美作守《みまさかのかみ》高増《たかます》は宇都宮県に属さず。黒羽県になると主張した意味も頷ける。大関家が築城した城下町（大宿）に並ぶ邸宅の軒先瓦には古新羅《しらぎ》国で使われた素弁八葉連花《そべんはちようれんはな》の鐙瓦《あぶみかわら》の多さを思うと、古くから辰韓との交易が数多にあったのであろう。

原衛門は方々を歩いて散策しつつ。幾つもの峠を越え。更に大小の河川を幾つも越え。住むのにも適当と判断した場所は那珂川沿いの傘岩だ。

下野国に辿り着く途中で高倉天皇が崩御され。安徳天皇に代わったと聞いたが心で笑った。何が言仁《ときひと》だ、と。憲仁《のりひと》の為体は多くが承知していた事である。乳幼児期から病弱であったのが為体を増長させたのを多くが承知であったのも思うと、早逝《そうせい》は目出度き事であろう。後白河法皇の第七皇子に生まれた事が憲仁の命を縮めたのも間違いなかろう。憲仁は八歳で即位し、一二歳で徳子と結婚して七人の子女を生ませている。

子を生ませる能力が発揮するのを一三歳位としても、二一歳までに七人を生ませたとは相当に努力と苦痛であったと想像すると気の毒よ。結婚しても褥《しとね》で二人切りになれず。琴瑟相和《きんしつあいわ》は絵に描いた餅で、上臈《じょうろう》らが監視の形で張り絹の外で子作りの行動を見極めつつ指南をする為に新婚の甘い夜は過ごせない。それでも憲仁《のりひと》が遺した第一皇子（言仁《ときひと》）は多くの目に優性児と映った。そこで後白河法皇は、天皇は末永く和国の安泰と安穏を齎《もたら》すだろうに耽《ふけ》っていた。

蒼天《そうてん》だ。空の何処を眺めても雲は見えぬ。儂には目出度い蒼天を忘れず。明日からは苟《まこと》の日々が新しくあろう。殿舎では同じ屋根の下で奉職しつつも、奴は何を考えているのかの猜疑心《さいぎしん》と懐疑心《かいぎしん》に飽き飽きしていた。儂の脳から猜疑心と懐疑心の文字が消えるだろう。

数ケ月か数年か不明だが暮らしの基を築く。目前の川は百丈巾以上（三十メートル）で流れ。水の色から中心で一丈（約三メートル）はゆうにある水深。左岸は百丈以上の巾で大小砂礫《されき》の河原が続き。その先は屏風《びょうぶ》の如き屹立《きつりつ》した巍巍《ぎぎ》峩《が》々の岩だ。巍巍峩々には真緑色の幾種類かの苔が蔓延り。それらの苔は、僅かの香りを噴出する事で種の媒介の為の昆虫類を誘う為だろうか、混ざり合って馥郁《ふくいく》さを漂いさせているなと感じる。巍巍と峩々の形から太古は怒濤の海だ。後に海底が隆起、やがて那須連山の噴火が起きて流出溶岩によって嵬々となり。後々に低地が那珂川となったのであろう。傘岩になった原因は、やや上流が急に湾曲《わんきょく》する為に千万年単位の時を経て数え切れない颶《ぐ》風《ふう》（台風）の洪水で流石がぶつかって出来た傘岩だろう。巍巍嵬々の法面《のりめん》に蔓延《はびこ》る蔦《つた》類《るい》が繁茂《はんも》した事で根に絡まれた岩盤が笠の形に残ったと想像する。覆い被さる事で雨風は防げて人目に付く事もない。天井も左右も苔に覆われているのは、数百万年単位に亘って水浸してない証拠で随分と河床が下がった意味だ。色具合から数種類の苔の蔓延りを想像する。百万年単位に苔同士の生存競争が何度もあった。苔は雄雌《おすめす》あって自己が優勢と思うと忽ち多種を衰えさせ。こいつらは手強いと感ずると同類の共存共栄で幾多の年月を掛けて大地の隅々に蔓延る植物である。天井の苔の蔓延《はびこ》りと水滴で鳥類も動物も巣窟を造れない。蝙蝠《こうもり》には絶好の岩穴だが自らは水分を取り除くを出来ない。原衛門は手先を湿らせて口に含め、唇を沾《うるおし》つつ味を確かめた。不味くない。この水は煮炊きに利用できる。奥行きは数丈で左右も数丈で暮らすには充分。

目下の河原は大小の石礫が一面に続き。河原が過ぎて斜面を登ると。左岸の様に屹《きつ》立《りつ》した巍巍《ぎぎ》嵬々《がが》でなく。広大な草原が見渡す限りにある。草原もだが田圃《たんぼ》と畑が交互にある。点在する屋根の形から多くは百姓と見える。飼い馬か放牧かは分からぬが仔馬と一緒に草原を駆けるのが遠く近くに見える。原衛門が初めに予想した奥山や深山とは違い想像以上の豊穣《ほうじょう》な村落の一角へ来たなと実感した。傘穴の出口で湾曲した左岸を見上げると山の頂に居城が見える。それが高館城で那須資隆《すけたか》の居城と直ぐに知る。また、牛若丸の名で平泉の藤原秀衡《ひでひら》の下で文武を習得して義経となり。頼朝から都に上れの沙汰を得て上る途中に那須に寄って鹿狩りをしたのも聞かされる。義経の奥州行きは幼少時名の牛若丸。那須は奥州への往還路（東山《とうさん》道）の途中にあり。行きも帰りも通る必要がある。都に上る弁慶と義経は藤原家の数人を伴って鹿狩りをした。この時に与一（一〇歳）は、義経の乗馬の素晴らしさと同時に弓の名手と知って憧れても口には出さず。当然に父母に話さぬが後々は義経殿の都に上りたいが芽生える。兄者《あにじゃ》らと那須の年少者数十人は、城主の資隆の反対を押し切り。清盛を始めとして平家の下で那須騎乗隊で様々な戦を繰り返している（資隆が薦めたとも言われる）。それを思うと義経殿の元へ行きたいとは口を裂けても言わぬ。口には出さぬが乗馬と弓弦の訓練を一層に力を入れ。儂は義経殿より乗馬も弓弦も上手くなり。絶対に義経殿に馳せ参じるの思いは強くなった。その話を原衛門は与一から聞く機会が後々にある。

　草原の遥か遠くに見えるのは男体山だと旅の途中で聞いた。良き場所を見つけたもんよなー。目前の清流で魚類を獲って充分に食べられる。右岸の向こうの草原と田畑を見れば穀物類も不自由なく摂取できるを思うと、頑健な体を持ち続けるのにも自信を持った。仙人如《せんにんごと》き山伏如《やまぶしごと》きに生きれば背負ってきた宋銭を使わぬは厳守できる。一人の暮らしでも日銭は使う。その日銭は別の方法で稼ぐ。

住むには水は必要だが床一面に薄い膜状に水が流れては寝るのに困る。先ずは床の水を隅に纏《まと》めて流す工夫をする。奥に一尺ほどの竪穴《たてあな》を掘り。背負ってきた宋銭入りの麻袋を埋める。水の力で掘られた傘岩は比較的柔らかい。石工用鑿《のみ》を玄能で叩くと難なく掘れる。床の水を流す掘割り状態も難なく掘れそう。床の出口の近くに小さな蹲《つくばい》溜《たま》りを掘る。

途中で収穫した木の実を食べつつ原衛門は思う。対岸の向こうの見渡す限りが広陵なる平原が良くぞ出来たものよ。武蔵国の荒川中流にも野原はあったが広さと趣《おもむき》が全く違う。

与一兄弟

前後するが与一を書こう。与一宗高は那須太郎資隆の男児十三人の中の十一番目で仁安三年に生誕。併し、与一は実在せず架空人物との書もある。これには驚く。与一が架空の人物なら源頼朝も義経も鎌倉幕府も無かったとするなら許される範疇。それでいて頼朝と義経は存在して鎌倉幕府はあったと書くのは許されぬだろう。鎌倉幕府の成立は那須与一の力があっての事だ。

与一の生誕は神田城で物覚えの頃は高館城である。那須は広大で上、中、下とある。下野国は中央部に宇都宮家、南部に小山家がそれぞれ居城を築き藩を持つ。三家は縁組し、何処かの藩から攻撃を受けた時には互いに兵を出して戦うを申し合わせてある。与一の母は下野国南部の小山家（政光）の妹とされ。宇都宮藩主も小山藩主も那須藩には一目を置いたとされる。一目を置くのは那須藩を含めた一帯が以前は独立国であった時代を考慮してだろう。縁組み合ってもいつかは破綻を招くのが世の常で、約二百年後であるが小山藩と宇都宮藩は戦って小山藩は大敗。小山藩大敗の原因は足利氏満《うじみつ》が執拗に義政を嫌い。宇都宮基綱《もとつな》に仕掛けた戦とされ。後に義政は自害する。頼朝の乳母は小山政光の妻である。それが縁かの真偽は分からずも鎌倉に都を設けた後、征夷大将軍となった頼朝は下野国の那須地方へ頻繁に狩猟に来た。狩猟は数日に亘って行われ。鹿を主に狸やその他の獣を弓弦で射止めた。雉《きじ》や山鳥は、獣を深山の樹木の中から追い出すと飛び出るおまけ獲物だ。上野国や常陸国の佐竹藩にも告が出され。追い出し延べ人数は数千人が動員された記録がある。また、それは戦の訓練だ。那須藩の者以外は殆どは馬に乗った経験もなく。平常は百姓で弓弦を持つ事もなく、戦い方も知らぬから教える為でもある。それを通称は屯田兵《とんでんへい》と言う。当然に数千人分の食料も必要で武具と共に宿舎もだ。それは諸藩が調達せよの通達で。腹では文句言いつつ黙って応じた。応じぬは謀反を企むと思われるからだ。遠くは片品村も応援に駆り出された記録もある。義経が狩りでの休憩に座ったとされる腰懸塚が余瀬郷にある。

下野国の約三分の一は那須藩の支配地である。資隆が高館城主に至るまで数箇所変わり六人の城主が居た。一番の目立ちは資隆で弓弦の名手の与一の稀なる働きの所以《ゆえん》と思って間違いあるまい。与一は弓弦だけが優れたのではない。学問も優れ、学問と剣術は父の資隆《すけたか》が、弓弦は伯父の宗資《むねすけ》が傅育《ふいく》役も兼ねて厳しく教えた。

那須藩の那珂川沿い左岸は岩代国と常陸国の境に続く八溝山系の峰々が続き。麓は起伏に富んだ狩猟地でもある。鹿は足が速い。鹿を追うのは馬だ。那須の子供らは五歳ぐらいになると仔馬に乗って遊んだりもする。城下や近隣の百姓は農耕馬として馬を数頭は飼育する為に仔馬と自然に仲良くなる。那須家にあっても近郷の百姓にあっても飼育馬が成長すると近隣の優秀馬を種として再び仔馬を誕生させ。その仔馬の多くは子供らによって育てられ。順々と続けては農耕馬や戦馬に育てる。また、那須野ケ原の野生馬の中から。これは駿馬になると思う仔馬を選んで馬匹して戦馬とし飼育もある。与一は五歳で裸の仔馬を堂々と操る肝っ魂を持つまで成長した。その与一に父の資隆は期待を寄せた。兄者らは平家一族に加わり。諸国諸藩で資隆の教えとは違う生き方をしておる。与一と頼資《よりすけ》と宗久《むねひさ》はそうさせず。後には那須藩。いや、下野国の為に居城を守って欲しい。与一こそ暁将の武士となるであろうと稚児《ちご》期から期待を寄せた。那須の中央部を流れる那珂川右岸は更なる広大で穀倉地であると同時に平坦地は緑豊かである。どの藩主も欲しがる四つの為に財政は潤沢《じゅんたく》。四つとは、緑田などの耕作地、駿馬、絹布、砂金である。金鉱や金山は無いが武茂川の砂金が財政を潤沢にしたとされる。そこへおまけの形に鹿を主に様々な獣の肉と那珂川の魚も豊富に漁獲されて、百姓を含め住民は十分な蛋白源を摂取して健全者が多い。真偽は不明だが資隆《すけたか》が正室に生ませたのは男児三人と女児二人で後は側室や妾腹で合計女児は八人。

十二番目の頼資は蝦夷娘の間に生まれたとされ。この頼資が与一の補佐役で様々な場所で力を発揮する。男児十三人目は妾腹《めかけばら》で宗久。また、正室は女児だけともある。

ここで頼資の誕生秘話を記す。父の宗資《むねすけ》が城主で資隆が城主になる十数年前の若い頃である。資隆は家臣の数人を伴い。八溝近くの山林へ狩猟に出掛けた。獲物は選ばずに見つけた獣を矢で射る。その為にはある程度は追い出しが必要で数人の家臣を連れた。十数頭の獲物を射た所で午後になり。家臣には、獲物を担《かつ》いで帰られよで昼食の後に休憩をした。二刻ほどを休憩した後。儂は少し遅れて帰るからで一人で山奥を目指した。家臣が『これより先は化身が棲むとされる八溝山中です。大桝郷の岩獄丸《いわごく》なる化身は退治（那須氏の祖が退治した事で三輪の神田に砦を建てるのを許された。それが神田城とされる）されたとは言われるも形を変えた化身が時おりは現れる噂もございます。一人では危険ですから、誰か一人だけでも伴を』と申し出たのに。慣れた山で八溝周辺の事は知悉《ちしつ》しているから不要ぞで家臣の全部を帰した。

資隆は大物の全部を熊や猪を射るよりも小型獣を射るのに興味が湧き。狸か兎を射《い》たら帰るつもりで斜面を登った。半刻程斜面を登ると一頭の狸を見付けた。資隆は樹木に身を寄せると斜面を小走る狸を目掛けて矢を放った。矢は瞬時に飛んで狸の横腹に命中した確信を持った。何度も聞いてる命中音。矢の刺さった痛さに発した声を何度も聞いた。今のは声を発さなかったが命中は間違いない。慌てる事はない。矢は狸の横腹を貫通した筈だ。資隆は斜面を登り。この辺りの筈だかな。狸は矢を刺さったままで横たわっている筈だと思った辺りに周囲にも居ないではないか。アレー、間違いなく命中したんだがなー。外れたなら矢は斜面か樹木に刺さっている筈なのに見当たらない。更に、広く見渡しても狸の姿は見えないではないか。耳を澄まして聞き耳を立てるとカサカサと木の葉の音がする。音の方を見上げると。やや上方を、横腹に矢を貫通させたままの狸が斜面を登って行くではないか。資隆は弓を斜面に置き去りにすると狸を目掛けて登る。すると狸は脚を速めて斜面を登る。資隆の思いは、狸の横腹には矢が貫通して胴体を自由にできない筈と思うのに全く意にしてなく感じるではないか。資隆は足を速めて登ると。狸は資隆よりも速く登るではないか。おかしいなー。若しかするとあの狸には巣に子狸がおるのではないか。だから子狸の為に必死で巣に戻ろうとしているのだ。それなら助けてやらねばならぬ。横腹に矢が貫通では巣に戻る前に参ってしまうだろう。また、熊や猿に見つかったなら逃げ切ることはできない。子狸を思う母狸の為を思うと助けねばならぬ。その思いで資隆は斜面を登る程に狸は逃げる。それの繰り返しで刻の過ぎるのも忘れてしまい。狸を救う事も出来ず。数刻が過ぎて資隆は疲れてしまった。切り株に坐して休息に入った。儂は狸に化かされたのかなー。そんな思いでいつの間にか眠ってしまったのだ。

背中にゾクゾクと寒気を感じて目を覚ますと辺りは真っ暗。刮目《かつもく》しながら空を見上げると樹木の枝葉の間から星が降る如くに瞬くのが見える。足元を見ると自分の影が斜面に映る。星明かりに目が慣れても東西南北も分からない。眠っていたのは何刻かの判断がつかない。これはいかんぞ。今は藩主でも城主でもないが数年後には約束されている身だ。夜の山で迷って遭難したでは世の笑い物。そうなってはならぬと下山を考え。樹木間の星明かりを頼りに沢に向かって進む。見上げる見る星の瞬きから深夜近いと感じ。随分眠ってしまったんだな。眠ったのを悔やんでも仕方のない事よ。とにかく下山できる道を探さなくてはならぬ。

そんな思いで半刻程歩くと窪地に住まいらしい小屋があり。筵で囲った小屋の透き間に揺れる蠟燭の灯りが見えるではないか。資隆は安堵した。ここで休ませて頂いて明日の朝まで待つ。小屋と言う程でなく。十数本の丸太を地面に差して周囲を筵で囲み。屋根は杉皮葺き。それは星明かりでも見えて樵《きこり》家族を想像する。出入口の筵《むしろ》をパタパタと数度敲《たた》き。夜道で迷った由を話すと。入りなせぃ、の言葉が返った。資隆は言葉に甘えて蠟燭が灯る炉のある部屋に入った。

それが此処へ来る迄の経緯である。資隆は狸の事は話さない。どうせ笑われるだけ。

狸に化かされたなんぞは誰も信じまい。資隆より年長の夫婦と二〇歳前後の娘子と一〇歳に満たぬ少年が居た。蠟燭の灯りの下で家族が団欒《だんらん》した後に就寝の準備の刻だ。「狩りに来て深追いして迷ってしまった。朝まで休ませて戴けますか」を問うと。細事は聞かず。「随分と迷われましたな。ここは岩代国の真名畑村の山ん中だで。何処へ行っても山で更に迷うなんぞは雑作ねぇ。儂らが寝たら灯りなんぞはねぇ。良くぞ灯りのある間にここを見《め》っけたもんだで。これも何かの縁だ。粗末な物だが食べなされ。疲れたべぇから朝まで休みなせぇ」で。玄米に粗菜《ほぼな》を混ぜ込んだ粥と。鹿肉と木の芽などが入った味噌汁を馳走になった後に五右衛門風呂まで使わせてくれ。それにしても驚く。藩境を越えて岩代国まで迷い込んだ事にだ。「着替えて下され」で着替えと褌までも揃えてくれた。家屋の造りから暮らしにゆとりがあるとは思えず。山中で何を目標に活計しているのかと思う。小屋周囲を見る事は出来なかったが作付けする畑らしきも無い。行屋《ぎょうや》と思ったが違う。斜面の窪地を見付けてたまたま小屋を建てたとしか思えない造りで数ケ月で移動することも考えられる。床には藁で編んだ薄《うす》縁《べり》が敷いてあるが数年は使ってるだろう藁が色をなしてない。布団に少しは綿が入っているが多くは藁《わら》しべである。それでもあり難い。迷った挙句に遭難死も考えられたからだ。

活計は紛れもなく困窮が想像できる。褥《しとね》と呼べる程でなく。床には薄縁が敷かれ。吊した数枚の筵で仕切られているだけである。それでも夜間の外より暖かく寝る事が出来てあり難い。藁しべ布団に潜り混むと意外にも暖かい。

そんな思いで寝ていると。布団に、もずもずと音をさせて潜り来る髪油の匂いがするではないか。褥も周囲も真っ暗だが匂いから察すると婦女だ。資隆は思う。夜中に小用に起きた嬶様《かか》が布団を間違ったのだろうとだ。「間違いですぞ……」小声で言うと。婦女の掌が資隆の口を押さえた。その掌の感触は紛れなく柔らく感じ嬶様でなく娘子の柔軟感《じゅうなんかん》の掌だ。それればかりか衣擦れの音が僅かもせず。娘子《むすめこ》の素肌の温もりが資隆の着衣を通じて感ずる。素肌の娘子は資隆の横にピタリと接触した。その間にも掌は資隆の口を押さえたままだ。顔を寄せる娘子の頭髪の匂いは椿油だ。一体何事ぞ。部屋の境に筵を垂らした向こうには夫婦と少年が寝ているのに何と大胆な。何と勇気ある行動。娘子は資隆の耳たぶに口をつけて小声で言う。「間違いではありませぬ。私らは蝦夷家族ございます。蝦夷の決まりで迷い人には、何処の国（藩）の方であろうと。男衆なら身分に関係無く。お泊めの時は若い娘子が同衾《どうきん》するのでございます」と言うではないか。資隆は驚きである。それも娘子の言葉ではなく大人びた語りだ。驚きつつも資隆は娘子の言葉の通り。拒む事はせずに同衾したのである。資隆は体を横臥しているだけで何もせず。娘子の動きに任せて事が済んだ。

娘子は何事もなかった如く。両親の寝る部屋に手探りで戻る。蝦夷家族には見知らぬ者でも初めて泊まる男衆には身分に関係なく娘子を同衾されるとは驚きだ。

夜が明けると家族も娘子も変わりなく。昨夜の事は話に出ない。当然に娘子もである。資隆は改めて昨夜の行動を心の中で反芻《はんすう》した。こんなめんけ（可愛）い子に同衾を迫られたら断る男はおらんだろうと。

資隆は昨夜、主人に聞かされた岩代国であることに再度の驚きである。そんなにも那須から離れてしまった事にだ。資隆は幼少の頃から和国は那須と八溝山の手前までだ。それより北は蝦夷国だと聞かされて育ち。八溝山の尾根までは馬に跨って遠駆けで数度は来たが尾根を越える事はなかった。蝦夷国の民は和国の民とどこが違い。形も違うと想像をしていたのに全く変わりない。そこには毛深く怪鬼とも鬼神とも人間とも区別のない化身が棲んでいるんだ、の話は全く嘘の証明と体験をした。昨夜に同衾した娘子も母様とて居城の住する者と城下に住む者と変わりないではないか。なのにどうして区別したのか訳は分からない。

全員で卓を囲んで朝食を済ませた。資隆は食事をしつつも娘子の顔を盗み見したが間違ってもこっちを見る事はなく。普通の娘子と変わりなく箸を進めていた。

馳走の禮《れい》と、泊めて頂いた禮の後。「儂は那須藩下僕《げぼく》の那須資隆ともうす者でござる」身分を下げて言うと。

「存じております。どうして迷われましたかな。狐か狸に化かされましたかな」で笑みを湛えた。資隆は「後日にお禮に参ります」を言うと。「禮なんぞ不要だで。ここに来ると。迷われますぞ。昼も夜も狐と狸がいっぺい（一杯）でな」で。両親は、禮は不要ですぞを何度も言って送り出してくれた。娘子は両親からはやや離れて頭だけを下げた。

資隆は小屋から離れて驚いた。世話になった家族だけかと思っていたのと違うからだ。十数間ほど離れた窪地に点々と似た形の小屋があるではないか。何れも丸太の十数本を地面に差し込み。周囲を筵で囲んだ粗末な造りだ。そして入り口近くに、鶴嘴《つるはし》や三郎（スコップ）や鋤簾《じょれん》の類が数丁ずつ立て掛けてある。資隆は思う。樵家族かと思っていたのは間違いで山林の普請《ふしん》で活計の家族なのだなと。資隆は離れてから振返って頭だけ下げ杣道を下り始めると。丁重に断った馬が用意されて少年が手綱と共に待っていた。資隆は言葉に甘えて馬に乗る。帰り道にも迷う恐れがあることを思うと無下に断れない。出て三刻（六時間）程を進むと。何と何と、資隆の愛馬が獣道を僅かに離れ。手綱が樹木に結ばれ。秣を食《はん》でいるではないか。そしてそこは昨日、資隆が手綱を回した樹木の枝でないのは確かで何者かが、いや、誰かが資隆の愛馬と承知でそれなりの処遇をした。放置した筈の弓弦も愛馬と離れて樹木に立て掛けてあるではないか。何も可も摩訶不思議な狸の行動と蝦夷家族の行動。況《ま》して娘子の行動は通常社会ではあり得ぬと思えども事実であったのは違いない。資隆は思う。身分を下げて下僕と言ったが下僕でないのを見抜いていた。事の始めは狸である。資隆は決意した。藩内に告《ふれ》を廻す。「この周辺での狩りで狸を矢で射るのは止めよ」と。

秣を食んでいた馬は飼い主現れたに安堵だろう。ヒヒーンと一鳴きすると。手綱の延びる限り寄ってきた。資隆は少年に禮を言った後に馬を下り。鼻面を撫でるのも怠らない。再度、少年に禮を述べた後に初めて愛馬に寄って鼻面を撫でた。馬に跨った少年は、今来た杣道を駆けて登る。馬にも少年にも慣れた杣道なのだろう。与一より年少なのに騎乗が悦《えつ》だ。幼少時から騎乗に慣れた身の熟しだ。

資隆は少年には分からぬ様に獣道や杣道を曲がる度に樹木の枝を僅かに折った。それは後々に蝦夷家族に禮をする時の為の目印だ。禮は不要と何度も言われたがそれでは済まされない。言わば命の恩人の蝦夷家族である。況《ま》して娘子への禮も図らねばならぬ。場合によっては娘子と少年を城下に住まわせても良い。筵張りの住まいから貧困な暮らしを想像してしまう。その暮らしを少しでも裨益《ひえき》（助ける事）にしてやりたい。それには若い二人を引き受ける事だろう。

併し、蝦夷家族や蝦夷国にあの形の振る舞いがあるを知らなかった。何処の誰と不祥男に、身分に関係無く宿泊させる客人に娘を同衾させるとはだ。資隆は思う。この事実を誰にも話してはならぬ。

やや一ケ月後の夜明け前、資隆は数人の家臣の背中に旗を掲げ。数頭の馬を曳いて蝦夷家族へ向かう。馬なら山も沢も人間の数倍の速さで進める。馬に振り分け駄にしたのは蝦夷家族へ命を救ってくれたお禮の品々だ。大山田村を越え。健武《たけぶ》村を越え。川上村を越えると更に道は険しくなり。人の往来の道ではないなと思いつつ。更に沢と斜面を越えて南方村に入る。いよいよ八溝山の中腹を九十九折れに登る事になる。家臣は、若殿が、どうしてこんな道無き道を行くのかと怪訝な顔をしているが真相は答えない。資隆は山を下る時に曲がるごとに樹木の枝を折ったので迷わず来られ。折られた枝も葉も既に枯れている。だから目を近づけなくても確認できた。

約三刻（六時間）を費やし、八溝山裏側の中腹に到着した。ここで少し休息だなと言って下界を眺めつつ休息する。資隆は休息しつつ思う。娘子を城下近くに住まわせたい話をどの様に切り出したら良いものか。話の内容では少年も一緒で宜しいと言ったのが良いものかとだ。

休息の後に獣道を二刻ほど下がると、小屋が数棟あった辺りと目を付けていた窪地に小屋が一つも無い。あの辺りに間違いはない筈だがなー。家臣を止め。一人で確かめに行くとやはり無い。これ程まで奇麗に整理して消えてしまうのは何故だろうと思う。

八溝山周辺には化身が棲みしの話を稚児期《ちご》から何度も聞かされて育った。川上村の大槲《おおかしわ》郷には岩獄《いわごく》丸なる空を飛ぶ怪鬼が棲み。後に滅ぼされて権現様として祠《ほこら》に祀《まつ》られている。怪鬼も鬼神も飛鳥や奈良に都があった頃より以前の事であり。今の世（西暦一千年代）に鬼や神の住処が存在するとは思わない。あの家族は怪鬼でも鬼神でも魔物でもない。それは娘子と同衾で証明された。夫婦も娘子も少年も人間であったに違いない。況して娘子の行為は人間であって魔物でも化身でもない。なのにやや一ケ月の間に跡形もなく消え去るは何故《なにゆえ》。小屋のあった地面を見ると柱を抜いたと思われる穴には土を埋め戻した跡がある。泊まった家族の小屋だけでなく。数軒あったどれも無い。これはどうした事。飛ぶ鳥、跡を濁さず、とはこの事だ。家臣達の元へ戻り。「何かの事情があって消えた様だ。儂が泊めて戴いたのは間違いない」と言っても家臣達は信じぬ顔だ。信じぬは当然だろう。「帰るとするぞ。来る途中に集落があった。荷駄は集落に譲るとする」で。下ってきた道や獣道を登り八溝山の中腹を越える。八溝山を下ると南方村の一角だ。

　休息をすると川上村へ向かう。獣道を下ると間もなく集落が見えた。広くない丘陵地を開墾して畑にして何かを栽培しているのだろうが、同じ那須にしても居城のある辺りと全く違う地形で収穫物は少ないだろう。馬を止め、畑で耕す農夫へ資隆だけが近づき声を掛ける。農夫は資隆であると知らぬ顔だ。知らなくていい。知ったら荷駄を貰うとは言わぬだろう。「八溝裏の岩代国の真名畑村に荷駄を届けにまいったが全員が消えてしもうた。建物も無い」農夫は耕す鍬を止めて話に乗った。「あー、あの者は何処からか廻ってきた蝦夷家族だ。半年位か一年も過ぎると何処かに消えてしまうんだ。何かの馳走になられたかな」

「馳走というもんでないが、やや（訳）あって一晩泊めて頂いた」資隆が言うと。農夫は、やや笑み。「あー、なら娘子を馳走になられたな」

　資隆は答えずも農夫は資隆の心を感じ取ったのだ。それ以上は聞こうとしない。

「その者らは何をして暮らしておるのだ。この村と付き合いはあったのか」

「付き合いはないが。食物を譲ってくれぬかと時々来た。あの者らの住む所に畑は無い。だから月に一、二度。玄米や野菜を譲ってくれと。母親と娘が来た。六世帯はあったな。金子《きんす》は当たりめぇ（前）に払ってゆく。あれらは金子持ちだで」

「金子《きんす》持ち？」資隆には金子持ちとは思えない。どう見ても貧困活計としか想像できない。農夫の言う通りに六世帯はあった。

「あの蝦夷家族はな。金銀や銅の埋蔵場所を探しておるだで」

「金銀と銅を。そんなに簡単に見つかるもんですかな」

「それが蝦夷家族の血だ。山や斜面の樹木の繁り具合やあんべぇ（塩梅）で分かるそうだ」

「あの辺に金銀が無かったって事ですな」資隆は思い出した。鶴嘴や鋤簾が数本が立て掛けてあったのをだ。あれは試掘道具だったのだ。

「別の家族が金銀の鉱脈を常陸国（後の日立鉱山？）にめっ（見）けたってぞ。あの家族は喜んで向かったど。蝦夷家族は試掘するが金も銀も最後までは掘らん。めっ（見）けたなら含有量を換算して権利を売るそうだで」

「ほう。常陸国で金銀をなー」その後に、荷駄の全部を農夫に与え。集落で分配しなされで帰途に就いた。（資隆が迷って蝦夷の娘と同衾の場面。筆者がダンプ・ドライバーの頃。那珂川上流の砂防工事の時に渡り人夫と仲良くなり。出身地などを話し合った後に。那須奥（八溝は那須奥ではない）の八溝ていやー、得体の知れぬ怪鬼《かいき》や化け物らしきが棲んでおったと言うよなー。その化け物は人間と毛人の掛け合わせらしく。顔は獣の如くに毛むくじゃらで言うなー。その化け物が西国の山奥に陣取る平家の武士を悉《ことごと》く懲らしめたってのも子供の頃に爺婆《じじばば》に聞いたなー。尻尾が九本ある狸か狐も多くおって殿様が化かされたって話も聞いたなー。頭が二つの蛇もおったらしいなーで。男は現場渡りで聞き齧《かじ》った話を得意気に話したのを今でも記憶ある。男は八溝に行った経験はないのに、孫の様な男（筆者）に、方々の現場で仕入れた話の中に那須資隆の若い頃の話もした。男は八溝地方は今《昭和四十年頃》でも化身か魑魅魍魎が棲む未開地の様に話した）。資隆が泊まった蝦夷家族が金銀を見つける事の出来なかった八溝山の西側（那須）と東側（岩代国）で一六〇三年（慶長八年）に金が発見されて、一九五〇年代までは入山金山と祖々免金山として採掘したとする記録と。四〇〇年代に発見されて大和朝廷に献上したともある。八溝山の別名は黄金《こがね》山。麓から流れ出る武茂川と松葉川では砂金が採集された記録が残る。

江戸末期になると八溝山系は満俺《マンガン》鉱が採掘され。その幾多の坑道が昭和時代も残り。坑道に入った経験がある。「穴へ入るな。穴に入って話すと、声がでんぱ（伝播）して響くと天井が落ちるど」と子供の頃から何度も親に言われたものの。危ない所や危険な所へ近づくのは子供の特権で同級生らに自慢気に話したものである。

資隆が蝦夷家族に泊まった約十ケ月後。「那須様のお子です」と書いた紙を添え。

顔に狸の面を被せた赤子が大手門前に置き去りにしてあったのである。資隆は、あの蝦夷の娘子の子だなと。多くを語らずに我が子とし。他の兄弟と区別なく育てた。それが悌二郎頼資で与一と一歳違い。側室は後にも一人を誕生させる。資隆はどの女人の子であろうと差別も舐犢《しとく》（親牛が仔牛を舐めて可愛がる様に溺愛する）もせず平等に育て。男児は厳しく文武を身に付けさせ、時の流れで誰が後継ぎになろうと。本人も周囲も迷う事の無く、城主になれるを鑑みて育てた。

蝦夷家族は娘子に男衆の胤《たね》を宿させるは目的でない。なのに運が良かったのか悪かったのか宿されてしまったのである。また、山奥に棲み。樵や狩猟などの家族は、いつぞやは城下町などへの思いがあり。位が高いと見た男を見付けると娘子と同衾させる習わしがあったとも聞く。資隆はまんまと乗せられたとも考えられるが娘子家族は八溝周辺にも住まず。男児を大手門近くに置き去りにしたままを思うと。那須家の世話になるも上臈の希望も皆無だったのだろう。

野生馬が縦横無尽に走り廻るのは那須野ケ原には慣れた風景である。そこで選ばれた駿馬や悍馬は馬匹して奈良や飛鳥や大和。後の鎌倉へと。時の執権者に那須馬として万の頭数が届けられたとされる。因って那須馬に関する従事者が多く存在する。それらによって馬匹されて軍馬や騎馬用に適すと重宝された。仔馬の頃から兄弟姉妹で家族同様に育てられた若馬は成長し。馬喰の手に渡そうとすると。これは俺にしか懐《なつ》かないんだ。俺しか扱えないんだと馬との別れを惜しむ。すると馬喰はそんなに別れるのが嫌なら馬と一緒に行くかを問うと。一緒に行くと言う。一四、五歳になった年少者は馬と一緒に戦場に行くなんてのも珍しくない。それが与一の兄らであったり城下や百姓の年少者らである。丹精込めて俊足馬に育てただけでなく。兄弟姉妹同様に寝食を共にした馬を手放すのは辛い。愛情込めた仔馬は成長しても情愛が繋がったままなのだ。馬は走るのが好きな動物である。走るのが好きな馬を更に走るのを好む形に育てるは人の手が必要だ。それは襲歩《しゅうほ》で如何にして四本の脚を地面から離すかである。与一も年少者らも裸馬に跨って那須野ケ原を駆けるだけでは不足で、十数丈の深水で流れる那珂川の真横や斜め渡河は普通にある。これが後の合戦で平家軍を海で壊滅させる戦略の基とされる。箒川《ほうき》は那珂川に比べると三分の一以下の水量だ。双方の川は颶風《ぐふう》などの大雨で水流が何倍にもなって流れる。箒川は那珂川の水流に押され、逆流と渦巻きを繰り返す。好天時は河川敷であったのに湖沼の如くに広大で深くなる。その広大で深い場所を与一らの騎乗馬は筏《いかだ》の形で渡河訓練し、いつぞやは本当の海での戦いをするぞを想定して深みを物ともせず繰り返す。水量が多くなるのは颶《ぐ》風《ふう》や梅雨の一時的で好天が続くと水量は一気に減ってその辺りは広大な土地となる。

これが沿岸と近隣に豊穣を齎《もたら》す。繰り返される沖積土《ちゅうせきつち》は良き沃土《よくど》で好ましい堆肥《たいひ》となって地元の百姓を喜ばせる。他の肥料を与えずも良き野菜を生産できるからだ。洪水の度に変化する河川敷を相互利用するのを百姓も年少者も先人から受け継いで巧みに生きてきたのである。成人も年少者も騎乗による渡河の時には下流に手綱を向けない。下流に手綱を向けるは渡河には楽もあるんだと教えてしまうからだ。渡河は常に水流が馬体に強く当たるのを承知させる為でもある。

子供の頃から褌一丁で幅の広い場所を選んでは競って対岸までの水練は常で、那須の子は泳ぎも得意である。

那珂川の水源や那須連山の頂も越える遠駆けは当たり前。茶臼岳を含めた連山もだが、中岳も麓も天候が急変する日常にあり。平地が快晴で気を緩めたまま中岳や山頂への遠駆けは危険であるのを年長者から経験談を聞いては、それなりの装備と心準備をしてから行く。仔馬を枕に寝るもあり。成長した馬は子供らを兄弟姉妹のごとく思っているのだ。遠駆けで急な風雨に遭遇し、これは危険だと感ずれば窪地や樹木下で休憩をする。馬は騎乗者の心を読み。騎乗者は馬の心を読み取り、崖や細い獣道を駆けても歩いても危険を感ずれば脚を止め。馬は自分以外の四つ脚獣の跡がないかを見極め。他の四つ脚跡があれば脚を進める。鹿や猪などの跡があれば。奴らが歩いたのに俺が歩けない筈はないんだと習性で感じ、自身もだが騎乗者をも守るのを自然に身に付けたのだ。馬を含めた動物は本来、水と火を嫌う。それでも仔馬の頃に子供が川の中で遊ぶ事で水を危険な物とは思わず嫌いでなくなる。火もそうである。遠駆けで大雨に遭遇すると休憩する。その時には体を温める為に焚火をする。馬は焚火を見て初めは怖さを感じて近くに寄ろうとはしないが、焚火の近くに寄っているの人の姿を見て焚火は怖くないと感じ。熱くない頃合いの位置で膝を折って休み。その内に目を瞑って気持ち良く眠ってしまう。与一も年少者らも休憩をするだけでない。休憩しつつ、弓弦の手入れをしたり矢を作る。矢材は篠《しの》や葦《あし》である。矢羽根は捕獲した鳥類の羽根。鏃《やじり》は骨や角や爪も使う。職人もおるが与一を含め年少者も自ら作る。弓弦の材料は、黄櫨《はぜのき》と竹が主だ。黄櫨の木を平たく裂いて二枚の竹で挟むのも見様見真似で自分で使い易く作る。弓弦と矢だけでなく蹄鉄《ていてつ》の手入れも忘れない。河原や岩場を歩くと蹄鉄の摩耗が早い。愛馬の脚を上げ。摩耗の具合を目で確認し。摩耗具合では蹄鉄を外し、焚火に入れて真っ赤に焼いて持ち合わせの鉄を玄能で叩いて形を変えたり厚みを加える。蹄鉄を鍛造する職人を、かなぐつ屋と称し、後に三県の境界線となる八溝山周辺から良質の杉や檜や松が産出される事で、かなぐつ屋と共に農作物を搬送する荷車や馬に曳かせる大型馬車を造る職人が、後々の大関藩から黒羽町になっても業《なりわい》として昭和の中頃まで成り立つ。商店から依頼の味噌醤油や他の食料品は馬車による配達であったが、町場の舗装で蹄鉄が滑ったりでの事故が多くなったのと。自動車の出現でそれらは職を失う。

那珂川の水源は極寒だ。太さ五寸以上、長さ十丈以上の氷柱《つらら》の数百本が岩場や崖に連なる場所へ与一も年少者らも好んで行く。それは戦に傭兵《ようへい》された時の為の疑似《ぎじ》体験だ。言葉には出さずも騎乗した自分の勇士を想像していずこの国や藩主に助太刀する心構えだ。戦の場所は何処になるかの予想は誰も知らない。騎乗での戦は暑い夏よりも真冬や極寒の方が厳しいのを自分と馬に植え付ける為だ。春から秋に掛けて駆けるを習練した騎乗者も悍馬は駆けるでなく、跳ぶが如くか疾風《しっぷう》であり、烈風《れっぷう》であり、迅雷《じんらい》の如くに空気を裂く襲歩は見事で那須の馬を知らなかった者は瞠目する。

那須連山の頂上まで駆け登るのは普通にあり。休憩した後、山を垂直に駆け降りるも雑作もなくやってしまい。狭隘《きょうあい》の杣道《そまみち》も難なく駆け登り駆け下りてしまう。那須の年少者らが騎乗する時は武士の身分も百姓も関係ない。だから騎乗にあっては貧富の差がなく。負けず劣らずに野山を駆け廻り、登っては下り。八溝山や御亭山《こてやさん》までも駆け登り、常陸国境も岩代国境へは、与一も年少者も関係なく駆けるのは勇壮で優美でもある。傭兵《ようへい》されると自分が育てた馬に騎乗させて参戦させる遠方の藩主もある。

それは武士の子も百姓の子も一緒だ。

那須の子は幼少時から武尊民卑《ぶそんみひ》の心なく育まれた事で、与一は殿の子でも特別扱いされず敬語を使わず。また、大人へも敬語は使わず。自分の父親と話す言葉で会話をする。伝統と言う程でもないが八溝地方の古代からの習わしである。

鹿の狩猟から始まった与一は、やがて乗馬と弓弦の名手で名を轟《とどろ》かせる。与一の兄者らは、既に百姓の年少者と一緒に那須騎馬隊として諸藩の戦いには即戦力として自ら出陣した。他の国や諸藩の多くの兵は通常は百姓で戦が予想されると兵士として雇われ。騎乗も矢の打ち方も即席で兵の頭数で敵を圧倒させようで出陣する。そこに来て那須傭兵は違う。何れも五傑十傑《ごけつじゅっけつ》で諸藩の藩主を落胆させぬ働きをする。それは稚児《ちご》期の種苗《しゅびょう》が良き大人。賢《かしこ》き大人に成長するのである。それがやがて野原も山頂も山腹も河原も難なく走れる事から馬も傭兵として重宝される。幼児期から大人の真似をして箙《えびら》を背負う姿も板に付いて弓弦にも長《た》けているからだ。併し、若くして戦死も多い。与一は後に平家の討滅に加わり。父の資隆の思いとは違う遺恨《いこん》の戦の渦中に入る。

与一と原衛門

原衛門は鑿《のみ》で掘った穴に宋銭の麻袋を埋め。掘った岩礫《いわつぶて》を麻袋の上に埋め戻して平にした。やや離れて囲炉裏も掘った。囲炉裏は暖を取るのと煮炊き用。次は床の両隅に排水用の溝を掘った。すると地盤の水は引いて出口へ流れる。天井からの水滴も工夫して頭上とその周辺は留めた。後に火を焚く事で床は乾燥して寝床にもなる。寝床には蔦類の大葉を傘穴の上や崖で調達する。それらを敷けば布団の代わりにもなる。それらは山奥で統領から教示されたのだ。蔦類の大葉は乾燥させると暖かく。生の葉は夏は体を冷却してくれ。夏も冬も山に籠るのには必需品。また、対岸の向こうの草原や小川の流れを思えば何処かに湿地帯や沼があろう。そこには蒲《がま》があろう。山に籠る時には都からら持参するのは塩だけである。他の食物は全部山で調達する。植物は当然に蛇も蛙も鼠も食べる。蒲は新芽以外は硬い。硬くても好んで食べるのは何度も嚙んで歯を丈夫にする為だ。統領は捕獲した動物の骨を焼いて玉蜀黍《とうもろこし》を食べる如くにバリバリ食べた。原衛門より年長で齢《よわい》不詳なのに。渓谷を若者の如く飛び廻って原衛門らに訓練と鍛錬を繰り返させた。統領の頑健な体は蒲を始めに硬い茎も根も食べたからだろう。二〇〇歳まで生きると予想される。原衛門も思う。何でも食べなくてはならぬ。見つけた場所は仙人や山伏の住む山奥ではないが仙人如き山伏如きで生きねばならぬ。山奥では都を含めた西国の情報が分からぬから人の動く姿が目《もく》せる場所が良かろう。

今日は火を焚かない。対岸の向こうに点在する住民に挨拶をする前に煙を目撃されるのは不味い。今日は目前に流れる川の魚を数匹でも捕獲すれば充分な夕飯となる。原衛門は汗に汚れた体を河原縁《ふち》の樹木の陰で洗った後に持参の近江織に着替えてさっぱりとした。

ここへ来る道筋で竹と篠が繁る場所を見つけた。仕込み杖の鞘を抜き。細い竹を選んで根元から切裁して枝笹を切り落とし、竹槍の形に鋭くする。それを持ち、膝丈ほどの浅瀬で泳ぐ魚を狙う。「ぎょうさんおるな」流れの強い中央部で鱗がキラリと光るのは鮎だ。二尺はあろうと見たのは鱒だろう。大小を選ばずとも槍を投げれば獲止《えと》めるられるなと思いつつ。足を流れに入れると。対岸の斜面から河原に駆け下りた複数の馬の蹄鉄音がする。二十数騎はあり、それぞれに弓を肩に、背の箙には十数本の矢を挿した年少者らしきが騎乗しているではないか。河原に出ると。大小の砂礫で凸凹の河原を物ともせずに駆け来るのは、水際で馬に水を与える為だろう。原衛門が歩足を進めたると同時に異様な矢風音を感じたが、これまでの矢風音と違うと瞬時に感じた。魚を狙う筈の右手の竹槍をやや斜め上げ。飛んできた矢を払った。矢はポチャンと水面に落ちて流れに飲まれてた。対岸を見ると全部の騎乗馬がバシャバシャと頭を揃えてこっちに向かってくるではないか。川巾百丈はあろう水流を物ともせずにである。馬での渡河《とか》は普通に思うと、やや斜めに下流を向いて流れに抵抗せずにであるが。あの者らは違う。流れよ何物ぞの思いで真横に渡河する。見てる間に渡河を済ませると馬上者はどれもが年少者らしきだ。原衛門は大声で問う。「脅しか」。一人の若者が突出して原衛門に鼻面を向け。「良くぞ兄者《あにじゃ》の矢を弾いたものよ」と。原衛門の顔を覗き見た。「脅しにしても何故《なにゆえ》に正面から射ぬ。脇や後ろから狙うは武士の恥ぞ」。言ってる間に二十数騎が原衛門を囲んだ。青毛と赤毛の馬体はどれもが光り。毛並みが揃って無駄毛が一本すら付着せぬのは刷毛《はけ》で相当に撫でている。だから渡河した途端に撥水してしまう。先に来た年少者と、もう一人は、他の者とは、やや違う絹織り衣装で武士の子か。顔も何となく似ておるのは兄弟であろう。兄と思う男だけが青毛肌の馬に騎乗で一番の年長者だろう。原衛門は絹織り衣装の、年長らしき若者を睨みつけ「何故に射た。挨拶か」

「歓迎の矢よ。那須の武民《ぶみん》は、よそ者を邪険《じゃけん》にも粗末にもせん。よくぞ弾いたな。矢弦にも戦にも心得あるとお見受けした。ここらで見かけん形《なり》ぞな。何処から参ったのだ。何と申す」弟らしき若者が鼻息荒く言う。兄弟とも二〇歳には遠いだろう。それにしても兄貴らしきは、東国にこんなにも見目麗《みめうるわ》しき武子がおるかと思う程の美男子だ。都なら婦女子に追われるは間違い。それだけでなく、そこに立っているだけで絵になる。弓と一緒に武士道も厳しく享受された武士の子であろう。騎乗馬はどれよりも黒光りで烏の濡れ羽色を彷彿させる青毛《あおげ》の肌艶《はだつや》だ。

「儂に聞く前にそちらが名乗るべきぞ……」すると、弟らしきが怒った顔で言う。

「戯《たわ》けを言うな。この者は儂の兄者《あにじゃ》で那須王国の末裔の那須太郎資隆後継ぎ嫡子《ちゃくし》の与一宗高じゃ。あそこに聳《そび》えるのが居城ぞ。儂は弟の悌二郎頼資じゃ」

「後継ぎ。それは失礼を仕《つかまつ》った。……那須王国だと。そんな国は和国にはない。……それに余一だと。十人に余って余計者で余一《よいち》か」

「余るでなく与一ぞな。天が与えし、弓弦《ゆげん》の名手を知らぬとはここの者でないな」尚《なお》も血気盛んに何かを言おうとした弟を、兄とされる男が手で制し「許せよ。弟は血気が盛んでな。不足に至る弟の分を儂が謝る」騎乗のまま頭を曲げた。弟は原衛門の形を見て百姓か樵とでも思ったのだ。与一とされる男はそうは見てない。自分の父と同じ位の齢を鑑みて筋を通している。悌二郎なる弟は、伴の中で一番下の齢《よわい》と思うが齢よりも幼く見え。稚拙《ちせつ》とでも言うか素朴で純粋さを感じ。兄に負けじ武士の様相である。

「儂は栢野《かやの》原衛門と申す。数日の休息をと思ったがな。気に入りそうで逗留《とうりゅう》を考えておる」と。言いつつ、馬上の与一の全身を見つめた。それにしても小柄で儂の半身しかなかろう。これがどうして弓の名手よ。

「近くでないのは確かだ」

「西国か、ごじゃっぺを申すな」悌二郎が言う。

原衛門は初めて耳にした言葉だ。「ごじゃっぺとはなんじゃな」

「ごじゃっぺを知らぬとはこの辺りの者でないな。ごじゃっぺとはな。出鱈目《でたらめ》や嘘や戯事《ざれごと》の事ぞ」(八溝地方の言葉。栃木、茨城、福島県境)

「ごじゃっぺな。……良き言葉だ。西国ではないが東国でもない。出鱈目や戯言がごじゃっぺなら。儂の話は、全部がごじゃっぺと聞いてくれ。儂は、ごじゃっぺを重ねてここまで生き申した」

「……矢を弾いたのを見ると。弓弦《ゆげん》も剣も達者であるな」

「達者ではないが心得じゃ。以前は武人でな。由《ゆい》あって武士を捨てたが鍛えた技と心得だけは残っておる」

「由は誰にもあろう。……悌二郎。原衛門殿に弓弦《ゆげん》と矢を貸し与えよ」

悌二郎は、弓玄を肩から外し、原衛門に両手で渡し。更に、箙から一本の矢を引き抜いて渡す。「かたじけない」と言うと。原衛門は弓の張り具合を一、二度引いて確かめると。渡された矢を弦に番える。

「動く物を狙うが良いぞ」与一が言いつつ。自らも箙から一本の矢を曳き出し。矢を弦に番えて何かを狙う態勢を執る。原衛門は矢先を上流に向け、やや下方に定めて水中を狙うと右手を後ろに引いて弦を張る。その時に右腕着衣の袖が、やや後ろに曳かれ、手首と肘の間の、引っ掻き傷が見えた。与一の目にも傷が見えたと原衛門は思った。それに関して与一は何も言わず。やや遅れ、与一も弦の矢を水中に向けて狙いを定める。原衛門は瞬時だけ横目で与一の目を見た。それは炯眼《けいがん》で、射るが如きの炯眼、とはこの男の為にある文字面と一瞬に感じた。鋭い目だ。「射よ……」の与一の合図で原衛門は矢を更に引いて上流の水中を狙う。泳ぐ魚は見えはしない。その間に、与一も矢を握った右手を後ろに引く。原衛門が矢を放すと。一瞬後に与一も矢を放した。すると与一の矢はシューンの音と共に風を切り。先に放った原衛門の矢を追いついた様に見え。二本の矢は同時に、流れる水中に没したのが見えた。それを確かめた様に、伴の一人の若者が素早く着衣の物を取り。褌一丁になると水練の如くに流れに飛び込んだ。やや上流を見ると。二本の矢を横腹に刺した二尺程の鱒が流れ来るではないか。褌の若者はその鱒に向かって下流に泳ぎ行き。見事に泳ぎ付き。二本の矢が刺さった鱒を片手で摑むと。片手泳ぎで戻る。

「見事な射手《いて》じゃの」与一が言った。原衛門は自分では見事とは思わない。見えぬ水中であって泳ぐ魚に命中は当たり前。矢を射る者なら当たり前である。それよりも、先に矢を放った儂の矢を追い越したのには驚く。儂だって射矢《いや》には自信あったのにだ。

「与一殿こそ。見事ぞ」これが那須与一宗高と原衛門の出会いである。原衛門はここで思う。この若者を西国に誘う。言い含めるや悪事を誘発させるのではない。西国を救え。和国を救う為じゃと言ってだ。儂は瞬時に惚れた。与一なる若者に。

泳ぎ戻った若者は、二本の矢を鱒から抜き取ると。矢の持ち主に黙って渡す。与一は矢を受け取ると背負った箙に戻す。戻った男は鱒を原衛門に両手で差し出し。「今夜の菜《さい》にするがよろしいぞ」言いつつ原衛門に鱒を両手で差し出す。

「食すは射た者の責任でござるな」原衛門は血の滴る鱒を両手で受け取る。すると与一が、膝で馬の横腹を蹴ると走り出した。伴の馬も走りだす。それにしても誰もが悦な騎馬姿だ。特に与一は凛然《りんぜん》としておる。原衛門は走り去るそれらの姿を暫く眺める。

あの者らに騎乗される馬は幸せやの。原衛門は呟く。

二十数騎は大小の石礫《いしれき》の河原を苦にせず。平坦地の如くに走り去る。噂の那須馬とはこれか。一度か二度、那須の馬は襲歩《しゅうほ》（馬の駆け足。速力の最大）に優れ。西国の諸々の戦で活躍をしているとは聞いたが実物を見たのは初めてだ。そこへ来て、予想だにもしなかった与一なる若者に逢えた。与一なる若者へも那須馬の襲歩の幅に文句の付けようない。これなら平家との騎馬戦で勝てる自信を持った。眺めてる間に二十数騎は河原から垂直に近い斜面を登り切ると草原に消えた。よーし。与一と共に那須馬を味方にする。与一なら敷衍《ふえん》（細かに話さずとも理解する）せずも端緒《たんしょ》を話せば解る。弓に優れるだけでなく人間的に優れる。そして見た目も眉目秀麗《びもくしゅうれい》でもある。それが良き股肱《ここう》（手足となって働く）になれる条件だ。その為には周囲を固めて信用を得る。そして原衛門は速刻《そくこく》の平家討滅を描いた。この時点で与一は一六歳と知る。若輩与一を平家の討滅完遂まで路弊《ろへい》させてはならぬ。

　原衛門は、与一の矢長を見逃さなかった。成人が通常に使うは矢長は十二束《そく》〜十五束。与一の成人に届かぬ伸長と両手を広げた長さからすると十束が通常なのに成人と同じだ。《矢長単位は束《そく》・一束《そく》は成人の拳の巾（約九センチメートル）。また、束《たば》で数の単位。一束《たば》は成人の両手指で握った太さ。それを十二束の大きな束にした物を六束で一段とし

て麦や稲の収穫の目安で租税を徴収する》

箙《えびら》は身長に合わせて成人のより短い分だけ、矢の突き出る部分も長い。僅か二束の長さだが矢を引く力は相当だ。これは弓を引いてた者でないと分からない。あの者らは、弓でなく弓弦《ゆげん》と言った。確かにそうだ。弓は弦があってこそである。

与一の弟が那須王国と言ったのも気になる。王朝と名付けられるのは飛鳥と奈良と大和だけ。しかし、古代史とは曖昧《あいまい》で初代天皇の即位年でさえ不正確で橿原《かしはら》の畝傍《うねび》山で神武天皇が初代即位と三代目とするもあり。神武までの三天皇は宮崎県高千穂を皇居としたともある。

「那須王国なー。那須王朝なー」原衛門は呟く。

原衛門は髭を剃って清潔な面《おもて》になり。射止めた鱒を葛《くず》の葉の数枚に包むと斜面を登ると。草原の端に見える大きな茅《くさ》屋根を目標に行く。百姓の母屋と納屋《あまや》と見た。母屋の間口は八間《けん》（約一四米《メートル》）はある。広い間口だなと思いつつ、五十間（約九十米《メートル》）程を行くと巾が三尺程の小川があって懸磴《けんとう》があり、その下を澄んだ水が勢い良く流れる。高台なのに水が豊富だ。懸磴を渡ると前栽畑に様々な野菜が作付けされている。畝の端には赤くなり始めた鶏頭《けいとう》が数株ある。

母屋の近くに、実が紅くなり始めた柿木《かきのき》がある。柿としては大木になろう。色付き具合から渋柿であることが分かる。原衛門は渋柿の木を見て頬の内側にとろりと甘さを感じた。柿の収穫が終わっても梢や葉陰に幾つかは残っているのは木練柿《きねりがき》で。それは鳥や猿などが食べる為に戸主の粋《いき》な計《はか》らいからだ。儂が子供の頃、祖父も父も、「鳥などが啄《ついば》む為なんだが頂戴しちゃうぞ」で「熟した柿より甘い物は世の中に無い」で野原や百姓家の木練柿《こねりがき》を見付けると言葉を掛け、かなりの枝先でもスルスルと登り、熟れた実を、もぎ採って下り。一口だけ味見の様に食べると全部を渡してくれた。元々は渋柿で色付いても食べられない。時期が来て自然に熟れて渋柿の本領発揮で甘くなる。こうなると鳥や猿などの競争になる。一個二個と食べられ。無くなったと思えど一個や二個は葉陰に残る。その甘さを覚えたなら諦められない。その甘い柿を祖父も父も一口だけ食べて子供らに食べさせる。木練柿《こねりがき》を見ると思い出す。儂も二人の子供に、祖父と父と同じ様に木練柿を子供に食べさせた。逃避中に二度の晩秋と初冬に木練柿を一人で食べた。

点在する大きな茅屋根は何れも百姓家だろう。風土から百姓以外は想像が付かない。人家の近くに普通は柿の木が一、二本はある。儂の目は普通の目でなく、かなり遠くの物を確認出来て闇夜でも見える。木練柿を見付けたなら無断で頂戴もする。考えによっては泥棒だが木練柿を見つけると童心に戻って我慢できない。一度も発見されないのを思うと諦めもあるのだろう。かなり細い枝先にあっても登って頂戴する。体重は二十貫近く（七十キログラム）あるのに枝先まで登っても折れないのは軽業的で統領に習った木登りの秘訣。今冬も木練柿を頂戴できると皮算用した。

畑には大麦と小麦と様々な野菜の作付けがある。端の一本の畝には小粒に実った紫色の野良荏《のらえ》（紫蘇《しそ》・シソ科・普通の植物と大きく違い。茎を切断すると四角）が目立つ。夫婦であろう二人が、刈り取り近い麦の畝間に入り。雑草取りの為に屈んでいる。原衛門は二人に近づき。腰を曲げて深々とお辞儀をし「川向こうに居《きょ》を設《もう》けた栢野原衛門と申す者でござる。与一なる若者と早速仲良くなれましてな。矢の撃ち合いで射止めた鱒でござる。那須では珍しきはござらんだろうが、少々の玄米と大豆を、この鱒と交換したく存ずるが如何でござるかな」儂より、やや年長は間違いない。初めて見た大柄男に、やや驚いていているなと感じた。それでも警戒心の目ではない。顔を見合わせると。「与一殿と撃ち合いを」言いつつ立ちあがり、二人共に、背を伸ばす形に首と腰を後ろに曲げて戻した。原衛門は瞬時に思った。夫婦の野良着には当て布が随分あるのに清潔感がある。小まめに洗っているを思うと活計にゆとりがあるなと。「与一殿は稀なる射手《いて》でござるな」言いつつ、葛の葉を開いて鱒を見せると主人は笑みを湛えつつ「見事な」と言うと。婦人に顎をしゃくる。婦人は畝間から出て。

「こっちにおいでな」で納屋《あま》の方に向かう。原衛門は婦人の後に続くと。主人も、やや離れて付いてくる。

納屋《あま》の脇から遠くに目をやると草原が延々と続いて田圃と畑が交互にある。何を耕作しても豊穣だろう。更に遠くを見ると二十数頭の親馬と数頭の仔馬の群れ。その中の数頭の走る姿が見える。「優美じゃな。駆ける姿がのー」立ち止まって眺めると主人も眺める。

「那須馬は何処から見ても優美だでな。駆ける姿も騎乗姿もな。優美な馬を求めて奈良と大和からも買いに来たで頻繁《ひんぱん》にな。ここの王は馬で西国の都へ駆け続けたんぞ」群れる馬をまるで自分の馬の如くに言う。「五百年以上めえ（前）の那須は独立国だったでな」ここでも那須独立国が出た。五百年前に独立国とは本当か。

「ここで待っていなせぇ」で婦人は納屋に入る。原衛門は蒲に包んだままの鱒を主人に渡し「那須は色んな物が恵まれておるな。特に那珂川には色んな魚が仰山《ぎょうさん》におりますな」

「魚だけでねぇど。ちと（一寸）離れると八溝山があら（る）。麓から流れ出る武茂《むも》川では砂金が採《と》れら。金山があるからだで。那須は金の他《ほが》に養蚕《ようさん》も昔から盛んだど。隋《ずい》国への手みやげは八溝の金と白綾《しろあや》絹だった。白綾絹は践祚《せんそ》（即位）式に使われた。

白綾絹は織物の黄金だど。那須は砂金と絹が潤沢だ。八溝山のお陰だで。それで八溝山は黄金山《こがねやま》の名を頂戴した。山頂には、大和尊様《やまとみことさま》が、お建《たて》なすった嶺《みね》神社がござら。だから八溝山はありがてぇ。毎日が観天喜地だでな。八溝山を含めた那須の野山には鹿も狸も狐も兎もいっぺぇ（一杯）おら（いる）。だから頼朝様も義経様も狩りをしただ。何もかんも八溝山のお陰だべな。八溝山を眺めつつ那須様と一緒に毎日を安穏に暮らせるだ。ホレ見れろや。那須様の高館城があそごにめぇ（見）っぺ。日の出には、めえ（毎）朝、手を合わせておねげ（願）ぇすんだ。今日も守ってくでせえっな（ください）。次の殿は与一様にちげぇねぇ（違えない）。だげんと（だけれど）与一様の兄者《あにじゃ》らは平家に与する藩の兵士で戦っておるのが心配だ。殿は、与一様はぜってい（絶対）に平家の戦いには行かせねぇと言うだで。儂《おら》らもそう念じておる。与一様こそが末永く高館城主であって欲しいとな。那須の為だけでねぐ（なく）。和国の為だで」主人は天守閣を見上げる。原衛門も見上げる。

「儂は良き所を見付けた。与一殿とも仲良くなれた。末永く安穏に暮らせるぞ」

「そうしなせ。外（国や藩）では十年や二十年に一度ぐれい（位）は凶作や飢饉に襲われるがここ（那須）ではねぇだど。あったとしてもひもじい思いせぬ様に蓄え置けと。大昔の王に言われただ。常に余裕を持って暮らせとな。稼ぐに早足、早貧乏って知らんべ。余裕がねぐ（なく）なってからや。貧乏になってからでは貧乏の足が早いってこったで。蓄えがねぐなってから忙しく働いたって間に合わねぇんだ。ここの百姓は後々を常にを考えておら。それに合わせて城でも蓄えてあら。兵糧米だけでねぐ（なく）金子《きんす》もだど。冬は、ちと（一寸）さみぇ（寒い）ーが、暮らすにゃいいあんべぇ（塩梅）ーだで。ここへは西国や都よりも早く渡来人《とれい》が来たど。その渡来人がゆ（言）ったそうだ。ここへ来るまでに色んな国で暮らしたが、ここで暮らしたら他《ほか》へ行く気になんねぇ（ならない）ってな。渡来人は余程にあんべぇ（塩梅）ーが良かったんだべな。渡来人とは大陸と辰韓《しんかん》だ。ここの百姓は土塊《つちくれ》を良く耕すなー、ともゆ（言）ったそうぞ。土塊を良く耕す百姓が一番に大切にされている国だ。大切にされている百姓が土塊を良く耕すから豊穣になって収穫物が良く熟《う》れて実んだってな。良く熟れて実れば百姓の身も心も豊穣になるべ。同時に国も豊穣になるんだってな。その渡来人によって絹織物と砂金の採集を習い教わったんだで。その辺りから暮らしの土台《どでい》が安定しただ。だからここのもん（者）は大陸と辰韓への恩を忘れずに生きておら（いら）」真顔で言うのは子供の頃から何度も聞かされたのであろう。土地が豊饒で耕作物の豊穣さがだからこそ、初顔の男に主食の玄米を譲ってくれると言うのだ。

主人は鱒を両手に捧げ持って母屋の方へ行く。そこへ婦人が小振りな布袋を膨ませて持ってきた。真ん中辺りで縊《くび》れてるのは玄米と豆を分けたのだろう。

「げんめい（玄米）と大豆と塩だで。げんめいはこいだ（脱穀した）ばかりだでな」

と小さな紙袋と一緒に渡してくれる。

「塩までとはすまんです。久しぶりに玄米が食せてあり難い。忝《かたじけな》い忝い。いずれまた。鱒を持って参ります」頭を下げ、両手で布袋を受け取り。納屋前を後にする。納屋と母屋の間に数坪の空き地があって細い懸鉤子《きいちご》が約三尺程丈で柵状に植栽してある。懸鉤子には棘があり、動物は一度でも不愉快を体験すると触れない習性がある為に改まって囲いをせず。手綱もない。その中に親子であろう三頭の馬が秣《まぐさ》を食んでいる。

「二人暮らしだから充分にあるだでな。いづでも来たらよがっぺ」やや大きな声で言う。原衛門は振り返り、何度も頭をさげつつ離れる。

前栽畑には韮《みら》（韮《にら》の古称。ユリ科ネギ属）の畝が一本だけある。韮はそうは食べないので一畝で充分だろう。原衛門は歩きつつ思う。国や藩が豊穣だと百姓の心も豊穣なのだ。土塊に心を込めて何度も耕すと豊沃《ほうよく》になって農作物を実らせ熟させる。だから豊穣となって心が豊かになる。

一般的な百姓は雑草を食べて露命《ろめい》を繋いでも年貢を納めるが那須では考えられぬ。山間地も平野部も賢く開拓して収穫物を得てるからだ。当時の王も無理な饗応《きょうおう》せずの心優しきであったと想像する。だから民心に心優しさと穏やかさが末永く引き繋がれている。それを今の夫婦から推測される。

　城の甍《いらか》を望むと、やや暮れ泥《なず》む空に漆喰《しっくい》と黒みがかった天守が映えて良き眺めよな。朝夕に甍を望めるのは善《よ》き事だ。ここに住むと都の人心の如く、他人に猜疑心は湧かぬだろう。それは収穫物の豊穣さからだ。歩み行く堤《つつみ》や畦道の左右には、刈り取られた稲株跡が点々と残る田圃が続く。那珂川右岸の様に広い田圃ではなく、百枚田的な一坪前後の田圃だ。山沿いでも谷間でも開拓して僅かに流れ出る水を充分に利用する為に狭いままなのであろう。一枚の田圃に水を満たせば流れ出て下の田圃を満たす。人の手を借りずに万遍に、昼夜関係なく、順繰りと下方の田圃まで水が導かれる。また、大雨で平地が洪水にならない為と。一気に河川に流れ込まない様にと。一旦は、雨水を留める役目をし、洪水を防ぐ効果は絶大だ。溜池や段々的な田圃は和国の地形には重要であるのを改めて認識した。

　更に歩きつつ、甍《いらか》を眺めて思う。那珂川沿いの斜面頂上の山城への襲撃は考えられぬ。垂直に近い巍巍峩々の岩が功を奏して自然の要塞となっておる。良き条件に建てたものよな。原衛門は傘岩に登りつつ思う。あらゆる語尾に、べ、ど、だ、で、ぺが付く。初顔にも遠慮なく地元言葉と訛りで語る事で一層に親近感が湧く。

他の那須人も同じだろう。偸盗組の陰者になり、謀反輩の謀反館の天井裏に潜って耳にした言葉と随分違う。夫婦は初顔も旧知も忖度をしない。それは豊穣さからの那須人の生粋心《きっすいごころ》だ。二人暮らしで寂しさもあろうが寛恕《かんじょ》に生きておる。

久しぶりに玄米が食べられる。食べるのに竹筒調達の為に篁《たかむら》（竹藪。竹叢《たけむら》とも書く）に入る。成長竹の自然淘汰《とうた》具合から持ち主は不在だろう。倒れた竹と灌木を踏みしめつつ思う。与一と主人が言った様に五百年前は独立した那須国であったとする条件は揃う。それは金と絹と緑田《りょくでん》だ。そこに蛋白源の那珂川の魚類もである。左岸は何処までも山々を思うと獣類も多く棲息するだろうから、これで充分に蛋白源の摂取が出来る。するとそれらが不足する国や藩から妬まれると戦いの要因となる。独立国でなくなった本当の理由は分からぬもその辺りが考えられる。

先に述べた三つは何処の藩も国も欲しがる財《たから》だ。それらが欲しい為に戦が起こる。長い歴史の戦いを糺《ただ》せば食糧品の奪い合いだ。ある国には食糧になる物が数多《あまた》にあるのを知ると土地ごと奪おうとする戦いは、和国だけを考えても縄文や弥生時代以前からある。どの時代にも食糧の穀物類は不足したからだ。どんな経緯で大陸や辰韓から移住があったのか予想はつかぬが、それらが持ち込んだ食糧増産の方法と砂金採集の技術と絹織物を産出する事で、那須国も住民も活計に余裕が出た。儂の記憶の約五百年前は応神天皇と推測する。応神天皇が那須国に頻繁に巡幸する事で都との繋がりが強くなって近隣の国や藩は嫉妬し。そこで幾多の戦いがあったに違いあるまい。戦いがあると田畑が荒らされて不作となる。また、十年に一度位は凶作や飢饉がある。それらがあっても年寄りから、過去の食糧不足や貧困時代の話を聞かされ、稼ぐに早足早貧乏の諺《ことわざ》が生まれた。そこで常に蓄えの心得と共に、不足する者へ施しではない気軽に譲《ゆずる》の精神であろう。それが百姓夫婦の、見知らぬ者へも疑いなく譲ってくれた行為である。それは永く受け継がれたのだ。常に蓄えを忘れぬ生産意欲を持つ事で那須国は食糧の不足する事はなくなったと考えられる。そうでなければ初顔の男を疑いなく主食の玄米を分け与える筈はない。収穫物も豊穣であると心までも豊穣だからである。それらを思うと那須独立国があったは間違いなかろう。さぞや寛容《かんよう》な心の持ち主の王であったのだ。併し、他国の豊穣を許さぬ不埒《ふらち》な藩主もいて横取りしようの輩《やから》がおる。そして独立国でなくなっても旧那須国の民百姓の心は寛容のままである。与一兄弟と伴の者を想像しても各々の心の豊かさを察す。初めての男に矢を射ても本気でなかった。矢を射られて薨《みまか》れても文句の言いぬ立場だ。儂は良き場所に居を構えたものよな。

原衛門は呟く、稼ぐに早足早貧乏、分かる様な分からぬ様な例え話だが蓄えが無くなる前に働け。蓄えが無くなってから働いても貧乏の足が早いぞだ。

十年に一度位の凶作や飢饉に備え。僅かな平坦地でもあると開墾《かいこん》して何かを作付けしているのは隠田《おんでん》でなかろう。隠田なら山間地に隠れて作付けするが道筋の近くで隠すはできまい。都のある山城国や近隣国では隠田が無数にあった。当然に隠田は見地役に届けを出さぬから租税は徴収されない。検非違使や見地役が聴取するが見せしめ程度。全ての田畑を見地役が見廻るも見地出来ぬのが本来の姿。漁師を業《なりわい》とする者は漁獲物を津の周辺に持ち寄り。現在の協同組合的な無尽講を通じて販売する約束を反故にし、別の販路で売り捌くは通常にある。ご法度を承知の売買は重罪だが一度も首を突っ込むと止められない事情は昔も今も同じ。奉職者の妻が隠田に積極的加担と。公物《くもつ》や奉納品の一分を横流しが発覚した。儂も検非違使で聴取に携わった経緯がある。妻は最後まで認めなかったが地主と搬送人の供述で確証され。妻は五条河原で棄市になった。奉職者の妻は、夫は民の僕《しもべ》であるのを知ってか知らずか情報を横流しが事の始まりであった。原衛門が見た限りでは那須に隠田百姓は皆無とみた。

遠回りで走らずのんびりと来た。六尺近い大男の走る姿を見たなら警戒される。人間業でない走りをするからだ。原衛門はのんびりと歩きつつ。那須が和平であるなと思う情景が多々あるのを現実視した。それは稲を刈り取った田圃《たんぼ》に荒らされた足跡が無いからだ。もう一つは、竹と杭で拵えた八手《はって》で乾燥させている稲束を見てだ。稲束はどれもが同じ束で隙間なく八手に掛けてある。それは盗難に遭ってない証拠で農夫が掛けたままの状態であるからだ。山城国や周辺の国では八手に掛けた稲束の盗難は日常茶飯事と言うか、夜間に盗難に常にある。それと刈り取りした後の稲株の間には乱れた足跡の無いのは平和の証拠。山城や周辺の国では戦いとまでは言わずも。鍔迫《つばぜ》り合いが引っ切りなしにあるから田圃や畑は荒らされてしまうのだ。早苗田《さなえだ》や農耕地を荒らすのは敵対を懲らしめる為である。敵の百姓は人間でなく漂泯《ひょうぼう》なんだの思いしかない。そこへ来て那須の城主は百姓を大切にしている懐《ふところ》（心）を想像出来る。

洗った玄米と大豆を竹筒に入れて短刻をい（浸）まし置き。水分を吸ったら熾火《おき》近くの灰に挿《さ》し置くのは統領に教示された飯の炊き方。途中に零余子《むかご》（山芋の実）があったので十数個だけ採取と共に蔓の根元を深く掘って山芋までも失敬。零余子は玄米に入れて零余子の混ぜご飯とし。山芋は薄く切って刺身で食べる。味付けは塩だ。初日から何と贅沢な夕餉《け》か。

夜は冷えるを思い。熾火にして囲炉裏の縁《ふち》に臥床《がしょう》する。深山では統領と囲炉裏の縁に何度も臥床にした。熾火にしても焚火にしても出る炎は千変万化で言葉で表現の出来ぬ色を醸し出す。それを真横で眺めつつ寝ると。互いの目に千変万化の炎が躍る。

その内に互いに眠ってしまい。時には良きにせよ悪しきにせよ夢を見る。すると夢の中に登場する人物に色が付いていた。こんな事があった。同じ夢を見たのであるまいに統領と儂がガバッと起きて目を擦った。すると統領から言葉が出た「初めて見たぞ。色ある夢をな」である。原衛門も言葉には出さずも色のある夢を初めて見たのだ。同じ夢を見たとするなら統領には平家と後白河法皇を討滅の焦りがあり。襲う方法を描く内に夢に見た。儂に焦りは無い。

卑怯であるが平家と後白河法皇の後々を両眼で確かめたい。討滅後は一気呵成に描いた形の和平と安穏はなくても徐々なる和平と安穏への途《みち》を確かめたい。平家と後白河法皇の討滅が早い程に和国の和平安穏が早く来る。平家と後白河法皇には統領も儂も個人的な怨嗟《えんさ》は無い。併し、二人が錦の畳に坐する限りは和国の和平と安穏が遅くなるのは間違いない。

平家と後白河法皇を一刻も早く討滅の思いは強くある。だから夢に見た。夢の中の登場人物は複数でその中の一人は梔子《くちなし》色の総絹衣装の後ろ姿で顔は見えぬが後白河法皇だ。原衛門は以前に「機会あれば殺《や》れ。卑怯でもいい」夢に現れた卿《ぎょう》から告げられた。卑怯でもいいとは奉職中でも斬れの意味だが奉職中には出来ぬ。清盛も後白河法皇の移動には複数のお側付きを鑑《かんが》みればどんなに隙があろうと襲うは出来ぬ。お側付きの数人にも傷を付けるのは嫌だ。お側付きには責任はないからだ。お側付きの数人は儂に襲い掛かるだろうが、その者も寸時に倒し修羅場となり。血の海を想像すると奉職中に襲うはできぬ。建物内なら建て替える必要がある。原衛門が人を殺める時は流血させない主義。その為に心の準備と周囲の条件を揃えるから流血あっても最小限で済む。奉職の卿ですら清盛と後白河法皇は和国の毒だと嫌われている和国の厄介者《やっかいもの》だ。

そして後日、原衛門は夢の中で後白河法皇を背後から襲った。当然の如く鮮血が噴き出て原衛門へ複数のお側付きが斬り掛かったが瞬時に頸《くび》を払い。刀を左右に振る度に臓と腹を刺した。後方に控えたお側付きは驚嘆の顔で逃げ去った。噂には儂の剣術ぶりを聞いてはいたもののそれ程までとは思わなかったのだ。

瞬時に原衛門は思う。この襲いは失敗であったと。そこで覚めた。そして数ケ月後、清盛が思いの外に疾病が癒されず歿（一一八一年）した。儂が殿舎に奉職を続けたなら、統領に、後白河法皇を襲えよ、が夢でなく実際の命令があったろう。成功したなら多くの卿や奉職者や舎人《とねりびと》人は称賛するが儂に称賛は不要。儂でなく統領なら影者の如く襲い。誰が殺ったか分からず。お側付きの者は理解せず亡骸《なきがら》に縋《すが》るだけ。そこに血は一滴も無い。死者の流血無しは尊厳を重んずればだ。流血は痛みと共に苦痛を感じさせる。

　卑怯でも後白河法皇を殺《や》れとは、如何に嫌われているかの証だ。卿だけでなく殿舎《でんしゃ》人《びと》も都人も嫌っている和国の害毒。嫌われ毒を誰が殺る。頼朝か義経か、それとも那須与一を主に那須の若者に託すか。それも長くは待てぬ。思っている間に原衛門は眠りに入った。

鶉黒の池・天翔馬

快く覚めた。今朝も竹筒で炊く。近づけ過ぎると燃えてしまう。竹筒には獲止めた鰍《かじか》を玄米に丸ごと挿し込み少々。塩を少々入れて炊くと美味い飯になる。別の筒には豆と山菜を刻まず入れ。塩と一緒に煮ると良き味が出て味噌汁ならぬ塩汁だ。山菜も野菜も細かくは刻まぬ味噌汁擬《もど》きは、指で適当に千切った具材を数多く嚙む事で繊維が体内に吸収されて良き結果を招く。

少し離れた場所に清水が流れて山葵《わさび》が群生してたので葉を採取してきた。他の葉と共に刻んで塩汁に入れた。昨夕は零余子《むかご》の混ぜご飯と山芋の刺身。一人では贅沢が過ぎる程の夕餉。今朝は鰍の炊き込みとは、これまた贅沢である。恬淡《てんたん》に暮らす筈が食べ物にあっては意思に反するなと思いつつの朝餉だ。飯椀も汁椀も竹筒。底になる片方の節を残し、二寸ほどの輪切りにすれば椀。黒文字の枝の箸は何度も使う。原衛門は食を進めつつ。ここで暮らす為の業《なりわい》は何かを考える。統領に教示された手心あるから薬師《やくし》もいいかなとも思う。統領は何処でどう習ったのか相当の確率で死亡する疾病さえも完治してしまう薬を野草や毒草を調合して創薬した。創薬もだが刀圭《とうけい》にも優れ。館や殿舎から隠《かく》れて乞《こ》（招《まね》かれる）われると。影者の形《なり》で参上して重鎮《じゅうちん》の疾病を回復させた。統領には二つの顔と懐があり。平家と貴族の輩は和国の為にならずと思っても刀圭《とうけい》を施す時には素直に参上。悪の輩であっても毒を盛って命を制す考えはない。治癒の理由で毒薬を盛れば簡単に致死《ちし》に至らしめられたのにそれはせぬ。それは疾病者と番隨者《ばんずいしゃ》を通じて情報を得る手段だ。儂も見様手真似で創薬したが統領に敵《かな》わなかった。創薬の全部を教示せず失敗の心もあるが選んだ道だ。統領はどこで創薬を習ったか誰に教えを乞うたかは語らず。創薬時に意味不明の文言を使ったのは和国の言葉でなく異国語だった。時には身なりのきちんとした客があり。着衣と被り物は和国的でなく絵図面で見た大陸か辰韓人の気がした。原衛門が、どなた様ですかと聞くと。「若い時に苦労した仲間よ。世捨て人だけを相手にしているのかと思われるがそうでない。和国を末永く安穏にする為に色々と人派がある。辿《たど》ると異国の帝《みかど》へ通ずる者も居る事を肝《はら》に留《とど》めて置いてくれな」と言った。それを思うと統領の創薬は和国の古来からの処方でないのは確かで異国に渡った経験があるのではなかろうか。統領はこうも言った。「同じ人間でも南国に住む者と北国に住む者は腹下し止め薬にしても同じではないんだぞ」とだ。常識的に考えれば南国も北国も腹下しの原因は同じだろうと思うのにだ。統領は常に渉猟《しょうりょう》のが思いがあり、杣道《そまみち》や獣道を歩く時でさえ無駄には歩かず。何かを探し求める目で歩く。儂も本気で創薬を腕に仕込めば良かったなー。そうすれば薬師にもなれた。統領は草片《くさびら》や粘菌《ねんきん》には異常な程に興味あり。毒《どく》茸《きのこ》も収穫しては煮たり煎じて樹木の根株や樹皮《じゅひ》を混ぜては創薬した。その薬を香具《や》師《し》仲間の女人に背負わせて地方に送り出した。統領の創薬服用で死亡したり重症になったは聞いた試しない。如何に優れた薬であったかである。統領が言った言葉を思い出す。『全《すべ》ての剣が薬匙《やくじ》に変わる日が必ずや来る。その為には二つの物体の息の根を止めねばならぬ』とである。二つの物体とは清盛と後白河法皇だ。

蹄鉄造《ていてつづく》りを業にしようか。鍛冶《かじ》道具を背負ってきたのは正解だ。鍛冶には炉と鞴《ふいご》も必要だ。鞴は後にして炉だけは早く作りたい。炉の次は屑鉄を探す。城を維持するには様々な商いと共に鍛冶も必要。鍛冶は刀と農具だ。鍛冶屋には屑鉄がある。そこで屑鉄や古鉄を融通して貰う。鍛冶には松炭が一番良いので焼く必要ある。草原を走るや農耕に使う馬なら蹄鉄は不要だが、山林から丸太を馬車で曳《ひ》くには蹄鉄が無いと蹄《ひづめ》の摩耗で裂傷する。そこから細菌侵入で疾病となり廃馬となる。廃馬率を下げるには蹄《ひづめ》に合う蹄鉄《ていてつ》が必要。舎人の鍛冶場で農耕馬の蹄鉄を造った経験がある。農耕馬と戦馬は蹄鉄の焼きが違う。

朝餉が済んで片付けをしていると。対岸の斜面を駆け下りてくる二頭の馬が見える。青毛《あおげ》には与一が騎乗し、もう一頭は赤毛《あかげ》（赤褐色）の空馬だ。革製の鞍はあるも手綱を曳かず騎乗馬に従い。やや間を空けて付いてくる。騎乗馬は駆け下り。河原を走り抜けると躊躇《ちゅうちょ》せず流れに入ると渡河でこっちにくる。与一に間違いない。朝から何事か。伴も付けず。肩に弓弦を掛けず、当然に箙《えびら》も背負わず。刀だけは腰にある。狩りではなさそう。

赤毛も負けず。難なく渡河すると傘岩下へ向かってくる。与一の騎乗馬に比べると赤毛は大きい。どうしてお出ましだ。二頭は傘岩の真下に来ると、与一が手綱を引きつつ止める。赤毛は全身を振って撥水させる。それでも僅かに水滴が残って朝日に光沢を発する。手入れをしているから馬体の撥水力が良いのだ。

「朝餉《あさけ》は済んだかな」

「済みましたぞ」

「今日の予定は決まりかな」

「予定はござらぬが試案をな。……業を何しようかとな。霞《かすみ》を食べては生きられんで日銭を稼がんとな」

「今日は考えず。遠駆けに参ろうぞ。この赤毛を進ぜよう」

「……儂に馬を下されると。立派な赤毛ぞな」

「儂のに劣らん良き馬ぞ。馬は不要か。迷惑か」

「いずれ求めようと考えておったところぞ」

「それは良かった。原衛門殿に合わせて大柄だ。大柄でも襲歩《しゅうほ》は見事ぞ。儂の馬匹《ばひつ》でお墨付きだ」

「あり難く頂戴します。……少々だけ刻《こく》を下され」

「慌てるな。中天（真昼の頃）にはまだまだぞ」

原衛門は長く掘った穴に仕込み杖を埋め込み。白湯を入れた竹筒を紐で袈裟懸けにすると傘岩を出て河原に下りた。与一は二本の手綱を渡してくれた。原衛門が近づいても逃げもせず。初顔に恐れもしない。既《すで》に轡を通してある。原衛門は左手《ゆんで》を口の辺りに添え。馬手で鼻面を撫でつつ、よしよしを言うと。顔を摺り寄せてた。その間に手綱を轡の左右に結ぶ。その時さえも嫌がらず。手綱に慣れた馬だ。与一は騎乗したまま儂の動きを見ている。儂の馬の扱いを試しているのだ。

「準備よしだな」与一が手綱を振ると青毛は歩き出す。

「お手柔らかに願いまするぞ。須臾《しゅゆ》（暫《しばら》くぶり）な騎乗でな」

原衛門は手綱を握る。鞍と鐙紐は革製で馬体にしっかりと締めてある。騎乗して姿勢を正し、手綱を振る。やや遅れて青毛に続き大小の石礫《せきれき》上を躓《つまず》かず歩く。

　那須馬は草原を跳ぶ如くで駆けるのも巧《たくみ》だが河原を歩くのも心得ておる。約三年ぶりの騎乗でも体が覚えていて馬の背の動きに負担を掛けぬ様に体が揺れる。

「当てはない。何処でもよいか」袈裟懸けした鹿革の袋は茶を淹れた竹筒だろう。

「よろしいございます」与一と儂は霄壌《しょうじょう》（天と地）ほどの差のある身分なのに狎昵《こうじつ》であってはならぬのだ。与一は東国端の諸藩でも将来は藩主を約束された身。そこへ来て儂は検非違使庁の元奉職者に過ぎぬ。先輩の言い伝えで奉職者の途中退職は、箸にも棒にも掛からぬからである。だから中途退職者は得体の知れぬ魑魅魍魎《ちみもうりょう》の輩と徒党を組んで平家や天皇家の転覆を企《たくら》む。不平を抱く者は情報を流すなんて事は常にあって騙し騙され。企《くわだ》てだけで終わるのは数知れず。その噂が偸盗組にも入る。そこで儂と統領が相談し、儂一人か偸盗組が出番となって悉《ことごと》く鎮圧した。統領と儂の想う平家の討滅は得体の知れぬ輩集団にはさせぬである。それは平家の討滅を確《しか》と記録に残したいからだ。儂も不平不満の塊りであるが、たまたま体力に恵まれて武術に秀《ひい》でた為に徒党輩《ととうやから》に与する機会がなかっただけ。本来は与一と友達の様な狎昵《こうじつ》（慣《な》れ慣れしい）ではならぬ。

「青毛の目と脚にまかせよう」青毛は迷わず流れに入り。原衛門の赤毛も躊躇なく入る。入るでなく泳ぐである。心得てて頭部を上流に向け、流れに抵抗する形で泳ぎ。泳ぎ切ると河原となる。大小様々な石礫《せきれき》に躓《つまず》きもせずに。歩を進めるだけでなく。既に速足の体勢である。原衛門は赤毛の動きに合わせて手綱を振ると河原を物ともせずに跳《は》ねるが如くに斜面へと向かう。先行の青毛は既に斜面を一気に登る。やや遅れて赤毛も駆け登る。脱兎《だっと》の如《ごと》くとはこれか。垂直に近い斜面を登り切ると平原となる。平原の百丈程を駆けると再び短い斜面となり。登ると足跡が無数にある。草や灌木の倒れを見ると慣れた道であろう。

二頭は狭隘《きょうあい》も杣道《そまみち》も巧みに駆け抜け、かなり遠回りであるが那珂川の左岸に来た。右岸は見渡す限りに草原や田畑に対し、左岸は起伏《きふく》が多く。僅かにある平地や窪地は鱗状に小さな畑が点在する。主に麦が耕作されてあるのは右岸と違って水利が悪いからだろう。丘や小山の中腹にまで開墾され。右岸の広い田畑より苦労はあるも苦労した分だけ収穫の喜びは大だ。農耕地の北側の灌木や低木と共に根を深く張る常緑樹は水源涵養林《すいげんかんようりん》を見込んだ植林だ。左岸の起伏は岩代国と常陸国まで森林が続くぞと与一が言った。そこにはあらゆる四脚獣《よんあしけだもの》が棲息し。あらゆる山菜も豊富にあり。四季の山菜類の採集で活計もあると言う。山菜の豊富さは馬の背上からも分かる。青毛と赤毛は近づかず離れず。九十九《つづら》折れの細い道を行くと。切り通しとはっきり分かる左右均等《きんとう》の斜面が数十丈も続く間を駆ける。そこを越すと左手には、畳なら二十枚程の池がある。池の畔に様々な草が繁茂し。腰高な虎杖《いたどり》が特に目立ち。根本には、やや黄ばんだ葉の大葉子《おおばこ》が蔓延る《はびこ》。水の澄んだ池があり。水面を数羽の鵜がスイスイ泳ぎ。時に水中に潜ると間もなく浮上する。池に到着する前に与一が言った通り、小さな池は、鵜黒《うぐろ》の池、と言うそうだ。浮上した鵜は嘴《くちばし》に泥鰌《どじょう》を銜え。泳ぎつつ嘴《くちばし》をモグモグしつつ飲み込む。

（鵜黒《うぐろ》の池・昭和三十年代までは小学低学年の遠足コース。池の畔《ほとり》で引率の女先生があれこれと説明した。『……この池はね。近くのお百姓さんのお馬さんの遊び場だったのね。そこへある時ね。鷲の様に大きな鵜が飛んできたのね。大きいだけでなく美しい羽を付けた鵜なのね。この池は昔から鵜たちの遊び場でもあったのね。お馬さんと鵜は、お互いに邪魔をしないで水を飲んだりするのね。池の底には泥鰌《どじょう》などの小魚が居るから鵜たちは、時々潜っては泥鰌を嘴で銜えて食べたのね。そんな事を繰り返すうちに鷲の様に大きな鵜は一頭のお馬さんの背や頭に乗ったりするうち。何かを囁き合うまで仲良しになったのね。それは愛の囁きだったのね。それを繰り返すうちにお馬さんと鵜が結婚したのね。そして可愛いく立派な仔馬が生まれたのね。飼い主のお百姓さんは、この仔馬は、これまでに生まれた仔馬とは違うのに気づき。農作業な使う馬に育てるのはもったいない。立派な馬になるのは間違いないと思い。与一にあげたのね。その仔馬は、お百姓さんが思った通りに立派に育ち、深く広い川もゆうゆうと泳ぎ。深い広い海も泳ぎ。屋島の合戦で扇の的を弓で打ち落としたのね。鵜との間に生まれたお馬の脚には水掻きが付いてたのではないかと言われたのね』と聞かされても誰も本気にはせずに聞き流した。遠足時の記憶と黒羽町誌から。鵜黒の池として現存。馬の誕生は承安元年とある）。

与一は手綱を放す。すると青毛は水辺に寄って頸を伸ばし水を飲み始めた。原衛門も手綱を放す。すると二頭とも水辺に寄って水を飲む。二人は土堤に腰掛け、二頭の動きを眺めつつ、腰の竹筒を外して茶を飲みつつ。「青毛は、任せようの会話を理解したぞ。一度も手綱を引く事なく来た」その通りだ。原衛門も一度として左右の手綱を引く事なく緩めたままだった。原衛門の赤毛は与一の十丈程を後ろを歩くも青毛は迷いなく脚を進めた。青毛はこの辺りで遊んだり道で草を食んだりの記憶があったのだろう。だから途中の八衢《やちまた》も六衢も迷いなく歩脚を進めた。二頭共に、飲むのを止めると。今度は池の畔の草を食み始めた。

「この青毛は、ここで生まれ。ここを遊び場として育った。だからここが故郷の思いがある。この池は、見ての通りに鵜が常にゆうゆうと泳ぐ昔からの池だ。鵜にとって遊び場と同時に生活の場でもあった。鶺もだが、この周辺の百姓の馬にとっては遊びと共に新鮮な草を食《は》む場所だ。鶺と馬は仲良く遊ぶ場でもあった。そこでな、原衛門殿は信じられんだろうが、ある一頭の雌馬と一羽の鶺が特に仲良くなった。背や頭に鶺が乗っても振り払うもせずな。そんな事の繰り返しの後にな。飼い主が予想もしなかった事が起きた。それでこの青毛が生まれた。飼い主はこれを育てるうちに。これは普通の馬ではないぞ。見た者は誰も欲しがる馬と考え。それで儂に譲ってくれた。飼い主も儂も予想以上に優れた名馬だ。その一つは深い川も広い川も難なく泳ぐのが得意だ。まるで水掻きが付いてるのではないかと思う程に泳ぎは達者だ。泳いだ後の水切れも良く。まるで烏の濡羽《ぬればば》の如くだ。特別厳しく馬匹した訳でないのに飛ぶ如くの襲歩で戦向きだ。これに乗り、儂の思いは賢《かしこ》く変じた。これならどんな戦にも勝てる自信だ」原衛門は聞きつつ。馬の脚が特別に変わった形でなく。水掻きが付いているとは思えない。

「どんな戦にも勝てる自信か」

「だから鎌倉の頼朝殿や義経殿の戦に加わりたく存ず」悌《てい》二郎を連れてこなかった意味が解けた。悌二郎は一歳位の違いだが心は歳以上の隔たりがある。原衛門もそれを昨日に感じた。悌二郎の前では源の為の戦に加わりたいを口に出来まい。兄らは平家に与して方々で戦を繰り返しているらしい。頼朝や義経に加わるのは兄らを敵に回して戦う必要あるからだ。与一に会ったのは昨日だ。二回の顔合わせなのに重大な言葉を発するとは相当の覚悟であろう。

「鎌倉殿の下で勝利を導いた後は高麗国《こうらい》に渡ってお禮《れい》を申したい。その前に本当の海を渡る訓練もしたいのだ。都や鎌倉は海が近いか」

「都からは遠いが鎌倉は目の前が海だ。見渡す限り海で広く深いぞ。海には底がないぞ。時には凪《な》ぐ事もあるが高波《なぐら》が当たり前ぞ。それでも海を渡ってみたいか」

「渡るのもいいが海で戦ってもみたい」

「機会はあろう。……平家討滅には海が主役となろう」

「人間の聖蹟《せいせき》なる海を平家の血で穢《けが》したくないが、百年単位の後を思うと平家の血で一度は穢れるのも良かろう。時を経て聖蹟なる海に戻るを信ずる。本来は平家の血で穢れぬ前にこの馬で海を渡りたいのだ」与一は青毛に騎乗する。

「無理もあろうが機会はある」原衛門は赤毛に騎乗する。赤毛は横に寄れ。青毛に道を譲ると並足に入る。赤毛も並足で進む。与一は振り向きつつ話す。「高麗国を行くと。大陸があるな。何処までも行くと大陸の端があるな」

「そうだ。大陸を行くと数百日以上を要し。一望千里と雲泥万里《うんでいまんり》で見渡す限りに砂漠と草原が続くそうぞ。……大陸もいいがの。その前に与一殿が言う。高麗国へのお禮が先でないのか」

「気持ちはそうぞ。高麗国の更なる前、辰韓の頃から和国へは多くの移住者がおる。その中には様々な技術者が含まれておった。当時の帝《みかど》も認めてる。高麗国には、和国の富士の頂よりも高い山があるそうぞ。そこには祖神《そしん》が住んでおったそうな。そこから天《あま》の浮橋を伝わって日向国の高千穂へ降臨されたのが和国の始まりの祖と聞いた。国名は何度も変わったが大恩国じゃ。大陸の前に高麗国への恩も忘れてはならぬ」

「そこには太白山《てんぺく》があり。麓には洛東江《らくとうこう》なる大河が流れておる。大陸へ行くからには試みとして太白山と洛東江を越える事が始めの一歩だ。二つを無事に越える事が大陸への道標《みちしるべ》と嚮導《きょうどう》となろう。すると一望千里と雲泥万里《うんでいまんり》と仙谷曠野《せんごくこうや》と草原が交互にあり。人の姿を目《もく》する事が出来ぬ寂寞《せきばく》な日々と夜が延々ぞ。その二つを越しても大陸の果てでも端でもない。更に何百日も行くと。海かと思う幅の広い大河が二本ある。その一本は黄河と言って黄色い濁流で海まで注ぐそうだ。流れも強くて簡単には馬でも船でも渡れん。海の機嫌で逆流があり。それは海嘯《つなみ》の如くで大きな船も転覆されてしまうそうだ。仮に渡れたとしても再び広大な砂漠がある。その砂漠を百日も行くと再び険しい山頂が二つある。その方向《ほうがく》からの強風は砂を巻き上げて霾《つちふる》（黄砂の事）となって吹き荒れ。一寸先も見えず。見えぬからと蹲《うずくま》って待つと人も馬も砂に埋まってしまうそうだ。春先なら柳の綿毛が舞い。これも一寸先が見えんそうぞ。そんな苦行を越えても更に高く険しく、天まで届きそうな山がある。その辺りは天も地も温度差が激しく。天も地も裂けるかの雷霆《らいてい》（大きな雷）が轟《とどろ》いて稲妻を繰り返すそうぞ。運が悪くば大陸の端へ辿り着く前に稲妻に当たってお陀仏《だぶつ》もある。運が良くば喇痲《ラマ》の住民に出会う事もある。そこには仏教とは違う独特の宗教がある。喇痲に塔があって幾人もの修行僧がおり。迷う者と困窮する者を助けてくれるそうだ。迷ったなら助けを求めるがよい。そこを越えても大陸の端でなく。天を突くかの山並みの麓《ふもと》を百数日も行く先に太陽の沈む広くて深い井戸があるそうだ。辿り着くには想像以上の難行ぞ」

「高麗に渡るだけでも難行と難渋の覚悟でござる。難行難渋であっても和国平定の成功《じょうこう》を確かめたなら大陸に渡る。広大な大陸でもこの青毛なら半分を要さず行ける。高く険しい山頂も砂漠も草原の大陸も翔《とぶ》が如く跳ねる如くにだ。一人で寂しい夜が何夜も続こうと。この青毛と一緒なら想像以上の難行も覚悟だ。その暁に大陸の端があるのを予想すると心身が弾む。大陸の端と深い井戸をこの目で確かめたい。深い井戸の手前には数多《あまた》の諸国（欧羅巴）があって大陸や高麗とは大きく違う文化があると言うではないか。そこの文化を見聞して和国に持ち帰りたい。それら文化の良き所を取り入れ。和国の古代からある良き習わしを合わせて更なる良き和国にしたい。昔から那須国は人華《にんげ》の園と言わる心優しき民の国である。お上も『昂《たかぶ》らず怒らず驕《おご》らず寛恕《かんじょ》の民よな』と認めておる。儂は稚児期《やや》から、爺殿《じじとの》（宗資《むねすけ》）と傅育《ふいく》から聞いておる。『昂らず怒らず驕らずと共に、蔵に宝を積まずに心に積めよ』とな。稚児期《やや》には、昂るも怒らずも驕らずも理解は出来んかったが。やや大人になり掛けて理解した。三つのそれらを有する心を寛恕《かんじょ》と言う事もな。他人の為に働き。妬《ねた》み嫉《そね》みを持たず。他人を貶《おとし》める為に確証なき虚言《そらごと》の喧伝《けんでん》を慎《つつし》むを誰もが守る。そうすると那須は再び人華の園となろう。那須だけでなく、和国に人華の園を広げ。誰の心にも宝を積みたいのだ。そうすれば和国には永久的に戦いは起きない。その為にはどうしても高麗と大陸に渡る。一番の目的は高麗と大陸へ真心のお禮ぞ。難行しても難渋しても労苦をしても行く甲斐ある。考えると限りなく大恩国だ。何たって文字を編み出した国だ。大陸へお禮に行く前に和国を平定する事だ。今のままは行けん。和国平定の為に頼朝殿や義経殿の奮起《ふんき》が要る。それを手伝えるならと毎日に念じておる。儂は義経殿に会っておる。義経殿は奥州藤原の帰りで鎌倉に帰る時ぞ。義経殿は那須野ケ原で鹿の狩猟に何日も要した。儂はその時に一目で義経殿に心を奪われた。義経殿の馬使いに惚れてしまった。それ以後は義経殿へ参じるを考え。毎日を馬の操りと弓弦の上達だけを考えた。

だが、駆け参じる方法は知らぬ。誰にも聞けん。父上にも聞けぬ。傅育《ふいく》役にも聞けぬ。話せば反対だ。那須の誰もが反対だ。場合によっては兄者らと戦うのを思うと心が萎《な》える。萎《な》えても義経殿を選ぶ思いは変わらぬ。原衛門殿に仲立ちと道筋を願いたい。儂には使命がある。その使命を天が与えてくれたと信じておる。その為に誠実に生きてきた。他人の心を動かすには日々の自らの行動が大切であろう。父上も義経殿に会った。儂は一〇歳の頃だ。義経殿に比べれば箸にも棒にも掛からぬ田舎城主に良くぞ接してくれた。父上と義経殿の会話には分からぬ事もあったが、何となく理解し、義経殿は若いにも関わらず相当の覚悟で和国を重んずる会話と感じた。行動も言葉もだ。その時に思った。和国の平定を委《ゆだ》ねるは源家以外にないと。だからその手伝いに行きとうござる」話す瞳は輝いておる。この男ならやる。与一ならやれる。

「義経に会ったとは凄いぞ。儂は遠目にも見てない。頼朝や義経の世が来れば和国が平定すると思うのか」

「そうじゃ。平家と後白河では末永く平定には及ばぬ。平家と後白河が消え去るを毎日念じておる。儂は後白河に法皇は付けぬ。法皇を付けるに値せぬ乞食《こじき》よ」

「言葉の通り。後白河は都の乞食どころか和国の乞食よ。儂もこれからは法皇は付けぬ。……毎日念じれば叶うものぞ。儂も念ずるぞ」

「希望が叶った後には高麗と大陸にお禮に参る心は失せぬ。那須国は奈良や大和の都より付き合いは長い。大陸と和国の往来は船しかない。それも粗末だ。命がけの渡航で辛労《しんろう》は想像以上ぞ。大陸の国名は何度も変わって扶余《ふよ》なる国名の頃からだと爺婆《じじばば》や傅育《ふいく》から聞かされた。馬だけを考えてもあり難い。初めは対馬《つしま》に持ち込まれた後に列島に広まったを忘れてならぬ。更には琉球国もだが大陸と高麗国の恩は特に大きい。それに対して真心で禮に行った者はない。那須国は養蚕《ようさん》を初めに土木技術と馬と様々な文化を賜った恩は果たしておらぬ。何度も言うが、儂はそのお禮に参る」

「どうしてもか」

「そうじゃ。那須は今でも絹に関して業が多い。それもこれも辰韓（当時は）と大陸があったからぞ。応神天皇が遅くに即位し、一二〇歳の長寿で見守ってくれた。応神天皇は遠くに居ながら那須国の民の安住を図ってくれたそうぞ。那須国は初めからから安住ではなかった。爺婆《じいばば》の更なる前の爺婆からの語り継がれだが、衣食《いじき》が異常に不足で爰彼処《ここかしこ》から呱呱《ここ》の声が聞こえたそうぞ。それも弱々しい呱呱がな。赤子の特権は哭泣《こくきゅう》であろう。子を生んで母親も栄養不足で乳が出なかったからだ。子を生んで母親が栄養摂取できんのは相当に困窮ぞ。普段の着衣と寝る為の布も不足した。特に布《ふ》団地《とんぢ》は不足で筵《むしろ》に杉や檜の皮を刻んで乾燥させて綿代わりが数百年も続いたそうぞ。

那須国の民は、自分や家族だけが一番先に幸せになれば良いんだの自己心は持たずに常に利他心だ。幸せになる時には誰もが一緒の考えで結《ゆ》いなる助け合いが生まれ。少しでも余った玄米や雑穀や着衣などは、不足してる集落や周辺へ無償で届け。余った労働力も無償で提供した。貧困ではあっても心優しく穏やかで欲張りもおらず。他人には常に寛大で寛恕である。自分が何かを成功させてもそれを自分だけの力で成功したとは思わず。周囲の手助けと共に支えてくれた事で成功したのだと思い。手柄にしない精神が受け継がれる感謝の懐でおる。また、親であろうと身分の高い者へでも諂《てん》曲《ごく》せんのも那須国の民ぞ。間違った事があれば百姓も商家も殿へ忠告と注進がござる。殿である父上は、聞き入れ。考慮《こうりょ》と吟味《ぎんみ》をした後に百姓と商家と民に善き事となる途《みち》を選ぶ。それを高祖父《こうそふ》殿以前からやっておる。他国の重罪輩が逃げ込んでも三日と過ぎぬまに悔悛《かいしゅん》し。罪への謝罪を重ねて慈む心が旺盛な真人間になったは数多《あまた》おる。罪人へも寛容で共存の必要性を教え。罪人であろうと隠さずに開放的である。奴は罪人だと言ってうっちゃり（排除）はせん。親が殺害されたり子が殺害されたりすると。普通の者はその悪人を殺害して仇を取ろうとするだろうが那須の民は違う。恨みのある者には恨みを持たずに恩報《おんほう》を施す事で悪人は真人間となり。誰かの為に生きようとする。都周辺の六条河原では頻繁に晒し首や磔刑があるな。那須国には晒し首も磔刑もない。多くの城の近くには首切り塚があるが、我が城の近くにはそれがない。重罪であっても首を切るなんぞは考えない。だから介錯人なる役職は作らず。切腹さえもさせぬ。重罪の輩であっても悔悛の場と時を与えれば罪を認めて真人間になるのを待つのが城主や藩主の勤めであろうよ。どこの馬の骨か分からぬ輩であっても追い立てはせず。食い詰め者であろうと食客《しょっかく》だと思って接し、何をせずとも三度の飯を食べさせれば当人が気付く。また、街で食客しつつ耽溺《たんでき》生活の輩でも。此処に必要な人間か不必要な人間かを気付くまでさせるんだ。すると食客はいつの間にか不在となる。那須はそう言う国なのよ。これを人華の園と言わずに何という。特に八溝山を眺めて活計の人心と諸々は悪の輩であっても命を簡単に奪うはせずを厳守しておる。それが何百年も続いた那須国で臣民の当たり前の活計だ。それは活計と懐に余裕が出来ての事ぞな。因循《いんじゅん》姑息《こそく》なるを存知であろう。儂の父上も百姓も民も旧習を疎かにはせぬが、必ずしも正しい事が受け継がれておるとは限らぬ。場合によっては思い気って斬りて捨てねばならぬ旧習もある。大陸と辰韓の移住者が持ち込んだ習慣は那須国には合わぬ事も多々あった。合わぬ事は徐々に排除や切り替える事で双方に睦《むつみ》合《あ》う心が膨らんだ。朱に交われば赤くなる、の諺を善き方に取ってくれたのだ。それでも移住者が持ち込んだ蚕が絹糸を生み出す技術への恩を忘れはしなかった。それは干天の慈雨の如しで那須国の民と百姓を救った。それが広がり、那須国が潤った事で周囲が羨《うらや》む国となった。百姓は田畑を、ただ耕せば稲穂や豆が実る思いでは良い物が実らぬのを長い経験で培った。良い物を充分に実らすには、耕す者の心が清く優しくなる事だ。清く優しい心で耕せば、鍬や万能《まんのう》（農具）の柄《え》を通じて土塊《つちくれ》に伝わる。すると土魂は耕す民の心を読み取って稲穂や豆を実らすのだ。だから那須国は他の諸藩や国よりも豊穣が続いた。他の国（藩）では飢饉の穀貴（穀物が高騰）で争いと喧嘩と盗難が頻発したのに、那須国では養蚕の繁栄と共に灌漑用水が各地に構築された事でそれらは起きなかった。灌漑用水と溜池を多く構築してからは日照りにも耐えられた。それは移住者の技術を信じたからぞ。那須国の民は余所からの民を余所者と思わぬ精神がござる。それによって今も続く土木技術であり田畑であり緑田だ。それは末裔まで必要ぞ。青毛が生まれ育った池は古代から続いた池であったが、移住者の土木技術を用いて灌漑用水池にした。数百年を経ても必要とされている池ぞ。話は逸れるが大和朝廷が送った遣隋使（六百七〜六一四。中国の記録は六百年にも派遣とある）を存知あろう。那須国はそれより百年も前に送った。那須国は民武共に真義耐絆《しんぎたいはん》の強い思いで使者を送った」

「しんぎたいはん……」

「しんは真《まこと》ぞ。ぎは義務や義理を果たす。たえは辛苦に耐え。はんは絆《きずな》で何人《なにびと》とも仲良くぞ」

「おう。真義耐絆。良き言葉だ。意味は解っても行動の伴わないのが世の常よな」

「那須は何人も常に真義耐絆だ」

「おっしゃる通りと存ず。儂は昨日、与一殿と鱒を獲止《えと》めたのを川向こうの百姓に届けたら十分なる玄米と豆類を頂戴した。初顔の男に疑を持たずにである。実に真義耐絆でござった」

　朝廷や関係者は地方での善き事を誉《ほま》れに話したり。公にするのを嫌う傾向がある。奉職の父からも殿舎の先任奉職者からも応神天皇時代に大陸や辰韓と交流があったと聞かない。応神天皇が高齢即位で一二〇歳の長寿も初めて聞いた。それを思うと那須国を中心にした東国の民からは善き天皇として拍手喝采あったと同時に賛辞もあったろうが都からは嫌われていたであろう。数百年前の天皇の話を若い与一から聞くは予想しなかった。儂は与一に比べると勉学不足だ。与一こそが天下を取るに相応《ふさわ》しく。和国の和平と安穏の命《みこと》となろう。先ずは与一を鎌倉の大将に引き会わせる段取りを取る。それには統領に逢わせるのが先だ。

　与一が青毛の横腹を鐙の足で軽く蹴ると速度を増す。原衛門も赤毛の手綱を強く振ると速度を上げて駆けて鐙に力が入る。駆ける左右は何れも鱗条の田圃が続き。刈り取った後の稲株が見え。万能で耕す夫婦の姿がある。二毛作の麦の種子を播くためだろう。それらを見つつ二頭は紆余曲折の続く山林へ入って行くと元来た道に出て青毛は記憶ありそうだ。与一が手綱を振ると青毛は更に脚を速めた。原衛門もそれに続く。与一の考える和国の和平と安穏は平家と後白河らが考えるべきである。なのに平家も後白河も本心からはそれを考えず。自分らだけが善《よ》ければの欲望だけしかない。与一の考えを、若さ由に自分に溺れた向こう見ずでは済まされぬ。これ程に東国の若者が和国の将来を憂い。考えている者がおるだろうか。与一は手綱を徐々に手元に引いて青毛の脚を緩めて振り返る。原衛門も手綱を引いて赤毛の脚を緩める。

二頭は横に並んで並足で歩む。

「いつぞやに再び遠駆けに参ろうな」

「誘って下され。良き所が随分とありそうでござるな」

「絹織りがどうして盛んかを知る場所もある。美しい姫が日夜に織り続けた場所もあった。そこで織ったのを朝廷にお届け申したんぞ。今は姫はおらんが奇麗な湧き水があって綾織り池として残っておるぞ。八溝なる黄金山《こがね》もござる」

「日夜に機織る美しい姫を見たかったな。黄金山もあるとは羨ましい限りじゃ」

「美しい姫を中心に物語もあるが、おいおい話す機会もあろうよ。美しい姫の周囲には悲しい物語もあるぞ。それはいつの世も同じよな（登場する人物は益子姓で奇《く》しくも筆者と同じ。祖先とは思わぬが益子なる姓が古代に？）。そんな事より、絹織りが和国に入った順路は大切にせねばならぬ。那須には絹織りと共に砂金もある。そこに来て那珂川の魚類と周囲に緑田もあって和平と安穏の国であったのは間違いない。だから多くの諸国から羨むや嫉妬を買った。毛野国から分割されて下野国にされ。やがて平将門が下總国の猿島《さしま》（現・茨城）に館を建て関八州を掌中にしようとな。どこの諸国にも諸藩にも村にも惹起な揉め事はある。それでも腹を割って話せば諍いは起きぬものだ。なのに将門が入り込んで惹起な揉め事を大きくした挙句に戦いをさせた。そこで勝者と敗者を作り、やがて双方を掌中にした。今も続く幾多の戦いの裏には将門の血が絡んでおる。将門は、関八州を一旦は掌中にしたが承平七年（九三七）平良兼に殺害されて夢は破れた。それが天慶の乱ぞ。今ある戦いは将門の血の絡みと恨みを込めておる。将門は常陸国と下總国の民百姓の多くの命を奪ったのは歴史上に明らかだ。収穫間近の農耕地を焼き住居も焼き。謀反の疑いある者は親戚縁者も悉く殺害を繰り返し、屍を薪の如くに積み上げて燃やし。その怨念が諸国や諸藩の民の心に残っておる。そんな歴史が繰り返されてはならぬ。その血筋の平家と共に後白河も消えて貰わねばならぬ」

「良くぞ勉学を講じたな」

「爺婆と傅育の教えだ。教えに間違いがあると思わぬ。和国の和平と平穏は平家によって失われた以外考えは変わらぬ。双方の討滅を儂が天から授けられた気がする。だから爺婆と傅育の勉学にも伯父上の厳しい武術にも耐えられたのじゃ。平家輩と後白河は四表《しひょう》の静謐《せいひつ》を爪の垢ほども考えておらん。二人が、どんな金言を言おうと芥《あくた》もくたより落ちる。その二つの物体は錦の坐におってはならぬ小心狷介《しょうしんけんかい》な男だ。後白河は鳥羽天皇の四皇子と生まれた為に天皇となっただけの事で。天皇になる為の教養も習得せずになってしまい。考えによっては気の毒よな。清盛とて同じよ。白河天皇が卑女《はしため》か下臈《げろう》に生ませたと言うではないか」

「正解でござる」原衛門は幼少時にも少年期にも将門と清盛と後白河の事を祖父母から聞かされた。特に将門は欲の塊で和国の全部を我が物にしようとしたのは間違いない。和国がどうのより、我欲だけを抱きしめて西国の全部と畿内と東海。更には関八州を握り。後々は天皇さえ掌中にするぞの欲は膨らみ続けた。そこで将門の遣り方に不満の伯父が頸を取った。将門の懐には、天子様も民も操り牛耳るであったが、和国民には運よく将門の夢は絶たれた。併し、時を経て清盛が和国を掌中にした。

「後白河は平家にとって目の上のたん瘤《こぶ》で互いに欺《あざむ》きつつであった。表向きは呉越同舟の馴れ合いで形だけは和国を保たせてはいるが、そうは続かない。いや、続けさせてはならぬ」それは奉職直後に感じた事だ。二つの物体を錦の坐から奪わねばならぬと思った時から過ぎてしまった。潮時が儂と与一の目前に来た。

「遅ればせながら時が廻ってきた。双方の討滅を手伝わせて戴く。原衛門殿が那須に見えられて討滅が早まった。儂も勇気を揮《ふる》って参加したく存ず。東国の多くの国主と藩主は平家と後白河を討滅の思いあるが口に出さぬが懐にはある。兄者《あにじゃ》らは平家に与《くみ》しており。儂らは兄者らと戦うは本意ではないが時と場合によっては戦うもあろう。侍と武士は血族であろうと戦うのが課せられた運命だ。同血筋で諍いたくないが和国の和平と安穏と繁栄が先ぞ」一六歳の与一が良くぞそこまで覚悟したものよ。そこに無謬《むびゅう》（誤《あやま》り）はなく本意だ。

「強い覚悟がおありだな」

「覚悟あればこそできる話ぞ。単なる小噺《こばなし》や夢の譚《はなし》（怪しい話）と思って下さるな。これは砂金の流れる武茂川と那須ケ野を流れる那珂川の水元《みなもと》を末永く守る為でもあるぞ。それがやがて和国の繁栄を導くのだ。儂は那須ケ原だけでなく。和国を人華の園にしたいのだ。……繁栄の源の八溝山と武茂川を機会を作り後々に見てもらう。那須国独立の基《もとい》の多くは武茂川に流れる砂金であった。その砂金を今度は和国の為に使う」

「砂金が流れる川な……」

「楽しみに待たれよ」

「待ちますぞ」

「儂は、数百年後か、それ以上の未来は那須ケ原を中心に本格的国家になると念じておる。約五百年前の那須独立国のごとく、人華の園の足掛かりを造りたい。八溝山系に住する者は心優しきが多い。そこに来て何を生産するにあっても独占せぬ様にと稚児期から育まれた。貧困で食べ物が無い民がおれば自分が数日はひもじい思いをしても持ち寄って与え。仕事が滞《とどこお》っておれば手分けして収穫まで手伝うは普通にある。八溝山系に住する民は自分だけや自分の家族だけが一番先に頂点に立つや。幸福になれば良いんだの考えは一人として持っておらん。誰よりも先に金子《きんす》を多く摑《つか》み。貧乏人や弱者の事は知らぬぞ。汗水漬《みずづく》（汗まみれ）になって働いて得《え》た金子だから儂の金子だ。我が家だけの金子だとは思わない精神と。他人の為に身を削る精神を稚児期から育《はぐく》まれたからだ。国家の大将たる者は、那須国の民百姓が稚児期に、我が子に教え育んだ様に民の為に身を削る者でなくてはならぬのだ。那須には強者に弱く、弱者に強く当たる者はおらん。他国の者は、お上や殿には低姿勢で頭をぺこぺこしても百姓や弱者には威張り放題がおるだろう。那須ではその様な人間はござらぬ。特に八溝山系の住する民はだ。……併し、八溝周辺には鬼とも魑魅とも分からぬ化身も棲《す》んでござら」

「ほう。鬼とも魑魅とも分からぬ化身も棲むが、強気を戒め、弱気を助ける精神の民も多く住むか。都とは正反対だの。都や周辺では平家らの強気の顔色ばかりを窺うが当たり前ぞ。だから弱気者は益々にして弱くなるばかりよ」

「だから那須の民が中心になって国家の基礎を創る必要がある。那須国の民は古代から弱者を助ける考えを持つ者も多くござった。そこでだ。隣国や諸藩との長い付き合いの中で那須国主も民も独占欲が無く。弱者を助けるを逆手に取り。言葉巧みに言い寄るが数多におった。だから数百年前、他の諸藩から横取りや乗っ取られる形で那須独立国でなくなってしまった。それはそれで良い。横取りするや奪うよりもされる方が良いからだ。儂は那須ケ原が再び那須国となり。追随する周囲の諸国諸藩が協力して和国の中枢になる足掛かりとなる。そうなるのは儂の骨すら存在せぬ頃ぞ。那須ケ原はその条件が揃っておる（昭和五十年代後半。那須地方に国会議事堂などを移す計画。幾つかの都市が名乗り出たや候補地があった）。それは何と言っても那珂川よ。多くの民の生活には多くの水と食糧が必要だ。それには那珂川の流れを利用して更なる緑田で叶う。広大な那須ケ原の土地は様々な構築物にも耐えられる。それも渡来の土木技術を最大に利用する。那珂川は水量多く、後々には海洋から大型帆船も航行できる（実際に那珂湊から大きな帆船が航行できる様になったのは約四百年後の永正年間（一五二〇）に大豆田の高黒に船着き場を開設）。大きな帆船で多くの異国と交易する為の条件が揃っておる。簡単にはゆかんだろうが遷都もあり得る。山城や河内を併せた何倍もの広大な地の利を利用しない手はない。併し、遷都となると利権が生じて様々な妨害も予想される。何たって畿内は約千年も前からの和国の都だからな。遷都となると千仭《せんじん》の谷を幾つも越えるより難儀するが、それを一蹴できる条件は那須国だけ。最後の決断は、時の大将や宰相ぞな。その頃の天子様は、後白河の如き裏で操られる傀儡で無いと信じ。那須国が御所になる時代には、畜妾《ちくしょう》（数人の妾《めかけ》）の如きに多くを囲った皇后でなく。一人の妃であり、皇后であって欲しい」

「もっともでござる。天子様も那須に移るは本当の遷都だな」五百年後か千年後は那須が和国の都とな、一六歳の平凡な夢と聞き逃してはならぬ。儂以外なら若造の禍々《まがまが》しい、空事で済ませてしまう。那須的な言葉で言うなら、ごじゃっぺ言うなだろう。与一の思いがそこまで壮大で正鵠（物事の急所や要点）さは何なんだ。

「その為には平家と後白河を討滅させる。それが那須を国家の都にする条件の第一歩ぞ。その為には一瀉千里《いっしゃせんり》の勢いぞ。そして和国全部を人華に園にするのよ」

「おっしゃる通りと存ず」若造の儚《はかな》い夢と軽《かろ》んじてならぬ。那須を天子様の住まいと同時に国家中枢であり都とする。これ以上の壮大があるだろうか。

「お手伝いを申すぞ」覚悟の断言だ。与一が鐙の足を軽く蹴ると青毛は速足になり。徐々に襲歩を上げた。赤毛も続く。心地良い襲歩だ。

一六歳とは思えぬ与一の覚悟。父上と御前から、かっての那須独立国の栄華を稚児期に聞かされたであろう。併し、緑田と絹と砂金がある事で羨まれ妬まれるのは当然であろう。

再び那須を人華の園にする。今度は羨まれ妬まれる事の無き人華の園でなくてはならぬ。与一の夢を終焉させてはならぬ。原衛門は思う。平家と後白河の討滅の機会が早まったなと。原衛門の逃避決断時の思いは、もっと山奥で仙人の如くの活計で時々は集落に出て諸人との出会いを重ね。その中から武術に秀でた者を探し出し、儂が武術を鍛錬させるであったが思いもよらず。目標の人物を早急に見つけた。いや、見付けたでなく。向こうから寄ってきた。これを邂逅（思いがけない出会いや巡り合い）と言わずに何と言う。原衛門は、よし、と呟き、統領に消息文を届ける為の駅逓《えきてい》を急遽に尋ねる必要を感じた。

儂は卑怯な男かも知れぬ。那須の多くの民は、与一に末永く城に留《とど》まり。那須と和国の為にと願っておるのに平家と後白河を討滅の為に誘った。いや、誘ったや持ち掛けたでなく、与一自らの意志だ。一六歳で和国の和平と安穏を案じておる心に「ならぬぞ。那須の平定を守るが先ぞ」と引き留めはしない。

与一の憧れる義経の仲立ちになる。それも早急で業を考える暇はない。消息文には那須馬を揃えるも記す。ここで初めて、違法蓄財の宋銭を大威張りで使う。

与一が青毛を止め。「ここまでだ。……儂は城に戻る」

「左様でございますな。……聞きたきことがござる」

「遠慮なく申されよ」

「消息文を届けたい所がある。駅逓は近くにおありかな」

「あるぞ。……奥方にか……」

「左様で。……諸道具も求めに参る」

「それも道順を教えよう」

「あり難き」奥方は嘘である。妻子を捨てて那須に来たとは思わぬだろう。ここは与一の言葉に合わせる。与一は指を示しつつ道順を教えると青毛の横腹を鐙で優しく蹴る。すると青毛は一気に走り出し、直ぐに襲歩に入った。速い速い。与一の青毛なら一望千里の大陸を通常馬の半分以下で太陽の沈む西の端まで行けるだろう。原衛門は思う。平家と後白河を。いや、平家を討滅さるだけで与一の働きは十分。後白河は与一の手を借りず。儂が魂を抜き取る。

青毛は小さくなって樹木の中へ消えた。赤毛は教わった道をゆっくり歩む。馬の頂戴は喜ばしいが手入れが要る。その前に筆記具商で矢立などを揃える。

横腹を軽く蹴ると歩脚を速めて筆記具商へと向かう。原衛門は思う。与一は儂に僅《わず》かなりとも景迹《けいしゃく》を思わないのか。逢って二日なのに予想もせぬ会話をした。与一に初対面に発した時の言葉。那須の武民《ぶみん》は「余所者を邪険にも粗末にもせんぞ」と言ったのを思うと、儂を信じていると信じよう。

道すがらの雑草の中に貝母《ばいも》が半枯れ状態で所々に棲息している。群生でないのは風に飛ばされた種子が戸破《ひばり》付《つ》いての発芽だろう。

「筆記具類、紙類全般　乙字屋本舗」とくずし太文字の横看板の下方に「筆、墨、硯、矢立」と書かれた色褪せ具合で老舗を想像する。原衛門は巻紙と筆記具も購入し、赤毛を走らせて駅逓に来た。

原衛門が京訛りで話すと。京生まれですかと駅逓頭が聞いてきた。京ではないが西国ですなで誤魔化した。それ以上は聞こうとしない。原衛門は駅逓の外の床几を借りて座る。巻紙にすらすらと箇条書きに筆を運ぶ。

統領殿　近況をお伝え申す
壱　下野の那珂川縁の傘岩に居を設け候
弐　若き武人に逢う　大陸への憧れと源家に執着しておる
参　弓に優れ　和国の将来を憂い　平家討滅を誰よりも望願の思いでござる
四　若き武人の望願の手助けを覚悟した
五　若き武人を多数と馬匹済の悍馬を百頭を届ける用意
六　若き武人を八溝騎馬《やみぞきば》隊と命名したく存ず
七　統領と約束の平家と後白河討滅を駿足に運びたく候
都の周辺と統領の近況を知りたく存ず　返事を待つ　　原衛門

下野国の那珂川縁の傘岩と記しただけで統領は頭に地図を描く。与一の文字は入れてない。駅逓が何処かで暴漢に襲われたを考えた防御だ。時には追剝《おいはぎ》に遭うからだ。追剝は中味によっては小遣いを稼げる。

今の公卿や奉職者には下野国が何処か頭に描けぬ輩もおる。西国に行く程に関八州さえ知らぬ公卿も奉職者も多い。そこへ来て統領は違う。

早馬は、早朝と昼過ぎに出立《しゅったつ》するそうだ。早朝の出立は暗くなるまでに足利の郡《ぐん》衙《が》の近くの駅逓に到着する。下野国内には那須を含めて九つの郡衙があり。郡衙近くと、やや三十里毎に駅逓がある。足利は下野国と上野国の境近くだ。両国の境は渡良瀬川である。両岸に船着き場があり。両国からの大量の荷物は船を使い。渡良瀬川や利根川へ、更に下野国の内陸部からは鬼怒川と渦波《うずま》川を使う。海洋へ出た船は島沿いに航行して西国へ行く。手荷物や消息文は足利の駅逓で上野国や甲信越美濃国方面と武蔵相模国方面より以西とを分別する。当然に西国や都から勅書《ちょくしょ》や手荷物や消息文なども運ばれる。

各駅逓から、早馬は早朝と昼過ぎに、三頭、四頭と連れだって出立。早朝の出立便は夕刻に小山の駅逓に到着。午後の出立便は夕刻に宇都宮に到着と言う。明日はそれぞれに刻をずらして武蔵国府中に到着する。府中は武蔵国の中心地だ。原衛門が依頼の便は夕刻に宇都宮の駅逓と言った。朝まで休息し、夜明けと共に武蔵国の府中に向かう。そこからは鎌倉街道を使うか、信州の松本方面に向かうかは状況によってと言う。遠路の場合は人馬共に目的地までは行かず。馬を替えたり駅使が替わる。駄賃は遠近によって当然に違う。駄賃以外に原衛門は駅使に心付けをと多くを託し、寸刻も早く到着をと口添えした。とは言うものの夜間は危険で走れず。日中も競走馬の様に速くも走れず走らない。馬は五尺以下の背丈で現在に比べると小柄。速さは人間が勝手に付けて四つある。人と同じ速さを並足《なみあし》（常足とも。一分間に約八六〇メートル）、やや急ぐが速足（約二二〇メートル）、もっと速くは駆《かけ》足。競走馬ほどは速くないが力を出し切る速さは襲歩で長時間も長距離も走れない。因って、手荷物や消息文などを運ぶのは駆足で、一刻に十里は走る計算だが街道には紆余曲折《うよきょくせつ》があってこれより刻を要す。

統領からの返信は十数日後の覚悟。原衛門は馬の歩を急かせて傘岩へ向かう。早めに帰って塒《ねぐら》（動物や鳥類の住処）を設《もう》けてやろう。

安徳天皇に代わって都や都人に変化があったかどうかも返事の中身に多少はあろうを期待して待とう。都は政の中枢を思うと変化がなくてはならぬが。重衡《しげひら》であろうと重盛であろうとが平家の総大将として政を牛耳るのは変わらずも、後白河の意見を容れぬと政は進まない。同時に公卿《くぎょう》（公家）もである。それをどの様に実行動へ移す。幼帝が即位して安徳天皇となったのを心から目出度く思う都人には祭り事でしかないが、真摯に考えれば役立たずの天子様の即位式なんぞは見たくなかったろう。都や近隣に住する民の誰もが天子様の味方ではないぞの思いもある。況《ま》して裏で操る後白河への風当たりは強い。謀反を起こすなら新しい天子様即位で浮かれる中での決起なら有効だった。統領は高倉天皇の崩御《ほうぎょ》をどう思った。平家と後白河を討滅すぞは儂より強い。だから夢にまで見た。統領は自らが大将になるか源家がやるかにも賭けていた。

それが和国救済の一歩の道筋と。

流木の根に赤毛の手綱を長くして結ぶ。夜までには蔦類の葉を重ねて塒を作る。葉の柔らかいのは秣にもなり。蔦類を重ねる事で寝る事ができる。寝牛立《ねうした》ち馬で体調の良好時は立っても眠り。牛は反対に体を横たえる程に体調良しとされる。葉草だけでは健康を保てず穀類も必要。原衛門は雑類を求めに馬で出掛けた。

昨日とは別の百姓に行ってみよう。多くを頂戴する必要に二匹の鱒を途中で獲止めた。蹄鉄の業を進めるのを一旦は止す。蹄鉄を業にするは鉄集めに刻を要す。蹄鉄を業とするには炭も必要だ。炭造りには原衛門は自信ある。統領に教えを乞うて硬い炭を焼く術を得た。深山で暮らすには扶持《ふち》を稼ぐ義務がある。ある者は狩猟で毛皮や肉を。ある者は岩魚や鱒や小魚を。ある者は山菜類を都内《みやこ》や近隣の商《あきない》屋《や》に卸《おろ》して扶持を稼ぎつつ修行する。原衛門の一番の稼ぎは炭を焼いて殿舎周辺や城下に売る。原衛門の炭には定評があった。統領の教えで硬い炭を焼く技術を得た。原衛門の炭は拍子木の形に叩くと金物を叩いた様にキンキンと音がして、かなり強く叩かない限りは折れない。硬く焼く秘訣は窯の中を酸欠状態で焼く。窯に隙間なく薪を詰め込み。薪の透き間に生の小枝を挿し込んで更に透き間を無くし。小枝が燃えて薪に火が移って燄《えん》燄《えん》の見極めが重要で灰になるか炭になるかの判断の瞬間だ。燄燄の光と揺らめきによって空気孔《こう》を窯口に設けるのが勘と腕が頼り。現在のワゴン車大の窯なら直径六《チ》《セン》前後の孔で燃焼に必要な酸素を遮断近くにする事で、薪自身に含まれる酸素放出で硬い炭になる。酸素が多いと燃えて炭にならず灰になってしまう。硬い炭は長持ちするから大いに喜ばれた。炭焼きを業にするには準備が足らぬ。当分は那珂川の魚類を獲って業としよう。鱒などを射る銛《もり》の代わりの竹槍を造るのに難儀しない。

この時点で都を中心に事変があったとしても関八州には直ぐに正式には届かない。都人には、将門の天慶の乱以後は、関八州は蝦夷国の手前で些《いささ》か異国の思いがあり。権力者に利をもたらすどうかを鑑み。利が無いと鑑みれば早く届けない傾向がある。併し、戦が近いを予想されると兵糧的物資と兵士と馬の要求を早急に沙汰する。協力せずは謀反として襲撃を受けるもある。だから自分で早めに情報を得る為に早馬や駅《えき》使《し》を頻繁に使う。そこには嘘や出鱈目もある。

原衛門は昨日とは違う百姓に向かう。赤毛をのんびりと歩かせ。前栽畑で野菜の手入れをする夫婦に「川の向こうに居を設けた栢野原衛門と申す者でござる。与一殿に馬を頂戴しましてな。与一殿に頂戴したを思うと粗末には出来ませんでな。馬の好物の雑穀を分けて下されたらあり難い。この鱒を金子の代わりとしたいが如何かな。叺《かます》も頂けたらあり難い」を言うと。「見事な鱒だ。玄米も雑穀もあるだで」初めて見る大男に恐ろしさや警戒心や猜疑心を感じるはなさそう。昨日の夫婦と同じ目で見ている。与一に聞いた、人華の園の人間性で初対面の者に疑念を抱《いだ》く精神は持ってない。「こっち来《こ》なせぇ」で。手綱を樹木に結ぶと。納屋の方に案内されると施錠の無い戸を開けた。開けると納屋の中程に数十俵の俵が重ねてある。秋に収穫した籾俵だ。その他に雑穀の俵と叺が数俵ある。これだけの俵を収めながら施錠しないのは盗賊が居ないを物語っておる。城主も百姓も常に豊穣心だ。末永く那須の豊穣を願うには与一が必要と誰もが思う中で戦いに引っ張り出すのは恨みを買う。卑怯だが、儂は関係無きを装う。

百姓は俵と叺の口を開き。別の二枚の叺に、大麦と雑穀を適量に分け入れる。その叺を赤毛の背に振り分けに結び。手綱を曳いて帰途に就く。当分は秣《まぐさ》を心配しないで済む。多くは蔦の葉や雑草を食べるからだ。原衛門は明日の予定を考えつつ傘岩に向かう。

明日は何よりも先に馬の五十頭を手配をする。馬もだが蹄鉄もである。蹄鉄屋は駅逓への道程にあるのを確かめてある。

明日は馬喰《ばくろう》（牛馬売買の仲介役）に会う。馬喰と蹄鉄屋で相当の金子《きんす》を使う覚悟だ。与一に話すと安価に購入できるだろうがそうはせぬ。馬喰と蹄鉄屋に戦の準備と疑われる。与一とは関係なく取引する事で与一にも疑いは持たせぬ。

手綱を流木根に絡むと蔦葉類の採取に出掛けた。秣と塒の為だ。蔦を厚めに敷かぬと駒とて体が痛かろう。人間とて同じで床《とこ》が硬く不安定では寝られない。

懐剣《かいけん》を持って斜面を登る。対岸の向こうの草原を野生馬の群れが走る。目で追うだけでも襲歩の大きさが見える。あの中から馬喰が優秀馬を選ぶだろう。場合によっては百を超える頭数を調達の必要ある。それと同時に若者の騎乗者もだ。騎乗者はそのまま兵士になる。これは責任重大だ。那須の若者の命を奪うもあり得る。それを思うと辛い。儂は実戦には参加せずに若者を戦いに参加させるとは卑怯だ。併し、和国の和平と安穏を導くには平家と後白河を討滅せねばならぬ。先ずは平家だ。これまで幾度も清盛個人と平家の襲撃を試みた幾多の大将や輩がおるが、いずれも襲撃が半端だった。兵士も馬も不足だったと弱音を吐き。挑んだ大将らは自ら落ち度は認めず。今度こそは襲撃成功と思ってもその度に襲撃側の被害が多く出て失敗を重ねた。与一に失敗をさせる訳にはいかぬ。那須の為にもだ。それが後で和国の和平と安穏を齎す。儂が成功を収めさせる。戦いは海が主となる。那珂川の真横渡河が大いに役立つ。那須馬以外は真横渡河は出来ぬ。与一には、更に真横渡河訓練の必要を諭す。平家軍を含めた西国の馬は真横渡河は出来ず。見た者は慟哭する。その馬を主に海で戦えば勝つ。

原衛門は蔦類の大葉をわんさか抱えて傘岩の近くまで来た。赤毛は手綱の延びる限りに寄ってきた。柔らかい葉は秣で、多くは蒔用だ。馬の目前に置くと早速食《は》む。色艶で柔らかい部分を知っているのだ。

原衛門は岩に両手を掛けて傘岩に登ろうとすると。赤馬が何かの音に天を仰ぎ見て。ヒヒーンと声を発するではないか。原衛門も、やや同じ視線で蒼昊《そうこう》（真っ青な空）を仰ぐと。何と何と青毛が飛んでいるではないか。原衛門は、あー、と叫びつつ、飛ぶ青毛を目で追った。青毛は四脚《よつあし》を懸命に前後に動かして翔《かけ》る（駆けるの意味）如くである。いや、翔《かけ》る以上の襲歩《しゅうほ》だ。あれは間違いなく青毛で騎乗者姿も見える。着衣に見覚えがある。顔の確認は出来ぬが与一の着衣である。青毛はそのまま那珂川を翔び越えると川岸の傾斜の上の雑木林の方角へ消えた。顔の確認は出来ずも与一に間違いない。羽ばたく音も聞こえず羽も見えなかった。昨日も今日も見たが羽も付いて無く。水掻きも付いて無かった。羽ばたき音もせぬのに赤毛は蒼昊に異常を感じて見上げた。赤毛にも青毛の翔《と》ぶ姿が見えた証拠だ。原衛門に蒼昊の異常は感じずも赤毛には異常音が聞こえたのだろう。だから見上げたのだ。

原衛門が想像する青毛は、与一が騎乗したまま城の立つ土塁《どるい》端に立ち、上空に向かって湾曲状に上昇し、四脚を襲歩の形に懸命に動かしつつ飛翔して予想着地を目指したに見えた。角度から対岸の雑木林の方角を目指したのだ。城山の土塁端から那珂川対岸へは二千丈（六百メートル）以上はある。更に雑木林まで一千丈（約三百メートル）はあろう。合わせて三千丈を、人を乗せた馬が翔ぶ。そんな馬鹿な事があるものかと思っても儂は見た。儂ばかりでない。赤毛も見た。儂よりも先に天に異常を感じて見上げたには間違いない。この赤毛は昨日の朝までは、青毛と一緒の厩舎《きゅうしゃ》だ。馬塞《ませ》で仕切っても互いの特徴を承知しており。翔んだのは青毛と見た。ヒヒーンの声は挨拶であり激励であったのだろう。原衛門は取る物も取らず。赤毛の手綱を握ると鐙に足を乗せ。膝で馬の横腹を蹴ると駆け出して渡河に入る。

天空を翔ぶ速さで着地したなら騎乗者も青毛も無傷で済む訳ない。鳥類の様に長い滑空は出来ないからだ。赤毛は河原を駆け那珂川を真横に渡河して対岸の河原から斜面を登り。雑木林へ急ぐ。与一に怪我やそれ以上の事あったなら平家討滅は頓挫する。とにかく確かめる。それにしてもどうして儂の上を翔んだ。儂の存在を城山で認めた後に翔び出したのか。飛翔中は儂の姿が見えたのだろうか。

　赤毛で駆け行くと穀物を頂戴した百姓家がある。庭と畑の境に牡丹と芍薬《しゃくやく》の畝株が長く続き。株数から薬用か。夫婦が農作業をしている。原衛門は赤毛を止め。「城山の辺りから馬が翔んでな。あの辺りの雑木林の方角に着地した様だが、翔んだのを見なかったかですかな」与一と青毛は口にせず。手を伸ばし、弧を描きつつ叫ぶ如く言うと。百姓は言う。「馬が翔んだどー。そだ（そんな）、ごじゃっぺ、こぐ（言う）な。羽がねぇ（無い）のによ。翔ぶ訳ながっぺ。馬は翔ばねど。夢でも見たんだねぇか」百姓は馬が翔ぶ訳ないのに力を入れた。道理から言えば馬が翔べる訳はない。百姓の言う通りだ。だが、儂はこの眼で確かに目撃した。ここは言葉では引き下がる。「そりゃそうですな。馬には羽は無いです。翔ぶ訳はないですな」原衛門は言いつつ、高館城のある断崖頂上の土塁《どるい》と着地したと思われる方角を交互に何度も見直した。城は断崖の頂に土塁を設けて立って眺望は良い。与一は眺望した後に着地目標は対岸の雑木林付近を目指して翔んだ。百姓は端《はな》から城山の方角も見ない。原衛門が言葉を掛けた事で休めた作業を始めた。常識的に馬が翔ぶ筈ないからだ。だがこの目で見た。赤毛も見たが確かめる術《すべ》はない。「夢だったかなー。馬が翔ぶ訳は無いですもんな」で禮をして離れた。そこへ百姓の大声が掛かる。「那須の馬はなー。翔ばねぇが翔ぶが如くに跳《は》ねるど（ぞ）。那須は馬匹《ばひつ》も優れておるんだ。何百年もめえ（前）からの伝統で牧夫《まきふ》が優秀でな。どんな暴れ馬でも操り。良き農耕馬と戦馬にしてしまうんだ。だから西国の天子様へ届けられただ。そだげんど（だけれど）天は翔《と》ばねぇぞ」と力を込めて言う。誰が否定しようと、何と言おうと儂は見たんだ。翔ぶのをな。それも騎乗者は間違いなく与一。顔の確認は出来ぬが着衣に記憶ある。ここで百姓を相手にはしておれぬ。原衛門は鐙で横腹を蹴って赤毛の脚を速めた。河原から見た方角の雑木林へと赤毛を駆らせる。儂の目は普通の人が見えぬ物を確認できて遠くも見える。闇夜でも見えて走れる目を持っておる。儂の目に狂いはない。動体視力だって獣の如く自信ある。

赤毛の脚を止め。もう一度、翔び立ったと思われる土塁の端と着地方角へ湾曲を描く目で見ると間違いなく雑木林だ。赤毛の横腹を蹴ると獣道如きを駆け登る。その左右には灌木や薬草と共に毒草もある。見えてきた雑木林は成育中なのか見上げる程の高木ではないが場合によっては馬の胴腹部に枝が突き刺さる。与一がそんな無鉄砲な危険を冒《おか》すだろうか。青毛で高麗と大陸へお禮に行き。陽の沈む井戸を確かめたい、と言った与一が無計画に土塁端から翔び立ったとも思わない。与一なりの目的があって翔んだのだろう。

原衛門は目標辺りの雑木林へ来た。広い雑木林でなく。直ぐに開けて草原となった。草は三寸に満たず。馬などが食《は》んだ跡で一ケ月後には再び長い草が繁茂するだろう。畳なら二百畳程の草原は野生馬の遊び場でもあるのか脚跡が無数にあり。どれが今日の脚跡か以前の脚跡か区別はつかない。原衛門は乗馬したままゆっくり歩むと。やや中央部に灰色の石がある。半分以上は地中に埋まり。畳の半分程の平べったく地上にある。原衛門は下馬し、石を蹴ったがびくともしない。その石の周囲に新しい蹄鉄跡が幾つもある。それもだが、何と何と石の上に、前両脚の蹄鉄跡があるではないか。先端部が約一寸あり、前のめりに着地した証拠だ。それればかりか、周辺に石の小粒の闕破《けつは》（破片）が散乱しておる。これは間違いなく着地衝撃で石に馬蹄跡が付き。その時に砕けて周囲に散らばったのだ。これは彫刻などの人為的でない。蹄鉄跡は新しく、闕《くだ》けた石の散り方も自然だ。与一は、この辺りを目標に城山の端を翔び立ったのは間違いあるまい。それにしてもこんな石の上に着地で馬体にも蹄にも脚にも異常はなかったのか。与一にも怪我はなかったのか。着地して半刻も経過してないを思うと。双方に異常はなかったを意味するが何処へ消えた。城山の土塁端から翔んで着地衝撃は相当だ。衝撃の証拠が石への蹄鉄跡だ。なのに石と周囲に血液の跡が微塵もないのを思う。怪我も無かったを意味する。そんな馬鹿があるだろうか。着地衝撃で蹄が闕《か》けた形跡もない。廃馬の原因の多くは前脚骨折と蹄の闕破《けつは》だ。蹄が闕破すると弓底部からの黴菌侵入が元で裂傷を含めた疾病率の高いのを馬に乗る者なら知らない筈はない。約三千丈も翔んで着地したなら衝撃を受けない筈はない。与一にも相当な衝撃があった筈だ。土塁端から、与一の目に、この辺りは見えるが石は見える筈はなく。青毛にも見えない。馬を含めた獣は三千丈先は見えぬ。いや、見える必要も見る必要ない。その分を人間の何十倍もの臭覚《しゅうかく》や耳殻《じかく》や耳翼《じよく》と視覚力で動物の瞬間動態で自体に損傷の無い動態を取る。与一が騎乗し、手綱を操れば盲滅法に翔んでも地面に近づけば瞬間動態で安全な方法で着地したのだ。人間よりも優れる動態でだ。それにしても石の上とは解せない。

与一騎乗馬が翔んだは夢か。違う。儂は寝てないから夢の訳ない。儂だけでなく赤毛も見た。儂より先に蒼昊に異常を感じ、動物的な感覚で見上げた。すると赤毛は、仲間が蒼昊を翔んでいると見て挨拶なのかヒヒーンと声を発した。

翔んで着地して骨折どころか怪我もしない与一と青毛。着地後も草原を走り、跳ねる如くの襲歩跡が点々とある。それは那須馬は襲歩巾が広い見本だ。よし、と呟くと原衛門は赤毛に騎乗して横腹を蹴った。すると襲歩跡を頼りに雑木林へと向かう。草原は再び雑木林となる。入ると雑木間の灌木や雑草で襲歩跡は見えなくなった。与一の青毛は何処へ行った。

原衛門は必死で探すも、日暮れまでに与一に会う事は出来なかった。ゆっくりと歩む赤毛の背で原衛門は想像する。羽が無いのに翔ぶとはどんな速度だ。そして着地時の衝撃も。……石に蹄鉄跡が残るとは想像を絶する衝撃。そして怪我もせず。間を置かずに草原を襲歩で何事もなく駆け行くとはだ。儂は統領に教示を受け。無理だと思っても教示通りに手綱を捌《さば》いて。三十丈（約九十メートル）程の川幅を翔んだ経験はあるが約三千丈の距離を翔ぶは想像も出来ない。

明日は与一に会うを出来るのだろうか。与一から儂の所へ来るだろうか。会っても儂からは、青毛と一緒に与一が天を翔んだは言わぬ。どうせ軽くあしらわれる。馬が人物を乗せて翔んだ話は昔からある。大陸から伝わる話も目撃者は無い。聖徳太子は三日を掛けて常陸や蝦夷と北陸を馬で翔んだとあるが誰も目撃してない。なのに儂は間違いなく目撃した。これを夢や戯言《たわごと》では済ますものか。着地の蹄鉄跡も見た。それも硬い石の上だ。蹄鉄跡は永遠《えいえん》に残るだろう。明日も蹄鉄跡を確かめに行く。《石に蹄鉄跡・小学低学年の遠足コース。前記の鵜黒の池を見学した後（約七十年前）に高《たか》館《だて》城址で引率女先生がこう言った。「与一は馬に乗ったまま此処から翔んだのね。那珂川の向こうの原っぱにね。馬が着地したのは石の上だったのね。そこには馬の足跡が付いて今も残ってるのよ。これからその足跡を見に行きましょうね」で。城址から九十九道へ出て河原に下り。渡し船で対岸に渡り。数十メートルの坂を登ると。小さな水力発電所があり（現存）。発電所を見学の後に坂道を行くと。灰色の硬い石に確かに馬蹄形に数センチ凹んでた。その時点で約八百年の経過を思えば風雨に晒されて鮮明な形は無理だが間違いなく二つの蹄鉄跡はあった。誰も信用しない顔で女先生の説明を聞いた。

更に、仕事（昭和四十二年年頃）でその辺を車で走った時に思い出し。そうだー。この辺り、与一の乗った馬が翔んで着地した辺りで遠足の時に見たんだなーと呟きつつ。道路端に車を停め。蹄鉄跡が付いた石の所に行った。小学生の時と同じ場所に大きな石はそのままあり。当然に蹄鉄跡がある。その時に、アレー、小さいなー、昔の馬は小さかったのかなと思う程に小さいと思った。併し、遠足時に見学したのと間違いない蹄鉄跡だ。更に、昭和五十年頃、車に同乗した知人に見せると感心はしたが本気にはしなかった。筆者も本気にはしてないが。どうして石の上に蹄鉄跡があるのだろうの疑問はある。彫ったにしては不格好。約一キロメートル先の城山から人間を乗せた馬が翔べる筈はなく。仮に翔んだとして。どうして石の上に着地をしたの疑問は。与一が、屋島で扇の的を射落としたのは海の中の馬上であるのを物語や話でご存知であろう。その時の騎乗馬は城山から飛翔した馬（とされる）だ。与一が騎乗し、飛翔して着地したとされる場所は那須地方にあと二ケ所あるとされる。どうして石の上かね。やはり誰か彫ったのかねぇー。》

赤毛に秣を与えた後に夕餉の仕度に入る。仕度と言っても質素だ。統領から「長生きなら質素ぞ」で来た原衛門家族だ。それが目前の川魚で簡素でなくなる気にもなる。豆を混ぜて鮲の二匹も入れれば炊き込み飯になって栄養満点だ。

午後の早馬は既に出立したなと思いつつ遅い夕餉を済ませた。与一は明日も遠駆けの誘いに来るだろうか。後々の藩主で城主あり、殿であるを思えば一六歳でもそれなりの大役があろう。それを投げてまで儂の所へ来るだろうか。

原衛門は穴の奥の床に埋めてた宋銭の麻袋を掘り出す。大威張りで使う違法蓄財の宋銭だ。平家討滅に使う。民部《みんど》を使うのに恥も罪悪感も無い。明日は蹄鉄屋と削蹄師も廻る。今日もだったが明日も暇《いとま》はないと思いつつ床に就く。

馬の健康を守る為には、蹄鉄屋《かなぐつ》と共にもう一つある。それは削蹄《さくてい》（装蹄とも）だ。字の如しで蹄《ひづめ》（爪）を削って伸び過ぎや片減りを直し。蹄に合わせた蹄鉄装着前の重要な仕事。駅逓へ往来の道で既に見付けてた。数十頭が囲いに入ってたのを思うと繁盛と見た。削蹄の繁盛は、蹄鉄屋も繁盛する。五十頭分の蹄鉄を急遽に依頼するのは気が引ける。一頭に四枚が必要。合わせて二百枚を数日中に鍛冶《かじ》するのは苦労を掛けるなと呟く。蹄鉄無しも良いが都まで走り行くと蹄は相当に摩耗する。蹄鉄無しは無理か―、また呟く。その辺りは馬喰と相談だ。

翌日、行く道筋の所々に僅かの空き地があると開墾し、畑にして様々な野菜が耕作してある。空き地を無駄にせぬ精神は飢饉を考えた蓄えだ。絹糸を産する為に桑も多い。蚕に葉を与える為だ。小枝に切り取られた跡がある。

都周辺で特に大きな異変でない限りは遠くの国へは届かない。東国の端とされる下野国へは尚更だ。戦が予想されると兵士と兵站《へいたん》と兵糧米は無理に要求するが、直接に都に利得の無い事は速やかに情報は流さない。殿舎内の担当者が流す前に一読し、これは手心を加えた欺罔や欺報を書くと小遣いが稼げるなを思うと。やや書き加えて輩の仲間筋に手早く渡す。すると偽りの方が早く到着する。それを受け取った筋の輩は都からのよりも早く読んで戦なら手早く準備が出来る。時には偽りが発覚する。発覚すれば欺罔に加担した者は家族共に棄市だ。それでも俺の手による偽りは発覚するものかと自惚れがあり、頃合いで止せばよいだろうに小遣いが稼げるを思うと止められない。駅逓頭も駅使も本物か偽りかは知らず。中身を調べる権利もなく。依頼通りの宛先まで運ぶ。また、戦に出された地方藩の兵士が、夜間の休息時を抜け出し、百姓家などに入り込んで事情を話して消息文を書き。出身地へ届けるを依頼する。入り込まれた家族の男衆の多くは屯田兵や傭兵の経験ありで兵士らの心境を知っているから拒否はしない。入り込まれたのが発覚したなら家長は斬首。それでも託されれば多くは拒否しない。

西国に向って出立した早馬は途中の駅逓で交代。当然に当地の駅逓頭の指図だ。駅逓から消息文が午前中、高館城に届き、資隆が読んだ後に与一に読めと差し出した。資隆が読み、顔色は変えつつも落ち着きを見せているなと与一は思った。本当は大事であるだろうに。

与一は、父殿より渡された消息文を両手にすると震えた。それは短文で人目を避けた様子でやや粗相だ。読む前に文尻を見ると八郎義隆とある。間違いなく義隆兄の筆致で何を知らせる消息文だ。読むのに躊躇する。良き知らせならよいが兄者らの誰かに異常があったのか。父殿は兄からとは敢《あ》えて言わない。兄者らは、ここを出た挙句に父殿に反して清盛を始めに平家に与する事が気に食わぬのだ。与一が思うに、兄の消息文は大事の前兆でないかの。兄も何らかの前兆を予期しての知らせではないだろうか。内容はこうだ。『近江国の粟津原で源範頼軍と戦い　木曽殿近江で死す』とある。木曽殿とは木曽義仲で父親は源義賢《よしたか》。義賢は甥の義平《よしひら》と戦って敗れ後に義仲を木曽に引き取り。育てた事で木曽を名乗るが源氏の血を引く武将の一人だ（木曽義仲・源義仲。一一五四〜一一八四。義仲は頼朝や義経とは従兄弟）。義仲は二歳の時、父親の義賢《よしたか》が義平に殺害された為に木曽豪族の中原兼遠《かねとお》に託されて木曽の山中で文武を習い。将来を嘱望されたが、以仁王《もちひとおう》（別名は三条宮）の誘いで越前の通盛を破竹の勢いで破り（治承四年）。更に維盛《これもり》を襲い。都に入ったのは与一も遅ればせながらの情報で承知した。義仲が若死にを招いたのは後白河と叔父の源行家《ゆきいえ》の所為《せい》か。義仲をこのままのさばらせると清盛を超す大将になるだろうを予想して恐れたからか。後白河は、これで朕《ちん》が和国の長期権力者になれるを予想したろう。併し、東国の鎌倉には虎視眈々と朕から権力を奪わんとする田舎侍がおる。それは源頼朝と義経の従兄弟で木曽の山猿如きの義仲である。従兄弟を共に朕《ちん》が潰してやるわいの思いである。義仲は、頼朝より先に平家を斃《たお》し、和国一の大将になるんだの源家への敵愾心は薄れたと思っておったのに抑えを出来ず。早まった為に悔しい思いであろうと与一さえ思う。まさかこんなに早く戦死するとは本人も思わなかったろう。大きな戦い前の敗北死は悔しかろうが戦えば義仲の敗北は誰にも予想がついた。

都や鎌倉から見れば木曽の山猿としか思わず。必要無き時は恩を受けた者でも姻戚者でも平気で殺害は当たり前。義仲の生い立ちを思うと本気で悲しむは無かろうの世の中であり人心だ。以仁王でさえ、父親の後白河の為に剃髪して僧侶姿で情報を集め。影者を通じて知らせたのに危険を感じても援護を差し伸べず無駄死に等しく。追われる身となっても後白河には以仁王を助ける術が無く。頼政と共に追っ手の数百の馬蹄音を聞きつつ自刃した。その瞬時に、陰の天皇の後白河である父親を怨んだであろう。怨みは二つある。一つは後白河の第三皇子にありながらその待遇は受けず。剃髪して僧侶に身を窶《やつ》し、父親の後白河には善きと思しき情報は届けていたのに。危うくなっても援護の手を差し伸べてくれなかった。二つ目は頼政と手を組み、諸国の源家に与する大将と伴に平家を討滅した後には天皇の座を描いていたのに一歩なりとも近づけなかった。介錯人や伴隋の話によると。頼政は覚悟の切腹で涙は流さず。以仁王は夢と望みに絶たれた恨みから、ぼうぼうと涙は流したそうだ。二人の死は直ぐには公にされず。特に以仁王にあっては死んではおらず。「山奥に一人で住んで仙人にでもなる気だろう。あれは人並みの体でないから。熊か猪とでも暮らすのが合っておる」の噂も流れた。噂を流すのは依頼された僧侶が主である。僧侶は形としては信用されてるものの本当には信用はされず。衣の権威を信じてしまうのだ。また、興行する香具師頭に砂金を掴ませ。場所を替えたなら、こうこうの噂を流してくれを依頼すると実《まこと》も嘘も数日で広がり伝わる。何れにしても頼政と以仁王は尽力した割には歴史から消えて忘れさられるのである。息子の死を後に知らされた後白河はどう思ったろう。己を守る為に子息や子女を人質に差し出すもおるが、必要の無きを思うと援助の手も援護の手も出さないは常にある武家と貴族の社会だ。頼朝も義経は血筋を分けた兄弟であろうと必要無きとあらば容赦なくる刃を向ける。儂が義経殿に助太刀して平家と後白河を討滅したとしても必要無きと思われた時には命を絶たれる。戦の為の武士とはその運命にあり。命を賭《と》するを畏怖《いふ》してはならぬ。義仲とて承知で文武を心身に収めた筈だ。全部を言葉には出さずも父上と傅育《ふいく》役の叔父が教えてくれた。義仲とは何の因縁も無く、若くして戦死を気の毒に思う以外ないが与一の心は固まった。よし、これで平家の討滅は近い。そして後白河だ。今直ぐにも青毛に騎乗し、鐙に乗せた膝で馬の腹部を蹴って西国に疾駆《しっく》したい。与一は父上の顔を伏目がちに見た。父上は、どうして儂に読ませた。与一は、父上に頭を垂れると離れて座を立ち。一歩踏み出したが立ち止まり。……消息文を持ってと思ったが留まり。父の膝元にある消息文を包んでた文包《ふみづつみ》が気になる。それは汚れが多く、皺《しわ》も多い。近江国の粟津からで日数を要した気がする。粗末に扱われたのだ。義仲が死したのは半月以上かそれ以前か、それはいい。心が逸る。返事はどうなるか分からぬが原衛門殿に報告の必要ある。そして一刻も早く都か義経殿へ駆け参じたい心境を告げる。

与一は、厩舎に走ると愛馬の青毛に飛び乗った。隣の厩舎の悌二郎の愛馬がおらぬ。悌二郎も不在か。不在で丁度いい。

青毛に跨ぐと同時に家臣が、弓弦と箙を差し出した。家臣は、狩猟にでも行くと思っているだろう。「悌二郎は不在か」言うと「姉君の伴で狩りにございます」家臣が言った。「迎えに行かず良い」儂は狩でないぞと言おうとしたが止めた。場合によっては、お前達とは最後になるやもと思う。「いつもの仲間を傘岩に集めてくれ」を叫ぶ如くに言うと。膝で青毛の胴腹を軽く蹴ると瞬時に走り出た。九十九折れ道を下り切り、斜面を垂直如きに駆け下り、石礫の河原敷を駆け、那珂川を真横に渡河すると反対側の河川敷に上がる。

馬体をブルっと振ると一瞬に撥水した。膝で横腹を蹴ると歩を速めて傘岩を目指す。目標を心得た走りだ。近づいても原衛門も馬も見えない。……不在か。心で舌打ちした。傘岩から煙が僅かに立ち昇るのを見ると遠くへ行ったのではなさそう。それでも立ち止まって待てぬ心境だ。常足で周囲を歩いて心を和ます。そこへ無数の襲歩の音がする。音の方に視線を向けるといつもの仲間の数頭が対岸の向こうの高台の野原を駆け来るのが見える。数頭はやがて急斜面を垂直如くに駆け下りて河川敷に一気に下りた。急斜面も雑作ない。河川敷を直線に駆け。水際に頭を並んだ時点で与一は、その者らに停止を命じた。原衛門殿と話したき事がある。昨日迄の行動は一緒だったのにお前らは余計者ぞとは言わぬ。儂は父上に謀反を起こす。それが那須と和国の和平と安穏の一歩なのだ。

対岸の水際に頭を並べた馬は流れの水を飲む。与一は落ち着いたふりで傘岩下の河原を常足で歩かせる馬の背上で思う。都を含めた西国の情報を得る手段をないものかとだ。一番の方法は駅使の早馬を襲撃して文などを奪うであるがそれは卑怯だ。消息文や荷を運ぶ駅使にも早馬にも罪はない。

上流に視線をやると、赤毛に騎乗した原衛門が湾曲して深い場所を渡河してくるではないか。与一は思う。底の無い海を体験させているのだろうと。儂の青毛でさえあの深みは渡河してない。原衛門殿は騎乗にも優れる人物だと改めて認識した。あの赤毛は、これまでにあの深い場所の渡河経験がないのに悠々と渡河する。あの赤毛は、青毛同様に、あらゆる場所で有意義に働ける為の馬匹をした。だが、あの深い湾曲を渡河した経験はない。赤毛の渡河の悠々さは手綱を握る原衛門の匠さだ。儂は偉大なる人物を友にしたものよな。いや、友と言っては不敬でござる。近日には青毛にも渡河をさせ。もっと深い川。いや、底の無い海のあるのを覚え知らす必要ある。鎌倉は海が目の前だそうだ。平家との戦いは海が中心になると予想するからだ。平家に与《くみ》し、平家の安穏を末永く嘱望《しょくぼう》する諸藩の多くは西国だ。特に瀬戸内の海をも含めて広大な沿岸に蟠踞《ばんきょ》の武士集団は平家の為なら命を賭して戦う。それらの命を青毛と矢で止める。

青毛の胴腹を軽く蹴ると。青毛が渡河する方角へ向かう。原衛門騎乗の赤毛は、流れが淀んで一番深いとされる辺りを難なく悠々と泳ぎ。渡河が終わると。岸辺に上がって馬体をブルブル振ると飛沫が飛んで一気に艶ある馬体が光る。

「ご無事ござるか」岸辺に待つ与一の周囲を廻って確認した。

「毎日を恙《つつが》なく生きるのが武士ぞ。見事な渡河だ。海の模擬体験でござるか」

「青毛も平気ぞ。深みを試みるがいい。海はもっと深くて底は無いぞ」与一にも青毛にも何ら異常無いのを確認した。特に前脚をだ。それにしても蒼昊を翔んだは嘘でない。目撃したと共に着地時の前脚の蹄鉄跡が石にあるのも確かめた。両脚を載せただけで馬蹄跡が付く筈はない。あれは翔んで着地時の勢いの蹄鉄跡に間違いない。それにしても双方に異常無きは喜ばしい。

「青毛にも試さしてみようぞ。……報告したきがござる」

「報告とな……」

「西国の兄者から消息文が届きました」

「何故《なにゆえ》の消息文だな」

「木曽義仲殿が源範頼軍と戦って戦死されました」

「義仲が……」半分は驚きで半分はそうだろうなの思いだ。

「驚きはないのか。風聞《ふうぶん》だが倶利伽羅《くりから》峠は見事以外にない戦いであったぞな。その義仲の戦死は簡単すぎるではないか」

「どう考えても義仲軍は不利であったが勝った。いや、勝ってしまっただろう。通盛《みちもり》を越前で破り、維盛《これもり》も礪波《となみ》山を夜襲し。京の平家を都落ちさせた戦上手な者が必ず末永く大将に与《あずか》るは無い。併し、応援も援護も永遠にあると限らぬのが世の常よ。それが次の世の為である。戦に長《た》けても安穏はない。義仲が清盛を都の館から追い出しただけでなく。頸を取っておれば、義仲が一気に和国の総大将に。あの時点でなれたろうに周囲は許さない。後白河にしても目の上のたん瘤の清盛を都落ちさせたまでは許容《きょよう》範囲だが頸を取るのは認めんかった。義仲が和国の総大将になるは好まない爺《じじい》よ。孫とやや同年の義仲の下になるのは性格的に好まず。義仲を総大将に据える絵図面までは無かった。だから、与一殿が平家の総大将の頸を取っても源家の大将の下で永遠に安穏は無いと思うがよい。強き者は弾かれるも覚悟するがよい」

「それでも善《よ》い。平家と後白河を討滅できたなら若い戦死の記録を塗り替える覚悟でござる。大陸へお禮に参る事が出来ずは無念であるが一日も早く義経殿に近づく途《みち》を模索して頂きとうござる」

「分かった。長いが半月は待たれよ。知人に消息文を出した。返事が届くまで待たれ。

それに何か書かれてあろう。それまでに騎乗刀と騎乗弓の訓練し。暇《いとま》を見つけて征矢（戦いの矢）を大量に作れ。鏃《やじり》と矢羽は特に正確にだ。川向こうの仲間にもだ。征矢もだが、真横渡河を何度も訓練をする事だ。馬には底の無い海と思わせての訓練だ。西国での海戦は厳しいぞ。よーし、行かれよ」その一言で与一の青毛は河原を駆け。瞬時に那珂川の流れに入り。手綱を上流に曳いたままに直角に泳ぎ行く。渡河の姿から異常無しと見た。与一の後ろ姿を見つつ思う。若死にはさせてはならぬぞと。那須と和国の為だ。与一の全身から平家討滅の思いが渾渾《こんこん》と湧き出てると感じた。その思いを上手く導く。それは手懐《てなず》けるではない。与一の思いを尊重してだ。

頼朝はもいつぞやは、義仲との戦があると想像している中に義仲から和睦の話が舞い込んで戦は避けられた。戦慣れの義仲も源軍と戦えば戦費の莫大さを予想しての和睦であるが、一、二年しか睦ましい期間はなかった。義仲と兵に安堵の懐を秘めさせ。義仲本人の警護兵の極少時を狙った奇襲的戦術で本格的な戦ではなかった。和睦に乗ったと見せかけた頼朝は、義仲を襲うべき機会を範頼に狙わせていたのだ。

義仲は姉妹を正室に侍《はべ》らせていた。義仲は妹の巴《ともえ》を好み戦場にも赴《おもむ》かせた。巴は槍や薙刀を握って自らも戦場を志願した。正室を二人侍らせながら、山吹と葵《あおい》なる側室がいた。義仲は三歳に届かぬ頃に木曽の山猿と言われつつ文武を修め。成人に届かずも幾多の戦いを勝ち取って木曽山中に名を知らしめると共に、美濃、信濃、上野、甲斐国まで掌中にした事で若輩ながら英雄扱いをされ。英雄色を好むは義仲の為にあるのだと陰口まで出る有様だ。今では考えられず。一人の男が四人の婦女を侍らせても嫉妬はなく。常に仲良しと言うから驚く。正室も側室も、なった時点で覚悟はあるも義仲の三〇歳の死は悔しさが残ろう。

それにしても与一の兄はどうして父の那須殿へ消息文を書いた。平家と源家の大戦が近々にあると考えて応援を願ってなのか。いや、与一の兄らは殿に反する生き方をしておると言う。それを承知で応援を求めるはあり得ぬだろう。

義仲は平家を討滅した後は後白河までも襲い。自分が和国の総大将になるんだの夢があった。その中で従兄弟の頼朝も和国の総大将の座を狙っていると知った。義仲も木曽谷の田舎武将で山猿に等しい言われたが、頼朝とて鎌倉の田舎武将に変わりない。平家の武将の様に都周辺や中央での戦は知らず。不便極まる山中の戦いで多くの兵士の犠牲と共に戦費も莫大に使途した。戦はしない方が良いに決まっているが戦ってしまう。戦いはこれが最後ぞ。この戦いが和国を末永く和平にする為の戦いなんだと思いつつだが終わった事がない。末永く戦いが終わらないうちに義仲は若くして薨《みまかる》となってしまった。義仲とて真心から頼朝と和睦は絶対にあり得ない思いであった筈だ。

義仲の父は義平に殺害された。そこから義仲の不運と共に強き賢き武将になる為に木曽の山中で育てられた惜《お》しき男を失ったものよ。原衛門は義仲に逢ったことは無いが統領から義仲の噂は聞いた。後々には名実共に名を馳せ。和国の総大将になるのは義仲だろうの思いあったが、千仞《せんじん》の谷を幾つも越える労苦と難が生ずるのを予想していた。併し、後ろで旗を振る輩が存在するのは嫌った。良くも悪くも後白河だ。あの者は意見も忠告も聞く耳も持たん狷介爺《けんかいじじい》よ。だから討滅せねばならぬのだと言ったのを憶えておる。義仲の戦死を導いたのは後白河の手先であろうとも想像する。

　原衛門は傘岩の下に来ると。手綱を流木根に結ぶと傘岩へ登る。儂は忙しくなるぞと思いつつだ。

　原衛門は馬喰に会い。一旦と断りを入れて五十頭の駿足馬を頼み、前金を払い。蹄鉄屋も介され。禮も渡した。大男に驚きの顔を見せたが、銭を見ると商売人の顔になった。釘も刺す。「口は堅いか」問うと。「それが商売だで」と言った。初顔の男が五十頭を一度に売るはない。「やや間を置いて五十頭も揃えて貰うぞ。頭に入れてくれな。蹄鉄屋へも急かす。馬喰の顔で急かせてくれ。急かせて祖弱じゃ意味が無い」を言うと。分かり申したで蹄鉄屋を急かすのと良品を約束した。二百枚の蹄鉄は簡単に鍛冶は出来ぬ。急かせて祖弱が時にはある。鍛冶に手を抜くか強火で鍛造するからだ。焼が強くれば良品が鍛造できるとは限らない。蹄鉄には蹄鉄に適する焼き温がある。蹄鉄の厚みは二分五厘（七ミリ）前後だ。二分五厘で四枚の蹄鉄に体重を乗せて襲歩や戦う時に掛かる比重は相当。だから粗弱な蹄鉄は馬だけでなく騎乗者にも負が重なる。

蹄鉄屋に向かう道筋の馬城《まき》に百頭前後の大小の馬の姿が見える。戦向けの襲歩や農耕向けに馬匹済か馬匹中だろう。菅笠を被った数人の姿は牧夫《まきふ》だ。

十数日は長いなー。与一には一ケ月に感じるだろう。儂には良い準備期間になる。果たして統領の消息文は何と書かれてくる。

那須地方には馬喰の他に軍馬を育成する業が他にもある。これは那須独立国時代以前から数万頭を西国に送ったとされる。那須野ケ原の広大な草原地を自由闊達に走り回り。襲歩を覚えた馬は戦で力を発揮して藩主を悦にさせ喜ばせた那須馬は数知れずだろう。原衛門は、勝ち馬に騎乗した那須の傭兵《ようへい》が喜ぶ顔を想像した。併し、若くして戦死も多々ある。その親御の顔を想像すると悲しい。戦いを皆無にする口実の戦いはこの先も続くだろう。

赤毛の胴腹を膝で蹴った。赤毛は承知だ。鐙の足か膝の胴腹への当たり具合で駆け方が変わる。与一が馬匹したからだ。

田畑の畔《あぜ》を急ぐ。僅かでも平坦な晶地《らいち》（空き地や余った土地）があると開墾して何かを耕作するのは飢饉に襲われての経験だろう。

〇　〇

翌日、午前にも午後にも与一は姿を見せない。原衛門が多くは語らずも与一は理解した。再々会っては不味いと思ってそれなりの行動を執っている。征矢を沢山作れも効いた。征矢は何百本あっても不足する。射た矢は戻ってはこない。河川敷には葦《よし》と篠《しの》は無数にある。接近戦は篠を使い。遠くは葦を使う。葦の矢は軽く遠くまで届く。鏃は捕獲した諸々の骨や牙や爪も使う。矢羽根は鳥類の羽だ。

海の戦いが主になり、矢は軽い方が有効。海面から馬体を半分出した馬に騎乗すると。当然に騎乗者の着衣は飛沫で濡れて重くなる。当然に箙も濡れて重くなる。馬上を軽くするには矢も軽い方が良い。海には風と波があって馬も騎乗者も揺れて命中率は落ちる。それでも数本を射ると要領を得て命中率が上がる。

与一の伴の年少者の懐にも戦いの炎が燃え滾《たぎ》っておる気がした。与一様と一緒に戦う事が夢であったのが実現しそうな思いだろう。与一は戦いが近いぞとは話してはない。それでも与一の息遣いと行動で戦の近さを感ずるのだ。

与一と年少者らは那珂川と箒川の合流の近くや浄法寺《じょうほうじ》中州《なかす》の付近で騎乗して、刀使いの訓練と征矢を射る訓練の繰り返しの後。休息をしつつ葦と篠で征矢を作る。数年に一度の颶風と梅雨時以外は比較的水量の少ない箒川。箒川の更なる支流の蛇尾川《さび》は更に少なく、下野山塊地《さんかい》に大雨が降った時にだけ大量に雨水を流して箒川をも満杯にして勢いよく流れて洪水の被害を齎す。洪水が過ぎ去ると河川敷が現れ。そこには下野山塊地の中小河川からの流木類が無数に打ち上げられる。流木だけでなく山林間の灌木や雑草の根株もだ。当然に木葉の類も打ち上げられ腐蝕して後々に肥沃土《ひよく》となって篠や葦を育てる。また、雑草なども腐蝕して肥料となる。近隣の百姓はそれらを集め。肥料として田畑に播散《ばんさん》して稲麦《とうばく》や他の野菜も程良く成長させては喜びの日々である。

箒川両岸の福原や佐良土や三輪などとの村落の百姓は特に恩恵を受ける。その恩恵を受ける百姓成人の数多は平家側の藩主から間接的に招集を受けて各藩との戦に加担しているのは確かだ。その者らも稚児期から裸馬に騎乗しては何処かの大将の下で戦に参戦や加担するのを夢に見ては、那珂川と箒川の合流近辺で騎乗の腕も上げ。弓弦と刀の腕を上げたのである。そして今、年少者と青年らの大将を与一として戦の模擬訓練が続く。特に浄法寺の中州を挟んでの模擬訓練は命の奪いあい宛《さなが》らで与一の思いは特に強い。原衛門から声が掛かる日を懐に秘めながらも仲間には話してない。話せば漏れるからと同時に、反対され、城内にも忽ちにして伝わり。城主であり、父上である殿から、与一は強く諭され戒められる。「平家に与している兄者らとも戦う羽目になるぞ。兄者らに本気で矢を向ける事が出来るのか」とだ。それを指摘されると返す言葉はない。併し、与一の目と懐は平家の大将と後白河狙いにある。

原衛門は赤毛に騎乗すると、与一と年少者が騎乗のままで征矢を射る戦の訓練を遠目に見る為に出掛ける日々を繰り返す。丘の頂や樹木の陰で眺めるが近づきはしない。訓練に水を差したくないからだ。戦は大将や中将の指揮と命令で動き戦うのが筋であるが本格的な戦いになると指揮も命令も届かない。そうなると生きるも死ぬも己の判断で決まる。死にたくないなら敵よりも素早く動く。射矢には瞬間だけ身を止める。この時に敵矢に射られる。偸盗組の仲間も、その瞬間に射られて命を閉じた。与一を眺める中で、与一は瞬間なりとも動きを止めない。止めなくば命は守られる。弟の悌二郎が言った通り、与一は天が与えし弓弦の名士は戯れ言葉ではあるまい。与一は承知してるも自らは名士とは言わぬ。これぞ天稟《てんぴん》だ。その与一の弓弦の征矢で平家と後白河の息を留める。儂はその膳立てをする。そして与一を那須城主にして再び人華の園のへと導かせる。与一は和国の総大将に相応しい男よ。原衛門は那須と共に和国の誉れある到来を描いた。

原衛門は箒川の浄法寺中州への行き帰りに蹄鉄屋と馬喰に寄ると馬喰頭は、百姓が繁殖させたのと。那須野ケ原の自然繁殖馬を吟味して選んで馬匹したと言う。既に三十頭は揃った。数日で五十頭になる。何れも戦に適した駿馬だ。悍馬である程に馬匹は難しいが遣り甲斐ある。悍馬とは気性が激しく暴れ馬のことである。暴れ馬なりに馬匹の方法はある。優れた馬匹師が馬匹すると自ら敵陣に向かう。悍馬なりの考えで俺が一番だぞの思いがあるのだろう。

原衛門は那須野ケ原を赤毛で闊歩しつつ。野生馬の群れを見付けると一緒に駆け。これと思うのを選び。馬喰に依頼して百頭に入れる。那須の若者を騎乗させて戦わせるには元は悍馬が良い。原衛門は、深山の統領を目指して疾駆する那須騎乗隊の姿を想像した。心の準備は出来た。後は統領からの消息文を待つだけ。

初陣準備

一六日目の昼近くに統領からの返答の消息文が届いた。思いがけず、やや刻を置いて二通だ。先のはこうである。

壱　承知を仕った　弓に優れた八溝騎馬隊を直ちに参上させよ
弐　駿馬も限りなく届けよ
参　平家と後白河　討滅の機は熟しつつある
四　貴公も参上の準備をせよ　　　　　　　　　　　　統領

原衛門は思う。儂は平家と後白河の最期を見届ける証人になる。これに異存はない。喜んで参上致す覚悟だ。もう一通には驚きと共に感激を隠せない。
貴公の妻子は　山陰の村落の知人に預け　居を構えさせた　安心せい　阿南の家族も同様である　　　　　　　　　　　　統領

原衛門は消息文を握りしめて滂沱《ぼうだ》し、もう一度読み返した。
驚きである。あれだけの不正を犯して罪を免れたは他に無かろう。不正の実行者と便宜《べんぎ》を受けた双方がだ。俸給は原則として金子《きんす》と玄米の半々を、金子六分にして玄米四分にするのは和国への謀反で重罪である。その挙句に蓄財は更なる犯罪である。金子は宋銭である。和国の鋳造技術が不正確な為に宋国からの輸入銭である。それが活計の中で余ったからと蓄財するはお上への謀反。宋銭の輸入対価は多くの砂金である。蓄財すると流通に不足して更に輸入が増えるから蓄財はするなであった。儂は二つの大きな罪を犯しておる。家族共に棄市は当然である。その前に儂は逃避した。儂は逃避で棄市は免れたものの、残された妻子は阿南慎之輔家族と伴に棄市となったと思ってたのに統領の力で免れた。それ程に力の強い統領だ。統領の為なら命を懸けねばならぬ。それは平家と後白河の討滅の先鋒になる事だ。今回は全てが上手く運んで儂も慎之輔も家族も守られた。この恩は絶対に忘れてはならぬ。統領は言葉に出さずも儂よりも平家と後白河を討滅する考えが強かった意味だ。それは和国の和平と安穏を強く思うからだ。よーし、儂も平家と後白河の討滅に参上する。

原衛門は消息文を早急に認める。

消息文を頂き申した　妻子と阿南氏の救護に感涙を致し　心から禮を申し候

壱　那須馬二十数頭を先陣としてお届け致す

弐　弓に優れた若者を数名　那須馬と共にお届け申す

統領殿に一刻も早く会いたく候　　　　原衛門

午後の早馬に間に合う。原衛門の腹は決まった。行動を早く起こす事が統領への恩返しだ。計画を早急に進める。一刻でも早く、平家と後白河を討滅が和国の夜明けの一歩前だ。よーし、呟くと妻子を思いつつ昼餉の準備に入る。儂の妻子と阿南家族を統領と同じの深山でなく。山陰の村落に居を構えさせたのは統領なりに考えがあってだ。場所を替えての暮らしは不便この上ないだろうが統領に報いるためでもあろう。

昼餉を取りつつ、計画を再度練る。儂は妻子無事の感激にひたってはいられぬ。早急に二十数頭を送り。その後も段取り。合わせて百頭になろう。数日の間を置き。若者と共に参ずる決断をした。

明日は与一らの合戦訓練を間近に見て先鋭隊の人選を依頼する。

原衛門は昼餉を済ませ赤毛で出掛けた。蹄鉄屋に寄り、馬喰にも寄ると数日中に何頭でも渡せると言う。その馬は馬城の中に自由闊達に襲歩や寝転んだりの姿がある。原衛門の目には何れも悍馬で戦に優れた馬に映る。

蹄鉄屋も予想辺り進んでおる。その蹄鉄を装着させ数日内に京の深山を目指す。

横腹を膝で蹴ると並足を早めた。次は幟旗《のぼりはた》屋である。

数人の騎乗隊を無事に届けるには偽装の必要がある。馬には叺や麻袋に飼い葉などを詰め込み。御献上物に見せ掛け。馬の左右に荷駄として振り分けにする。秣もである。途中で調達も出来るが半分以上は持参させるのが安心。当然に馬蹄もである。西国へ道中を思うと出立時の馬蹄は摩耗して持たぬ。そこは騎乗者の判断で途中で履き替え。場合によっては立場《たてば》で交換する。御献上物を襲撃はご法度である。それでも時には襲撃がある。それを防ぐ為に先頭騎乗者の背中に錦糸刺繍の八咫烏《やたがらす》の幟を掲げ。後続馬の騎乗者にも、御献上物、の御旗を竿に掲げる事で防ぐ（当時は菊の御紋章でない）。原衛門は幟旗屋に行き。御献上物の幟を四枚と旗の数枚を依頼し。これは極秘でござる、で。口止め料も払い帰途に就いた。馬喰も蹄鉄屋にも口止め料を約束してある。それでも漏れるものだ。

原衛門の懐では、平家討滅の準備は着々と進んでおる。平家の後は後白河だ。儂は平家よりも後白河だけを狙うが目標になろうか。後白河には法皇を付ける必要の無き輩で与一が言った通りだ。平家の討滅は平家の終わりで後白河も力が弱る。同時に貴族力が弱体する。それでも後白河は錦の玉座に居座るとするだろうがそれは絶対にならぬ。そうさせぬ為には討って滅するだ。滅するとはこの世から影も形も皆無にする事だ。

馬喰、蹄鉄屋、幟旗屋に行く時は何れも西国と京の訛りを混ぜて話した。すると何ら疑いなく事を進めてくれる。以前の那須国は奈良を含めた西国に多くの馬を送り、朝廷へ絹織物も届けたぞの自負がそれぞれにあるからだろう。

与一を始めとして多くの東国者は、西国への道筋は不明である。その為には駅逓頭に、道筋に詳しい駅使を先導役として出立させる。それは安全に深山の統領には八溝騎馬隊をお目通りされる為だ。お目通りした後は、海戦の心構えと準備が必要。一旦は野山や平坦地での戦いとなろうが、後には必ず海戦となる。陸《おか》だけの戦いなら互いに負傷者や戦死者は極少で済むがそうはならぬのが海戦だ。平家は必ず海戦へ誘う。頼朝を和国の総大将としたい東国の諸藩の兵は陸の戦いは得意でも海戦は不利を承知。だから瀬戸内沿岸や九州に蟠踞する諸藩の大将らは東国の兵士を海へ誘い出す。海戦は自らも危険ではあるが平家の為ならばと命を賭して戦う。勝って生き延びれば大層な褒美を頂戴出来る。だからそれらと戦う八溝騎馬隊に本当の海を見せ。海中で本格的な訓練鍛錬をさせねばならぬ。その為には余裕を持って統領にお目通りさせる。その人選を与一に委ねる。与一も真剣に選ぶ。でないと与一の命にも関わる。数日中に話す。そして、馬の準備は完了しつつあると言う。それを聞いた与一の懐も身も奮い立つ筈だ。

西に傾き始める刻なのに陽は僅かなりとも見えない。那須に到着後は蒼昊が続いてたのに雨天になるのは間違いない。灰を固めた如くの雲の塊《かたま》りを感じ。塊りがそのま落ちてきそうだ。宵の刻までには間違いなく降る。それも大雨だろう。原衛門は赤毛で傘岩への道を急ぐ。

その同じ頃の与一は、一寸だけ、寄り道するからと悌二郎らと離れると広大な那須野ケ原の一角を青毛で走る。早く行かないと陽が暮れる。そこへ雨が降ってきそうだと青毛を急かせた。向かう場所は義経殿が鹿狩りの休憩時に腰をおろした塚で（義経はここで平家討滅の旗揚げをしたとする書や説と。義経でなく頼朝とする説もある）腰懸塚として残っておる。

源家と下野国は以前から無縁ではない。源為義《ためよし》は、義朝《よしとも》を下野守《しもつけもり》に任命して白河より以北の情報を得る手段に据え置いた。

義朝の九男の義経殿は奥州藤原で勉学と武道の修得中に兄の頼朝に急遽に都に上れの命を受け。藤原の武将や伴を連れて東山道を通る時に休息を兼ねて数日の逗留《とうりゅう》をした。それが那須野ケ原である。那須野ケ原は広大で多くの四脚獣《よつあしじゅう》が棲息しているのも知って狩りをした。那須藩は多くの兵士を鹿などの追い出しに携わせた（富士山麓にあった狩場を那須野ケ原に移したともされる）。那須や宇都宮や小山だけでなく。上野国の片品藩や常陸国の佐竹藩から馳せ参じさせた記録がある。言わば道楽の為に多くの金品を費やして本来はあり難くない諸藩の出費だ。那須藩城主の資隆も、これ以上の持て成しはないだろうと思う程に一行を喜ばせた。一〇歳前後の与一にも義経殿が喜んでいると感じる程の持て成しであった。義経殿は満足顔で父上の持て成しに応じていた。義経殿は若輩なのに堂々としていた記憶がある。あの時の義経殿の勇士を与一は思い出した。

今日は、やや遠くで腰懸塚を眺める。今にも降り出そうとする厚い雲の影響で微かに見えるだけだが見納めになるだろう。この辺りで義経殿の馬の見事な手綱捌《さば》きと弓弦の見事さを見た。儂は義経殿の手綱捌きと弓弦を超して見せるぞ。その時から与一は義経殿の為ならの思いが密かに、そして心は赫々《かっかく》と燃え滾《たぎ》り、父殿に謀反を起こしても義経殿に馳せ参じるのだと決意をした。

与一は青毛の胴腹を膝で軽く蹴った。青毛は夕暮れの畦道を速足で急ぐ。大粒の雨がポツリポツリと降って与一の顔に当たる。与一は体を伸ばし、顔面を突き出して青毛の視線より前方を注視しつつ居城へと急ぐ。

原衛門も濡れ鼠で傘岩に戻り。着衣を脱いで着替えた。思いよりも早い降り出しで大粒の雨だ。傘岩の、やや上流の湾曲箇所の岩にぶつかる水音が明らかに大きくなった。那須山間地や山塊地は降りが早かったのだ。見えずも流れが速くなったのを音で知る。ここへはどんな水量でも届かない。赤毛は高台に繋いで心配はない。それでも寝る前には確認には行く。与一から頂戴したのを粗末に出来ぬ。日常の脚となり。妻子と慎之輔一家を救ってくれた禮を統領に述べに行くまでの大切な赤毛だ。そしてこの赤毛で戦う。

　激しい雨音を聞きつつ夕餉を進めつつ統領の昨今を思う。統領が各地に送った香具師の集団や傀儡廻しは伊達《だて》や酔狂《すいきょう》でない。平家を討滅する為の味方を集める為だ。東国にも平家と後白河を討つべきの考えの大将も武士も多い。だが、各地に広がり過ぎて会合さえ持てぬ。招集の沙汰《さた》を出すだけでも難儀する。また、招集の沙汰や会合を図ると漏れてしまう。そこで各地を転々とする香具師頭や傀儡廻しが仲介役や喧伝役に徹する事で情報が確実に往来する。

　原衛門はもっと早くと統領へ消息文をの思いはあったが住処が定まってなく出来なかった。住処を定めた事で消息文を統領に届けた。その返答が数日前に届いた。統領は重要度によって伝言にするかしないかを厳選する。今回だけは伝言より消息文を選んだ。初めての消息文だからであろう。回を重ねると香具師頭や傀儡廻しに伝言を託す。託されるのは女人も多い。統領は女人へも厳しく鍛錬と訓練を授《さず》けた。身体の厳しさだけでなく精神もだ。統領の元へ来たら放恣《ほうし》は厳禁。放恣をせずに統領の厳しさに応えれば熟練も早い。すると統領に重要要件を口述《こうじゅつ》で託され。要件は文より簡略だが、口述は一句として違わず次の預託者に伝える能力がある。深山から、ここに届くまでに数人の預託者が介在するだろう。それでも原言《げんげん》が変わるはない。文にすると何処かで奪われたり漏れる怖れがあるからだ。推測するには統領の計画は着々と進行中だ。

昨夕からの雨は小粒になり。夜明けても沛然《はいぜん》な降りで止みそうにない。今日も降り続くだろう。一日をのんびりするぞを決めた。この雨では与一らも河原での戦闘訓練も中止で征矢をそれぞれに作るだろう。そう思いつつ朝餉の準備を始める。どこから か笛の音が聞こえてくるではないか。それも篠笛だ。原衛門は篠笛の音を確かめたく雨に煙る川向こうを瞠《み》た。普通の目では見えぬ風景でも原衛門には判別が付く。統領の下で鍛えた目だからだ。川向こうに動く者は蓑笠で覆うも女人だ。蓑の裾下から出てる足の濡れた草鞋も確認できる。増水した川巾は約六十間（百米《メートル》）以上はある。原衛門は朝餉の準備を中断すると傘岩を出て岩伝いに河原に下りた。原衛門は思う。統領が伝言を寄こしたなと。統領の下で鍛えた者は誰彼《だれかれ》に限らず泳げるがこの増水では危険で渡河は出来ぬ。

「……何事ぞ」統領に消息文を出した事で儂の住処を知り、香具師頭の仲間に口述を託して数人の受託者を介して届いたのか。香具師頭も傀儡廻しも。従う仲間は男女に区別なくも百人単位におり。香具師仲間は神社仏閣の参道や村祭りで長期短期に商いをしたり、大道芸や芝居や寸劇もするが情報を得るも仕事である。男女に関係なく統領に厳しく訓練された後に各地に配置され。公には許されてないが女人は潜り遊女《もぐゆうじょ》で小遣いを稼ぐ。その前、深山の統領の下で心身ともに鍛えられ。何事にも耐えられる体力を付けるのには厳しい修行で日々を過ごし。様々な情報を得る手段を身に付けるには五年以上要する。その間の扶持は己《おのれ》が稼ぐのも承知だ。女人が手っ取り早く稼ぐには山を下り、男衆に体を売って稼ぐ。扶持を何で稼ぐかは問わない。男衆に身を売ってるのを承知していてもだ。それで身を壊しても自己責任であるのを頭と心身に植え付けてある。女人の前では、過去にどんな高貴な経歴があろうと現役であろうと。たかが男でされど男。それら男は裸の女人の前では跪く。その度に女人には予想以上の砂金を摑ませる。それは口止め料も含まれる。その砂金の多くは統領の下へと運ばれる。砂金は元々は和国民の物なのに勝手な理由を付け、砂金は高貴の人間が持つべきだと言って搾取や奪った物だと誰もが承知している。砂金は多くの裏取引で使われ。現在なら賄賂として使われる。和国には金鉱山は少なくも砂金の流れる河川はある。だから平家は砂金を矢鱈と大盤振る舞いをする。謀反を企むを察知すれば思い留まるか否かの話の前に砂金と婦女を揃え。何方《どちら》かを渡せば謀反の思いを留めるだろうと話を持っていく。場合によって双方を渡す。表面は皆無とされる現役の遊女を褥《しとね》にも届ける。新人では不足と言う輩には深山の統領の下で心身を鍛えた大年増の女人を届けている。女人らは統領の下で心身を鍛え。どんな相手でも耐えられる根性を心身に授けられている。明日の食べ物にも事欠き。苦渋《くじゅう》と極貧《ごくひん》の中で暮らした女人らは人を介して統領の下で男と同様に。いや、男よりも厳しく鍛え込まれている。だからこの雨の中でも来る事が出来たのだ。

赤毛はまだ寝ていた。原衛門が近づくと、さっと起きて原衛門に体を擦り寄せた。「すまんな。川向こうまで行って貰うぞ」で。手綱を頸にぐるぐる巻きにして尻を軽く叩いた。すると騎乗者がなくも流れに入り。やや下流を向いて泳ぎ始めた。この増水では真横に渡河は出来ぬを馬体に当たる感触で分かったからだ。自分を守る為に渡河の経験で自覚し。川向こうの人物に向かって渡河する。昨夕からの大雨で増水を苦も無く泳いで行く。原衛門はここでも那須馬に自信を得た。那須馬なら海の戦いでも勝てるとだ。原衛門が見ている間に対岸へ泳ぎ付き。河原に上がると馬体をぶるるんと振って水滴を払い。初対面の女人なのに全く臆さない。女人は勝手知った如くに、頸にぐるぐる巻きした手綱を解きつつ鼻面を撫でた。すると赤毛は女人に摺り寄せる。

女人は統領の訓練を受け、各地に配置の香具師仲間の一人だと自信を持っている。当然に馬扱いにも慣れている。儂への口述が、幾多の預託者を廻って辿り着いたのだ。統領へ消息文を出す前は、住処が決まらず出せなかった。そこへ儂が消息文を出した事で住処が分かっての事だ。

女人が手を振るのが雨の中でも見える。今から行くぞの合図だ。女人は手綱を握り。体を一旦縮めると跳ね上がる形で騎乗した。慣れた身の熟しで手綱を両手で振ると全く躊躇なく流れに入る。赤毛も慣れたもので初騎乗した女人に躊躇も臆するもない。馬なる動物は通常は、この者が馬なる儂に慣れているかを確かめ。慣れてないと察すると異常行動で振り落としたりをするもんだが、この者は慣れているのを騎乗者の尻が背に触れた瞬間に感ずるのだ。馬が騎乗者を試すのである。女人の、よし、よし、掛け声が原衛門にも聞こえる。原衛門にも分かる。かなり騎乗に慣れている女人だ。

「よーし、よーし、そのまま来いよ」原衛門も優しく叫ぶ。通常の渡河でなく。やや下流向きでこっちに向かう。犬掻きならぬ、馬掻きで泳ぐ顔の真剣さが原衛門にも見える。やや流されつつも斜めに確実に泳ぎ来る。

「よーし、よーし。もう少しだぞ」で泳ぎ着いた。女人は、素早く飛び降りると鼻づらを撫でつつ。「ありがとう」を言う。女人は更に力を込めて顔全体を撫でると。頭部を女人に擦り寄せる。そこで原衛門が「初めての客なのによくぞ果たしてくれたな」で首筋を撫でると。今度は原衛門に頭部を摺り寄せる。女人は手綱を原衛門に渡し、やや離れると。馬体をブルブルと振って雫《しずく》を払う。

笠から蓑まで、ぐっしょりと濡れている。この雨の中では笠も蓑も役には立たなかったろうが義務を果たす為に昼夜に歩いてきたのだ。

「お初にお目にかかります。統領からの口述を受け賜わりましたので参りました。村主《すぐり》でございます」腰を大きく曲げて慇懃《いんぎん》（ねんごろ・ていねい）に挨拶をした。初対面だからだろう。（村主（すぐり）・古代朝鮮語は村（すき）。村の意味でそれらの代表）

「村主《すぐり》とな。挨拶はよろしいぞ。雨の中をご苦労である。先ずは儂の塒《ねぐら》で蓑を取って暖まるのが先だ。塒と言っても傘岩でな。飯も食べておらんのだろうから飯が先だな」やや川岸から離れ、木株に手綱を結ぶと傘岩に向かう。女人も続く。

「出立時《しゅったつ》も雨でございました」手の甲で顔を拭きつつ傘岩を眺める。

「憎き雨も。百姓には慈雨《じう》で穀雨《こくう》で甘雨《かんう》で恵の雨ぞ。雨を恨まんでくれな」

「左様でございます。……立派な傘岩ですこと。頂にお城があるのですね。遠くから見えました」

「高館城と言って那須資隆氏の居城じゃ。儂らが生まれる昔からの巍巍《ぎぎ》峩々《がが》な巌《いわお》上に建てた城だ。傘岩もそうぞ。良き条件が揃っておる。資隆氏の跡目には、与一なる弓弦に優れた若者がおるぞ」原衛門は先導して岩肌を登る。雨の中でも女人に城が見えたのは統領の下で身共に鍛錬と教示を受けたからだ。

傘岩に入ると女人は濡れた笠と蓑を脱ぎ。囲炉裏の脇に胡坐《あぐら》だ。原衛門は女人の為にと。熾火《おきび》に小枝を載せて炎が立ち昇る程に炉の火を大きくした。その炎で女人の顔は輝いて生き生きと見える。女人を含めて香具師も傀儡頭も動かずにおる時には常に胡坐である。女人であれば齢《よわい》に関係なく、髪錺《かざ》りの一つ位は着けたいだろうが、深山に入ったからには女人の自覚を捨てるのだを統領に言われると。女人の振る舞いは一切しなくなる。統領から離れても深山での活計が当たり前で髪錺りなどを着けようの心は起きないものなのだ。

食事後に二人で白湯を飲む。話しぶりから儂よりもやや年長で。深山に入ったのは先であろう。五年程を統領の下で訓練と鍛錬で記憶力と共に体力も付けて何処かの香具師か傀儡廻しに送られ。更に修行を積み。賢《かしこ》い女人に形成されたのだ。賢くなる前に怜悧《れいり》な人身であったと話しぶりから想像する。姓からすると六〇〇年前後の昔に辰韓からの移住系の末裔だ。この時代にも大陸や辰韓から政や文化を取り入れたはあり。

和国の為に善き事になるならと、移住者を殿舎や館に迎えたは飛鳥や奈良に都があった頃からある。それでも移住者の全てが飛鳥や奈良で善き活計が出来たとは限らず反骨者も多い。迎えられて話を聞いても全てを取り入れるは無い。意見としては一応は聴くも和国の文化が大きな変革は嫌う。場合によっては自分の地位が失うを思うと。善き事と思っても急な変遷と変革は出来ないものなのである。それは現在でも通ずるのではあるまいか。

三つの古都に関係なく、初めから地方に移住して百姓等に従事の移住もある。それが与一から聞いた大陸と辰韓からの移住者によって絹織りと灌漑用水などが推奨された事だろう。一旦は百姓で成功して末裔までも継続が約束されたものではない。やがて時が過ぎて河川の氾濫などで耕作地を失い。また、凶作と飢饉も数度は経験したろう。その為に耕作地を放棄したもあろう。すると生活に困窮して娘を遊郭に売るは歴史の中では何度も繰り返されている。それは異国系であってもだ。和国の表向きは遊郭は皆無とされるも潜りは以前からあり。時が変わり、廻り廻って儂の前に現れた女人もその一人であろうか。話しぶりと行動の一つ一つは女児期から怜悧な頭脳を想像する。その女児が何かの弾みか親の都合で遊郭に売られたのか。そして年増遊女となり。人を介して深山の統領に届けられたか。それらとは全く事情の違う女人もおる。

それは夙《しゅく》（主に近畿以西で賤民《せんたみ》扱いされる部落出身者で超困窮の中で屈辱的な生活を強いられる）である為に真面な仕事に就けず。仮に遊女になったとしても、ちょんの間遊女（部屋を与えられず。廊下の隅などで短時間に済ませる）で終《つい》てしまうもあり。それらを見兼ねて気の毒に思った危篤者《きとくしゃ》が人を介して統領に預けられたもある。その女人らは危篤者と統領に感謝しつつ。様々な事を心身に会得させる。また、少領家系から選ばれた釆女《うねめ》（比較的土地のある家系から選ばれた顔貌《がんぼう》が良く端正《たんせい》な女官）であったのに主と意見が合わずに辞職し。口利き屋を介し、幾つかの仕事の後に自ら香具師などになりたくて統領の深山に入る。それらは鍛錬に耐え。成長して各地の香具師頭や傀儡廻しに届けられる。この者らは統領の教示で想像以上の記憶力がある。消息文なら三度も読み返せば一字一句として違わずに言葉に出来て元の消息文にも出来るが、女人は何人かの預託者を介してここまで来たのだ。

　濡れた顔を手拭いで拭くと更に賢さと赫々さがある。口述の重要性を承知しておる顔だ。これまでも各地の香具師頭や預託者に口述を伝えて成功を収めて統領から褒美の言葉を得てるからだ。

「二つございます。……一つは上總國《かずさこく》の上總介《かずさのすけ》広常《ひろつね》が、梶原景時と蹴鞠《けまり》を興《きょう》ずる最中に暗殺されました」（双六《すごろく》との説もある。上總介広常・別名は平介八郎《たいらのかいはちろう》・生誕不明〜一一八三年歿。上總の千葉常胤《つねたね》の又従兄弟。梶原景時・頼朝に尽力するも讒言《ざんげん》が多く敵も多い。合戦後に梶原が那須一族を苦しめたとする書と。頼朝が那須一族を壊滅させよの命令に反し、援助を続けたとする書がある。生誕不明〜一二百年歿）

「蹴鞠を興ずる中で広常が暗殺されもうした……。それも景時に」返答に窮す。梶原は戦に長けた武将だ。暗殺の訳は女人に聞いても分からん。女人には知る必要も無い事で。女人へは統領からの口述を賜った者から受託され。何人目かの受託者に過ぎない。房總は上總と下總があって下總は常胤が藩主で上總は広常が藩主。両名は江戸湾の漁業の権利を有して比較的に財政は豊かである。

暗殺とは広常が不在でも勝利を得られると頼朝は考えてであろう。暗殺の欺罔《ぎもう》はいくらでも作れるから謀反の捏造か。捏造はした者が勝ちの時代である。それにしても頼朝は広常の恩を知らぬ筈はない。常陸《ひたち》国の佐竹藩を壊滅に至らなかったが懲らしめたのは広常だ。いや、もっと大きな恩がある。富士川の戦（一一八〇）いでは平維盛《これもり》軍一万数千の兵士と騎馬。頼朝軍は約五百の兵士と騎馬で劣勢である。そこへ広常は二万超の兵と騎馬で援護しておる。戦えば維盛軍が優勢あるのを戦う前から予想された。広常の兵と騎馬の応援なくば頼朝はここで完璧に破れて鎌倉の大将にさえなれなかった。その恩も忘れて広常を暗殺とは非道。女人に訳は聞かぬ。原衛門が考えているのを遮《さえぎ》る形に女人が言う。「もう一つは、ここ数年に戦の猛者を各地で五百程を集めました。過去は騎乗に優れ、五傑十傑《ごけつじゅっけつ》の兵です。その者らは都や河内や山城近くの渓谷に屯してございます」統領の本音は過去の戦の残存兵で平家を討滅させるであるが、最近の事情を承知し、それらだけでは平家を討滅出来ぬと鑑みた。それでも過去の戦の猛者の必要さもある。平家軍の強さも承知をしているからだ。そこで儂に行動を起こせの意味でもある。過去の猛者には儂の偸盗組での働きを知ってる者も在るからだ。

「戦の猛者を五百とな。……相分かった。遠路の雨の中をご苦労であった。ゆるりと休んだ後に出立なされるが良いぞ。統領の深山へまいるのか」

「甲斐《かい》が持ち場でございます。秋は祭りが多く。日々に祭囃子を聞いております」

「祭囃子が末永く続いて欲しいものだな」

「その為に平家と後白河が居座ってはなりませぬ。統領の考えと同じでございます。和国の和平と安穏は二つの魂を抜き取る事です。あの物体は私共と同じ空気を吸う資格はありませぬ」

「おっしゃる通りでござる。二つの魂を抜き取る一端を儂も担《にな》っておる。先ずは那須の若者と共に悍馬の数十頭を届ける事からじゃ。那須馬は戦向きでござる。やや時を置いて儂も深山を目指す」

「待っております。お逢いの出来る日を」

「そうだな。恙《つつが》なくまいられよ。……儂はまめ（無事）だと伝えておくれな」

「そう伝えます」で女人は囲炉裏を離れると。幾分だけ乾いた笠と蓑を体に覆う。原衛門は、その間に「男物だが着替えにするのだ」で油紙の包み数足の草鞋《わらじ》を渡すと深々と頭を下げ。「あり難き事です」で岩肌を下りる。原衛門も、やや遅れて下りる。那珂川を渡らぬ道順を教えたので岩盤を僅かに登り。雨水の滴る岩盤に張り付く形で横歩きに下流側へと向かう。女人とは思えぬ身の熟《こな》しである。あの身の熟しなら甲斐へ雑作なかろう。良くできた女人。会話だけで素性が分かる。統領は人を見抜く力が備わっておる。でないと鍛錬や訓練するのに互いに苦労する。教えた事を素直に受け入れるか否かで統領が各地に配置する男女の数も違う。各地の香具師頭に、あいつは駄目と言わせたくないのが統領の心情だ。だから深山に籠らせるのは誰でも良いの玉石混淆《ぎょくせきこんこう》（優れた物（者）とつまらない物が混じって無い事）ではない。仲介者が連れてくる誰であろうと。挨拶の次の一言二言で素性を感じ見抜いてしまう。挨拶だけで何人も帰ったのを原衛門は承知している。原衛門は、女人が岩盤を登るのを見つつ思う。単なる女人でないな。元は殿中か館で上臈勤めでなかったのか。そこで身の熟しや挨拶の方法を教えられた事を遊女になっても続けた事で、優麗な遊女として売れてお職場（売れっ子）を張ったを想像する。また、村主の姓からすると、移住前の辰韓では村落や集落の長《おさ》（代表者）の家系で躾や教育をそれなりに授けられ。和国に移っても代々に受け継がれたのであろう。併し、躾の良き子女は人攫《ひとさら》いに遭《あ》うは常にあり。行き先は潜りの遊郭であろうと多くは感じているのに本格的に取り締まりはしないのは、言葉には出さずも遊郭の必要性を身分のある者程に承知をしている。今の女人の様に第二の人生を自由に生きられるのはあり難き事なのである。遊郭で虐《しいた》げられた事が女人の生き方を強く正しくしたのだ。数には現れずも遊郭特有の疾病にて命を落とすも多い。その中でこうして統領の広報係的な生き方は幸せの事よ。虐げられたり、どん底で苦労して育まれた女人を積極的に受け入れた統領に誤りのない証拠だ。今の女人は何処の世界でも勁健《けいけん》（強く健やか）に生きられる。女人は岩盤に張り付く形に棲息する樹木の陰に消えた。それにしても凄い体力。甲斐の出立時も雨であったとは三日を要した事になる。雨は西から降り出すのを当てると三昼夜を濡れたままである。超人間的体力は統領の下で培ったからだ。それでも女人には愚痴も不満もない。苦渋な暮らしをした者は心の何処かに翳《かげ》りを持つがあの女人にはなく。堂々と生きておる。それを育むのが統領の役目である。

広常の不名誉な死で頼朝勢が一旦は少なくなったなと思う。謀反の事実はどうあっても大将の死で上総から加わる武士も兵士もおらんだろう。広常勢に属する武士と兵士は常胤勢より多い筈だ。広常が存在しての武士で兵士であるからだ。その分だけ常胤勢に援軍を求める。頼朝軍の勝利後の褒章欲しさに常胤勢へ靡く東国の諸藩も多くなる。そうなると常胤の勢力が増す。それでは下野国の那須藩までが常胤の影響が多くなる。それは不味い。それでは与一が那須藩主になっても常胤勢力で与一の存在が薄れてしまう。常胤の目立ちと勢力を抑える為にも平家との戦いには、与一と八溝騎馬隊の働きを頼朝と常胤に見せねばならぬ。統領の達《たっ》ての思いは武士や兵士の力でなく。以前は武士であったのに何かの由縁《ゆえん》で無宿人や破落戸《ごろつき》などになり下がった戦の猛者を集めて平家と戦う考えであったが、実現の可能性が低くなって頼朝にやらせる。そこに香具師頭や傀儡廻しが集めた命知らずの猛者を加えて戦うを考えで五百人程を集めた。頼朝にしても絶対に負けられぬ戦いであるから統領が薦める戦いの猛者の加勢を歓迎するだろう。併し、畿内と瀬戸内以西は平家側に与する藩主であり大将が多い。それらは清盛が生存中には巨万の富を齎せてくれたからだ。特に瀬戸内に蟠踞する小規《しょうき》の藩主も富を得た。因って、それぞれに多くの船を要して海戦を得意とする。海戦が開始されると平家側の武将も武士も兵士も山野を避けて海上へと戦場を求めるだろう。後白河にあっても同様と予想される。すると野戦を得意とした東国の武士と兵士には為《な》す術なく。頼朝を含めた東国は敗戦となる。いや、それはならぬ。そうさせない為に与一と八溝騎馬隊に活躍の場を与える。一旦は野戦は間違いない。海上戦になる前に平家を悉く懲らしめて有利にする。与一らを統領にお目通りさせた後。どの位の日数で義経と頼朝に与一が逢うかであるが、早い程に意義がある。そして与一に海を見てもらう。与一は本当の海と波を見て作戦を考えるだろう。当然に頼朝と義経の意見を取り入れてだ。その間に与一以外の八溝騎馬隊は、以前の戦の猛者らの五百に八溝騎馬隊魂の本格的な弓弦《きゅうげん》の方法を教える。那須騎馬隊の若者を、一旦は侮る元猛者も、若者の射る命中率に度肝を抜く筈だ。そして素直に方法を手中にすれば働ぎ場を与えられ。平家を討滅の後には東国の藩から士官などに迎えられるのを想像して戦に武勇を発揮するだろう。木曽義仲も上總介広常にしても戦で名を上げ。武勇発揮で大将になったのである。その二人は道半《みちなか》ばの死は悔しかろう。それも本格的な戦でなく。後に和国の総大将になる男に嫌われ死だ。広常は暗殺に間違いないが義仲は事情が違う。戦に見せ掛け擬《もど》き暗殺と想像する。頼朝は平家との戦いで絶対に勝利を鑑み。勝利後の二人の目立ちと、のさばるのを防ぎたいからだ。

与一に広常の死は話さない。そのうち耳に届くだろう。暗殺なる死は不名誉で公にならず。遺体は寸何《すんか》（少数）の家臣の手によって隠されて運ばれ。目立たぬ場所に葬られ墓標も立てず。家臣の少数の人が承知をし、広常は存在しなかったと思われるのが世の常で千葉常胤だけが利得して江戸湾の漁業権が渡る。藩主の暗殺なる死は大きな権利を失う。それは欺罔と捏造された事由《じゆう》であってもだ。そして頼朝と景時によって。さも事実らしき謀反未遂を喧伝《けんでん》（囃《はや》したて大袈裟に話す）され。そのまま各諸藩に届き。謀反を企《たくら》むと広常の二の舞になるぞと覚悟させる。

後に知れるのだが、広常の暗殺は、頼朝の不在席で、頼朝殿は都を目指さず鎌倉に居《お》れば良い、と言ったのを座に居た誰かが密言したのだ。また、広常に西国へ兵士を送れの要求に、直ぐに送らず、江戸周辺に留め置いた等の事由《じゆう》とされる。当然に暗殺は頼朝の命令でそれも即刻である。景時は東国の多くの藩主や武将に嫌われ。広常も個人的に嫌っていたのに疑問を感じず。誘われるまま蹴鞠に興じたは落ち度だ。景時が東国の武将に嫌われているのを承知するも頼朝は気に入っている。本気度の気に入りに疑問はあるも。まるで秘密公安や警察かの様に、影者を散策させ。情報を集めて頼朝が喜びそうな事だけを報告した。頼朝も景時の情報に胡散臭《うさんくさ》さを感じてもこれまでの諸藩の謀反の話を聞いたりして。景時が報告してくれたのが事実だったなを思うと信じてしまう。頼朝不在席の広常の話が漏れて頼朝に届いた。それだけが暗殺の引き金ではないとしても決断を招いたのは間違いない。広常を殺《や》らせるのに迷わず景時を選んだ。景時なら残忍な方法で即刻やると。これによって景時は頼朝から信頼を得られるものの東国の藩主や武将からより以上に嫌われる。

頼朝は常に言う。大将は、冷徹も必要ぞ、と。頼朝が景時を胡散臭いとしながらも気に入るのは戦に長けるだけでなく。教養人で詩歌《しいか》も詠《よ》めて弁舌で雄弁だからだ。相手が一言を話す前に、二言三言を話して聴く者の耳を傾けさせる話術もある。大将の儂が言わんとするのを景時が股肱《ここう》に匠《たくみ》に話してくれるがある。

暗殺によって上總介広常は歴史から消え。反対に、千葉常胤は頼朝の鎌倉幕府成立に尽力を注いだ事で恩賞を受けて現在の千葉県へと発展する。

儂の思いは、頼朝を後の和国の総大将にしたいと思う藩主の兵士の中に八溝騎馬隊の一人か二人を同行するを統領に言及する。百人の中に一人でも弓弦に優れた者がおると。それに負けじと兵士は励む。目立った働きをすると恩賞に与れるを承知しているからだ。八溝騎馬隊の弓玄技と命中率を目にした者は瞠目《どうもく》（驚き感心して目を見張る）する筈だ。

原衛門は雨の降る前、箒川の浄法寺中州や流れの中で若者が、それぞれの愛馬を操りながらの弓弦の扱いを半刻ほどだけしか見てないがそれで十分に分かった。当然に手綱の捌《さば》きにもだ。雨ではあるが、若者は今日も浄法寺中州や周辺で模擬合戦をしているだろう。蓑笠で覆ってる為に誰彼の判断はし難《がた》いが本当の戦は余程の大雨でない限りは中止はしない。条件は同じで雨は敵にも味方にもなり雨がどちらに味方するかは時の運だ。雨を味方にするには模擬合戦と訓練の中で培われて見えだすものだ。与一はその辺を承知をしている。八溝騎馬隊が如何に弓弦と騎乗に優れておっても数百の矢を一斉に射られたなら完敗だ。だから、敵を、いや、平家の兵士を如何に分散するかに賭《か》け、八溝騎馬隊と曾《かつ》ての猛者が主導権を握らぬと敗して平家討滅後の後白河討滅も失敗する。統領の本音は頼朝らとの合戦は好まない。好まなくてもやらねばならぬ。将来の和国を思うからだ。出来る事なら近畿国と播磨国周辺でだ。離れても瀬戸内近海だけでの戦いとしたいが平家は違う。西に行く程に平家に与する蟠踞が多い。広大な土地や深山もだが瀬戸内の諸島と周辺には蟠踞以外にも平家の為なら命を賭《と》する輩は数知れず。瀬戸内のそれらは戦いの無い時は漁師であるが戦いになると単なる漁師でなく水夫《かこ》でなく。一人が数人分の武士であり兵士になり。平家に挑む者あらばいつでも来いの戦の猛者になる。それは祖父の代から大陸までも闊達に往来して巨万の富を齎《もたら》してくだされたの思いがあるからだ。だからそれらの思いを少しでも組番《くつがい》（覆す）させ。如何にして味方にするかは統領と儂の考えだ。併し、勝利の後に源家に与した諸藩の大将をのさばらせたくない。まっ、それは後で与一を統領に逢わせる事が先だ。

　原衛門は蓑笠で体を覆うと赤毛に騎乗し、箒川の浄法寺中州に向かう。その前に馬喰の馬城に寄る。蓑笠は直ぐに雨を透して着衣に染みる。僅かとも薄雲はない。秋雨は梅雨の次に長引くは承知だがこの秋だけは長雨も大雨も欲しくない。

　蓑笠で覆った農夫の耕す姿が点在する。雨の中でも播種《はしゅ》の準備は怠らない精神は受け継がれておるのだ。原衛門は耕す姿を馬上で眺めつつ向かう。雨でかなりの増水は想像されるが模擬合戦なり訓練をしているだろう。平家との合戦は海が主となる。増水の川と海は条件は違うが濡れるのは同じだ。その為にはこの雨も苦にはならないだろう。与一とて一日でも早く戦いたい思いがある。戦いたい思いは強くも犠牲者を少なくする考えは与一も儂も一緒だ。八溝騎馬隊の若者の犠牲者の出るのを思うと躊躇はある。併し、和国の百年後や二百年を思えば戦わせなくてはならぬ。いつの世も戦いは若者を多く失うのを承知でだ。

　馬喰の馬城に寄る。牧夫《まきふ》が雨の中でも馬匹中だ。溜まり水や泥水の中での急な停止などの特訓は戦馬には不可欠。牧夫も真剣だ。真剣でないと馬鹿にされて振り落とされる。七〇歳代と思われる頭《かしら》は特に真剣さが顔と掛け声で分かる。

馬喰自らが、原衛門に寄ってきて。「五十頭までは何時でも引き渡せますぞ。数日待てば、更に五十頭も出せます。蹄鉄屋にも話したでな。職人が徹夜で鍛造しておりますするぞ」

「明日の昼過ぎに二十五頭を頂く」で代金を払い。再び赤毛で幟旗屋に廻る。

幟旗屋はこの雨に嘆いた。そうだろう。幟も旗も染めが重要。どんな幟も旗も糸を染めて乾燥させないと完成しない。乾燥させるのは天日干し以外にない。完成した幟を目前に広げられて原衛門は驚嘆と同時に目を躍《おど》らせた。八咫烏《やたがらす》と、御献上、と刺繍された幟を目前に出してだ。鮮やかと言うか、淋漓《りんり》と言うか、薄い紫地に錦糸の濃厚刺繍も予想以上の出来映えで縁取りも見事だ。主人が言う。「手前どもは六百年の老舗《しにせ》で御座います。これまでに何度も朝廷への献上品の幟と御旗《みはた》に携わらせて頂きました。那須独立国の時代からで御座います」に納得した。これ程の刺繍は一朝一夕《いっちょういっせき》に出来るものではない。刺繍の無い旗でさえ一切《いっせつ》も手を抜いておらず。隅々まで完璧でこれを見た者は偽りとは思わぬ。注文を付けず、店主の思いで宜しい、を言っただけなのに。原衛門の思い以上に仕上げてくれた。店主は幟と旗を二重三重の油紙で丁寧に包んでくれた。この幟と旗を八溝騎馬隊の先頭の背中に、竹棹《さお》に掲げて深山へ、馬と一緒に走らせる。

原衛門は包んで御旗を蓑の下に背負い。与一らが訓練をしているだろう浄法寺中州が見渡せる堤《つつみ》へ馬脚を進める。行く道筋の百姓の庭の傍らに数株の金木犀《きんもくせい》（大陸原産・雌雄異株。日本の物は全部が雄で実が成らない）が塀状にあり、細かな花が咲きつつある。

のんびり行くと、湖沼の如く広大な巾となってゆっくりと流れ。那珂川と合流する辺りで渦を巻いておる。茶臼岳周辺に降った雨が増水して那珂川に流れ込み。下野山塊地に降った雨が蛇尾《じゃび》川を増水させる。更に箒川も増水して那珂川に合流が道筋だが、那珂川の水量が数倍も多い為に押し戻される形での渦《うず》だ。増水で浄法寺中州も河原も見えはせぬ。上流の堤が決壊したのだろうか。やや離れた位置に蛇篭《じゃかご》の破損と流木根が絡みあって渦巻く。この分では海を想像しての戦いの訓練は不可能だろうと思いつつ進めると。水際ぎりぎりで、ずぶ濡れで騎乗の与一の姿が目立って見える。数人ずつ味方と敵に見立て刀と槍での接近戦の訓練である。騎乗で大声を発する与一の声が一段と聞こえる。声から真剣さが分かる。双方が実戦宛《さなが》らである。原衛門は思う。この者は戦いの為に生まれてきたのではなかろうか。武闘に熟す原衛門には分かる。それは一刹那《いちせつな》（非常に短い時間。一瞬の間）で。刀の一振りと槍の一突き毎に必殺間違いなし。刀も槍も無駄な振り廻しがない。それでも戦わすのは悔しい。若くして数人は戦死させてしまう事にだ。

　原衛門は川岸から離れた大木の下で与一らの訓練を暫く見届けた後。赤毛の横腹を軽く蹴って脚を進め。数十間進んで再び止まって与一らに目をやる。

　速い、雨を物ともせずに疾歩《しっほ》（速足と襲歩の間位）で来る。青毛は手綱さばきで鞭を使わずとも承知をしておる。通常の馬なら高所から翔んで着地したなら脚の骨折どころか馬体に異常きたして廃馬だ。先日、与一の青毛が翔んだ姿と着地の蹄鉄跡を改めて思い出し、与一も青毛も全く異常なしを再確認した。与一の青毛なら底の無い海で戦って勝てる。四本脚が着地する度に心地よい蹄鉄音が戛戛《かつかつ》とする。与一は近づくと馬手《めて》を挙げつつ、左手《ゆんで》で笠を上げで目の辺りの雫を払う。

「観察を頂き恐縮至極《きょうしゅくしごく》にございます。この雨を海の波飛沫《なみしぶき》と思い。絶好と思いつつ。恙なく合戦の訓練を勇んで遂行しております」

「真剣さが遠目にも見えた。訓練も鍛錬も気を抜くは敗北に繋がる。常に真剣が求められる。でないと負け戦を絵に描いたと同じぞよ」

「おっしゃる通りでござる。儂も仲間も、矢を射る時と刀や槍を振るのは常に真剣でございます。でないと怪我をします」

「そうだ。訓練での怪我は恥よな」話しつつも原衛門は水際の騎乗の若者から目を離さない。若者らは与一が不在でも訓練を続けておる。この若者らは本当に騎乗が好きなのだ。そして戦いも好きなのだ。

「五人の先鋭隊を与一殿の目で選んで頂きとうござる。馬の準備は出来ておる。二十五頭だけを曳き連れる。数日待てば百近くになる。馬城で見てきた。馬喰にも話してある。迷わずに五人を選べるか。その者に掲《かか》げさす幟も旗も完成しておる」背中の油紙の包みを指した。

「承知を仕《つかまつ》りました。明日中に人選を致します。曳き連れ分の秣と穀類も準備を致します。居城には常に数百頭分の秣が準備してござります。兵糧米と同じです。周囲住民と百姓は戦と飢饉の為に兵糧も常に蓄え。秣とて同じでございます。都周辺までは何日を要しますか」

「余裕を見て半月としよう。道中異変も考慮してだ。五人の食糧もぞ」

「分かり申しました。明日の夕刻を心得ました」

「征矢は大量に準備したか」

「ゆうに千本以上の数でございます」

「明日の午前中に対岸に運ぶがよい。五人には夕刻に出立の覚悟をさせるがよい。男《だん》魂《こん》の覚悟が必要ぞ。駅逓頭に頼み。逓夫《ていふ》を嚮導《きょうどう》に頼んだ。西国への道を知らんだろうからな。逓夫の食糧もぞ」

「承知を。……明日午前中を心得ました。手抜かりはございません。諸々も揃えて参ります」馬手を挙げ、鐙の膝を軽く蹴ると青毛はゆっくりと歩き出す。

愈々《いよいよ》始まった。与一は何度も顔の水滴を払いつつ去って行く。打ち合わせ中も遠慮なく雨は降り続けた。本気度の平家討滅が、原衛門は呟く。明日も雨であろう。八溝騎馬隊の一陣の出立は涙雨となるのか。原衛門は傘岩に戻ると夕餉の準備を始める。

夕餉をのんびりと済ませると。統領への消息文を認《したた》める。

女人の伝言の承知を賜りました

広常氏の死に心痛みまするが　将来の和国を思うと必要の無きご仁は鬼心の懐にて成敗するも大将には不可欠と存じまする

壱　八溝騎馬隊の一部をお届け致す　同時に二十五頭の悍馬を届け申す

弐　騎馬隊の弓弦の秀でさと共に那須馬の襲歩に期待致され

参　原衛門めは数日後、多数の騎馬隊　那須馬と共に出陣致す候

原衛門

消息文を初陣に持参させ。逓夫を嚮導させるから統領の住する深山道中を案ずるは

なかろう。それよりも案ずるのは那須城主に何処まで極秘に運べるかだ。本来は城主に断りを容れるのが道理だが極秘を貫く。卑怯だが与一に賭け、与一が義経に会いたい思いと。平家討滅には与一が必須だ。勝利の暁には大陸へお禮に参りたい思いを尊重して道筋を描いて差し上げたい。

砂金持参

昨日に比べると小降りだが続く。原衛門が遅い朝餉を済ますと。対岸の斜面をゆっくりと下りてくる青毛の与一と。数頭の馬列が河原に来るのが見える。それぞれの馬は若者が騎乗し、馬には振り分け荷駄が結んである。原衛門は忙《せわ》しく傘岩を下り、手綱を握ると赤毛に騎乗して渡河で対岸に向かう。増水で真横渡河は無理。やや下流に向いて進むと難なく渡れる。相当に横腹にぶつかる水量だが浮力が優る。流されつつも懸命に四脚《しきゃく》を動かすのが背筋を通じて伝わる。前日の水量と明らかに違うのに自分を守る為にどうするかを習性と学習で身に付け。優しく接する者を守ろうともするのだ。頸部を撫でると一段と四脚を掻く力が入る。

対岸に到着すると。良くやったなと顔を撫でる。すると赤毛は原衛門の顔に鼻面を擦り寄せた。行動目的が完遂した時には言葉で褒めつつ、顔を撫でるとそれに応えるのは習性だ。更に優しく接しないといけない。これからも赤毛の働きは必要だ。与一と一緒の馬列も河原の中程に到着した。

「心が逸《はや》って早めに参りました。荷駄の一分でございます。更に手配を致します。二刻程の後に更に運んで参ります。人選も原衛門殿に誇れる者を選びました。夕刻に顔見世を致します」全員が下馬すると振り分け荷駄を河原に下ろす。全部が黄色の油紙に包んである米俵形《だわらがた》のすご包（茅を筵状態に編んだ物）は征矢で五つもある。あとは叺で穀類や乾草だろう。それが二十俵はある。

「ご苦労でござる。……叺に油紙とは大層な」

「食糧と秣などでござる。大切にせななりません。民の汗の結晶です。征矢も同様でございます」若者は手際よく、荷駄を並べる。与一は、油紙を広げて縄を解き。一つの叺を開けると麻袋がある。与一は麻袋の紐を解き。

「原衛門殿、確認して下され」

「そうだな……」原衛門は腰を屈めて麻袋の中を覗くと。それは穀類でも乾草でもなく山吹色の砂金である。「……砂金だな。見事な山吹色よな」後の言葉が怯んだものの麻袋に手を挿し込んで握ると間違いなく砂金。見た目にも握った感触も紛れなく砂金だ。それも混ざり物の皆無が感触で分かる。

「那須は砂金が豊富でございます。戦いには軍資金を予想以上に使います。どれだけあっても充分ではございません。これを源家の為に使います。場合によっては平家の兵士や地元の大将の買収も必要でございます。義経殿も相当に軍資金と砂金を準備するでしょうが、どれだけあっても過多《かた》はございませぬ。卑怯手段ではありますが買収は必要です。那須の砂金は何処の国にも負けませぬ。一握り渡されて心の変わらぬ人間はござらぬ。戦を長引かせない為に、ばら撒きが必要です。儂が貯め置いた砂金で父上の物ではござらぬ。原衛門殿も気兼ねなく使って下され。更に準備を致します」と言いつつ。麻袋を閉じ、叺も閉じて油紙で包む。量れば一斗はあろう。これには驚きだ。砂金を叺や麻袋に入れるとは些末《さまつ》（粗末に扱う）な扱いではあるが、豊富な那須では当たり前か。与一は別な叺を指し「これは鹿や猪などの干肉《ひにく》と干飯《ほしいい》でございます。戦うには体力も必要です。那須っ子は、これらの肉に慣れてございます」

「無理だけはせんでくれ。あり難くお受け申すぞ」深々と頭を下げた。

「儂に禮は不要です。原衛門殿を通じて義経殿へ力添え出来るを嬉しく思う」何と心の大きな与一か。これがどうして二〇歳前の若者の台詞《せりふ》よ。儂は念ずる。平家を討滅させ。後白河をも討滅した後には与一を和国の総大将にする。与一はその価値《かち》ある男よ。それだけでない。那須を再び、人華の園にした後には、和国を人華の園にしようの壮大な夢と計画がある。

「更なる準備の為に戻ります。夕刻までに参ります。五人の先鋭隊にも手抜かりはございませぬ。弓弦も槍も刀も優れております」を言うと青毛に騎乗し、若者と一緒に河原を駆けはじめたが、数間だけ駆けると急に止まって何かを叫んで先頭から外れ。若者は馬列でそのまま駆け行き。斜面を登ると雑木林に消えた。与一の青毛は原衛門へ戻ってくる。原衛門は、忘れ物かなの思いでいると。「原衛門殿は先日、悌二郎が、ごじゃっぺを申すなよと言った時。儂は、ごじゃっぺを重ねて生きてきたと申された。……儂が、数日の原衛門殿の言動を間近にすると。ごじゃっぺを重ねて生きてきたと申された言葉こそが、ごじゃっぺ、でござるな。原衛門殿は西国では大儀な勤めを任されておったのではござらぬか。儂の目にはその様に映った。今度こそは、ごじゃっぺでなく真実を申されよ」言いつつ。儂の顔だけでなく、全体を睨みつける様に馬上から見下ろす。そこには、出鱈目は言うなよ。の双眸《そうぼう》で睨む。その双眸も一六歳の若者でなく。既に重責《じゅうせき》を預かる家臣の迫力さえ感ずる。その迫力に嘘は申されぬ。

「見抜かれておったかの。おっしゃる通り、都では殿舎《でんしゃ》への奉職で検非違使庁《けびいしちょう》の職と同時に偸盗《ちゅうとう》組を担《にな》う立場で戦いの基礎を伝授する責任を賜り申した。そこで天子を含めた側近諸々《もろもろ》を具《つぶさ》に見ておった。平家の館とは離れておったが存命中の清盛も監視してござった。この二つの物体は歓喜と奢侈《しゃし》と贅沢の極みの日々で和国民を思うは垢爪《こうそう》（爪の垢）ほども無きに等しい卒爾《そつじ》（軽率）者の集団で、和国を壊滅《かいめつ》に貶《おとし》める源《げん》凶《きょう》でもござる。だから一刻も早く、二つの物体が坐る錦の畳と座を簒奪《さんだつ》せねばならぬと考えての行動でござる。思いよりも早く、同じ思いの与一殿に会いて実現が早くなりました。……名も偽りで、冠木《かぶき》原衛門でござる。後は追い追いに話す事に致します」で一旦は話を止めた。

「話さずよい。行動こそ意義がある。因って一日も早く義経殿に会いとうござる」を言うと。青毛の横腹を膝で蹴ると一気に駆け出し大小の石礫《せきれき》で不安定な河原を難なく駆け行く。斜面になると更に速度が増す。それは駆け登るでなく翔ぶが如くだ。百姓が言った、天は翔ばねぇが翔ぶが如くに跳ねるぞの通りだ。今、目にしたのは斜面を駆け登るでなく翔び跳ねる如くに見えた。義経に会いたい思いが如何に強いかの表れが斜面を翔び跳ねる姿にある。その思いを重んじなければならぬ。その思いが、一斗もの砂金を準備させた。更に準備をすると言う。砂金の豊富な那須でないと叶わぬだろう。

よーし、と叫び。赤毛で渡河する。赤毛は流れに敗けまいと懸命に四脚《しきゃく》を忙しく動かす。下流側の手綱を、やや引くと流れに任せて斜め渡河する。通常の流れなら楽はさせぬが慌てる事もないから気軽に渡河させてやる。

渡河すると赤毛を残して傘岩に登り。穴に埋め置いた宋銭の全部を掘り出す。馬喰と蹄鉄屋に支払うと残りは僅か。麻袋を背負うと傘岩を下りて再び渡河。

渡河すると河原を駆け抜け、斜面を登る。鐙に乗せた爪先で横腹を軽く蹴ると速足になる。赤毛は心得たもので横腹に当たる膝や爪先の強弱で速度を決める。それは馬匹の優秀さと見事さで戦いが楽しみだ。斜面を登り切り、杣道や田圃の畔を速足で行くと。所々にある水溜まりを避けるのも見事だ。古代から西国へ馬を送ったとする百姓の法螺《ほら》でも作り話でもない。優れた馬匹力も事実だ。

雨の夕暮れが早い気がする。小降りだが続く。原衛門は馬蹄屋と馬喰に支払いを済ませ。再び河原に来た。下馬すると赤毛は水際に寄って水を飲み始めた。

斜面を下りる複数馬の蹄鉄音がする。見ると牧夫《まきふ》の騎乗馬に続いて次々と馬が河原に下り来る。二十五頭が届けられたのだ。どれもが大小石礫に躓かず駆け来るのは、古代から西国へ馬を届けた自信と誇りがある牧夫の馬匹力だ。牧夫が「二十五頭を曳き連れ申した。どれも甲乙付け難く。どんな峥嵘《そうこう》であろうと躊躇も脚踏みをせぬよう馬匹しましたぞ。篤とご覧下されと」と叫びつつ下馬し、馬手《めて》を挙げると曳かれ来た馬は数歩だけ歩んで止まる。牧夫が一頭の鼻面を撫でると摺り寄せる。

「ご苦労でござる。残りは数日中に頂きまするぞ」一頭の鼻面を撫ぜるとこれもまた原衛門に摺り寄る。初対面なのに臆する事も無いのは馬匹の優秀さからだ。曳かれ来た馬に轡《くつわ》はあるも手綱が無い為に勝手に水際によって水を飲み始める。

「いつでも渡せまする。どれも馬匹は完璧でござる」を言いつつ鼻面を撫でる。

「蹄鉄屋にも話は済んでおる。今夜か明朝には蹄鉄が届く。その時には至急に蹄鉄打ちも頼むぞな」牧夫は馬城で蹄に合わせた蹄鉄を打つのも仕事だ。

「かしこまりました」を言うと。自分の馬に騎乗した。

「儂はこれまでですぞ」で鐙の爪先を蹴ると速足で河原を駆け行く。牧夫の馬が斜面を登り始めたと思いや。別の斜面からは、与一と分かる青毛が斜面を下ってくる。やや間をとりつつ、五頭に騎乗した若者が斜面から河原に出て駆け来る。原衛門は騎乗姿を見落とさない。遠目にも五人の騎乗姿が悦である。それぞれに弓弦を肩に掛け、箙も背負い刀も腰に差してある。革製の箙には二十数本の征矢《そや》が見える。鞍には数足の草鞋が結びつけてある。草鞋は自分用であり仲間の為である。それぞれの戦装束は直ぐにでも戦える姿だ。装束の上に柿渋を塗《と》した雨衣で覆って抜け目ない童顔で誰もが二〇歳に届かぬだろう。六頭は大小石礫《せきれき》の河原を物ともせずに速足で来ると。原衛門の前で停止し、与一が下馬した。続いて五人も徐々に停止させて下馬する。与一は原衛門に馬手を軽く上げた。与一の青毛もであるが五頭にも無駄毛が一本なりとも付着してない。自分もであるが馬にとっても晴れの出陣であり。愛情を込めて刷毛で撫でたのだ。馬体が奇麗だと野宿して夜露も朝露も朝日が出ると直ぐに乾くから馬体に都合良い。

「原衛門殿に自信を持って推挙できる五人をお連れもうしました。それぞれに弓弦も槍も刀も優れます。騎乗での弓弦は特に優れてございます。那須っ子は五歳頃になると仔馬で縦横無隅に乗り熟します」誇らし気に五人の顔を見渡す。

「五歳で裸馬にな。……頼もしき事よな。自信を持って送り出せる」五人は持ち馬の手綱を握り。原衛門を囲む形の輪になった。原衛門は五人の顔をゆっくりと順に見る。そこには弟の悌二郎は居ない。先発隊に選ぶ程に弟の武術は秀でてないのだろうかと原衛門は一瞬は思ったが、居城の事情だけだろうと思い直した。与一とて若しもの事を考えないではない。また、悌二郎は一度だけしか見てなく。一言二言であったが口が早い気がする。口は禍の元でその場の雰囲気を壊し兼ねない。それを防ぐ為に、悌二郎を与一の傍らにいつも置きたく。後日の二次出陣は一緒であろう。こっちから悌二郎の事を口に出さない。

「ご苦労でござる。斜面を駆け下りてくる姿を見ても。誰もが悦《えつ》な騎乗を確認した。男魂《だんこん》と覚悟を決めての西国行きぞな」

「覚悟の集結で異存はございませぬ。一日でも早く、統領殿と源家の大将に会わせたくござる。儂も早く会いとうござる」

「相分かった。与一殿も近いぞ。……それでは荷駄の配分を頼むぞ。それぞれに過不可の無き様にな」

「分かり申しました」で物資の並ぶ位置に移動。五人も移動する。河原で足場が悪いのにも関わらず動きが鋭く。無駄な動きがない。

そこへ、騎乗した逓夫が斜面を下る音がする。見ると斜面をあっと言う間に下り。河原を難なく駆け来る。蹄鉄音に不調なく。体も優雅に揺れ、騎乗を匠に熟す凄腕を感ずる。同行の八溝騎馬隊に申し分なしに自信を持てる。原衛門は、馬手を挙げて逓夫を迎えた。齢は儂より、やや年長だろうが色艶と皺で魁偉を想像させるのは夏も冬も顔だけは出し。酷暑も風雨も木枯らしも寒風も避ける事は出来ず。逓夫の、物を届けなくてはならぬ責任感から蓄積された魁偉の顔だ。数え切れぬ程に西国への道を往還したのであろう。

「ご苦労でござる。馬調が蹄鉄音に出ておる。凄き馬ぞな」

逓夫は手綱を引いて停止させて下馬して軽く挙手した。

「嚮導を賜った兵頭《ひょうどう》でござる。何処に行っても躊躇の知らぬ馬と一緒でござる」

「ひょうどうとは、兵《つわもの》の頭《かしら》か」

「左様で。……嚮導を出来るを幸いと存じ。責任を持って先頭を仕《つかまつ》りまする。西国への道は数十度駆け、狭隘と杣道も知悉して頭に描かれてござります」

「頼もしき名よな。兵頭とは……荷駄の準備が出来る間は休息するが良かろうぞ」

「かしこまりました。水を充分に飲ませたく存ず」手綱で水辺に曳くと。顔を水面に下げて飲み始めた。逓夫の腰には刀が差してある。袈裟懸けの大き目の革製袋は握り飯か。竹製の太めの水差しは革紐でしっかりと括り付けてある。装束からも抜け目の無き男よ。

　配分した叺や他の荷駄を振り分けする間も小雨は降り続く。与一にも初陣にも忘れられぬ雨の夕刻であろう。原衛門の考えでは、どんな形であれ、初陣は夕刻であったが、こんなにも雨が続く予想はしなかった。晴れた夕刻に、長く伸びる馬上の若者の影を描いてたからだ。逓夫は、自分の馬も荷駄を受け持つを申し出た。

　申し出の通り、僅かではあるが振り分け荷駄にした後に騎乗具合を確認しつつ。石《せき》礫《れき》上を試し歩きすると馬蹄が戛戛《かつかつ》と響く。

　いよいよ初陣出立《ういじんしゅったつ》刻だ。逓夫は既に騎乗し、若者からは離れておる。二番、三番もやや間を取り。その後に四番、五番が間を取って並んで準備万端だ。先頭の逓夫の背中には、御献上品、と墨痕淋漓《ぼっこんりんり》に書かれた幟を竹竿に括り付け、背中に結ばれてある。二番騎馬者には統領への消息文を懐に収めて責任重大だ。三番と四番は旗である。それぞれには、御献上品、と書かれてある。

「初陣には生憎な雨ではあるが出立と致す。用意はいいな。くれぐれも無理はせんで頼むぞ。若きそなた達の働きが後々に和国の優劣と存亡に現れる。到着まで各自の責任は重大だ。目標地は山城国の深山である。そこには儂の統領が住し。そなた達を待っておる。統領は文武には桁違いに優れる薬師《くすし》で神の如くでござる。儂は統領に様々な事を伝授された事が役立っておる。山城の和国の中枢や近隣は穢土《えど》である。その穢土が更に広がりつつある。そなた達は、穢土になりつつある和国救済の先鋒《せんぽう》である。和国救済の隠れた先鋒頭《かしら》が統領である。統領に会われた後には戦いの準備をして頂く。統領の話は無疑曰信《むきわっしん》だ。統領の言葉の通りに行動を起こせば和国の黎明《れいめい》は確実である。そなた達の先祖が生きた時代の那須国は人華の園であったそうな。統領の曰信《わっしん》に疑いなく行動する事で和国の誰もが人華の園での活計《かっけい》となるであろう。数日後には、与一殿と共に、儂が二次の出陣として到着の予定となっておる。到着後も弓弦での戦いを念頭に準備を怠る事の無き様に願う。僭越《せんえつ》（勝手に）であるが、そなた達の名を八溝騎馬隊と命名した。那須国の誉れの嶺《みね》でござる。八溝の嶺に恥じぬ様。後世に語り継がれる働きを念ずるのみでござる」淀みなく力強く言うと。与一も言う。

「八溝騎馬隊とは偉大な名でござる。朝夕《ちょうせき》に仰ぎ見た八溝の巒に劣らぬ心得の者ばかりで。重責を稚児期から育まれてござりまする。儂も一緒に行きたいが我慢を致す。数日後には出陣を致す。逓夫殿の嚮導を弁えて恙《つつが》なく行かれよ」で馬手を挙手する。それぞれが手綱を軽く握り。出立の形である。

「それでは出立と致しまする」逓夫が、鐙の爪先を軽く蹴ると。ゆっくりと歩き始め。蹄鉄音が湿った石礫に戛戛と心地良い。続いて一番、二番と歩み始めた。与一と原衛門は後の言葉が出ない。本心は、無事に戻ってこられようか。戦には無事に戻れる保証はない。与一は特に思う。これまでに那須の若者が幾多の戦いに加わって戦死と負傷者が数多いる。本当は参戦させたくない。併し、戦は繰り返される。これ以後の戦をさせない為の戦だと時の大将は言う。なのに終わる事のない戦は幾百年と続くだろう。与一は心で誓う。初陣のそなた達を見捨てはせん。儂も数日後には必ず出陣するぞと誓う。

先頭の逓夫が軽く鞭を使うのが見えた。後続馬に叱咤激励の鞭と原衛門と与一は見えた。逓夫馬は一段と歩を速めて斜面を登って行く。続く若者の騎乗馬も力強く斜面を登って行く。最後の馬尻が見えなくなるまで二人は見送った。

小雨ではあるが日没までは間がある。一刻以上はゆうに速足で行ける。逓夫の嚮導で今日中に何処まで行ける。暮れてからは逓夫の目と勘に委ねる以外はない。夜道をゆっくり行くか朝まで休息するかは逓夫の懐にある。先ずは無事に深山の統領に到着である。

与一は、原衛門に言葉を掛けて帰った。準備は多々ある。爾後《じご》の準備である。場合によっては那須の土地を踏めぬ準備も必要だ。併し、与一には望《のぞみ》と夢が山積しておる。その為には、身も体も無傷で戻らねばならぬ強い思いがある。斜面を登る与一の後ろ姿を見つつ原衛門は思う。それは和国と那須の為にだ。与一には稚児期に祖父母から聞かされた。かっては人華の園の那須独立国時代の栄華が焼き付いている。当時の和平と平穏と栄華は戻らずも。それに近い栄華を那須の民に。いや、和国の民に味わいさせてやりたい思いがある。その為の戦への出陣だ。

与一の出陣に原衛門は複雑だ。本来の初陣なるものは城主や家臣や家族に見送られてであるが、今回の出陣にあっては極秘である。原衛門は馬喰にも駅逓頭にも蹄鉄屋にも幟旗屋にも通常の料金に口止め料を払っておる。だからと言って極秘や機密は破られるのがこれまでの通例だ。今日までは漏れては無いが、今夜中か明朝までに漏れるもある。朝になっても戻らぬ息子を心配しない親はおらん。息子たちが箒川の浄法寺中州や周辺で実戦宛《さなが》ら（そっくり）の打矢訓練をしたり。大量の征矢を作っていたのを不審と思った住民もおったろう。それを城主にどう報告をした。城主の資隆は、与一は絶対に戦には出陣させず。高館城を末永く守って欲しい思いがある。なのに城主に黙した出陣は想像もしないだろう。

悌二郎の全部は原衛門に理解は出来ぬが、兄が出陣するなら儂も一緒の思いがあろう。与一は、果たして悌二郎を誘うのか。

数日後には、儂が唆《けしか》けたとする噂が城下や街々に流れるだろう。当然に城主の耳にも浄法寺中州での実戦宛らの様子が届く。儂は恨まれると同時に那須の民百姓から恨まれる。雨で天守閣はくっきりと見えず方角を見上げつつ思う。

原衛門は雨水が滴る岩盤に指先と爪先に力を込め。ゆっくり登りながら再度思う。高館城に登城し、城主に許しを得るべきか。いや、それはならぬ。許しを得られる訳はない。話したなら、儂は頸を撥ねられるだろう。死への畏怖《いふ》はないが和国の永遠なる和平と安穏の為には平家を根こそぎ討滅が必要。その手伝いをしたい。やや遅れるが後白河もである。その為には源家の力が必要。併し、源家の力だけでは戦が長引く。すると平家は力を巻き返す恐れは十分ある。平家や西国の藩主や武将にすれば、源家は、たかが鎌倉の田舎武士よ。木曽の山猿如きの義仲より、やや優れるが和国の大将には縁なき男よ、で。再度に平家に靡《なび》く。原衛門が思うには、一度でも平家を離れた武将は離れたままにする。その為には短期間に平家を討滅する。早い決着なら平家に靡くは無い。諸藩の大将と武将は虎視眈々《こしたんたん》と勝負の行方を睨み。常にはどちらにも味方せずも勝負が付いた途端に酒を持って駆けつけて勝盃で祝う仲間に入る。負けた大将は家臣も武士も兵士も終わりで路頭に迷うのを承知している。だから諸藩の大将は神経だけは尖らせて情勢を探っておる。平家が和国の総大将であるからには夜毎に旨い酒は飲めるぞの大将は多い。併し、永遠に平家が和国の総大将はあり得ぬの懐もある。特に西国はだ。いつかは平家が和国の総大将でなくなるも懐にはある。なら誰が平家崩壊後の和国の総大将になればいいかと問うと。誰も分からぬ。分からぬから分からせる為に那須与一と八溝騎馬隊を統領に届け。更に源家の大将に会わせる事で平家を一日でも早く滅ぼし。一時は源家大将の頼朝か義経が和国の総大将となる働きが統領と儂の考えだ。源家の大将は絶対に、与一と八溝騎馬隊の弓弦の力を必要とする。資隆殿よ。許して下され。一時だけ、与一と若者をお借り申す。更に原衛門は呟く。与一の働きが和国の和平と安穏を招くのは間違いない。与一の名が轟《とどろ》けば澎湃《ほうはい》（勢い）な変革の旗が和国の隅々まで翻《ひるがえ》ると。

原衛門は夕餉の後、体を洗って葛葉の上に横になった。明日以後は雨よ止んでくれ。与一の出陣には夕陽が欲しい。

初陣出立で二刻が過ぎた。休息しているのだろうか。いや、道中慣れた逓夫の嚮導で進めているだろうと思いつつ眠りに入った。

○　○

目を覚ました。昨夜までの雨は完全に止み。東南向きの為に夜明けの曙光《しょこう》が傘岩の三分の一位まで届いた。これからは蒼昊が半月は続くだろう。その後は一雨ごとに秋が深まり、やがて初冬になるのだ。

気持ち良い朝である。朝餉の準備をしつつ。川向こうを見ると。昨夕には無かった叺や征矢の包みらしきの上を油紙で覆って大量に置かれているではないか。人馬の姿は見えず。深夜に、与一や若者らが運んで置いたのだ。原衛門は思う。与一の覚悟の強さをだ。若者と馬と曳き連れ馬に、ひもじいを思いさせぬ為の食糧と秣だ。昨日の叺より二十俵は多い。米俵形の征矢も十包以上はある。八溝騎馬数十人分の約半月の食糧と騎乗馬の秣。それに曳き連れ馬の秣である。それの秣も相当量だ。あの中には砂金と干肉と干飯の入った叺もあるだろう。戦とは資金を想像以上に使うのである。与一は、儂に気遣いさせたくない思いで深夜にこっそり運び置いたのだ。あり難さと賢《かしこ》さに感涙《かんるい》の思いだ。

平将門が東国までも掌中にしようとして兵士を多く送ったのに食糧が少ない為に満

足に戦えなかった。将門は不足を承知で不足分は略奪せよで送り出した。略奪とは百姓の蔵や諸藩の蔵を奪えである。兵士は腹を空かしては戦は出来ぬぞの思いで百姓の蔵や納屋を襲って玄米や雑穀類を略奪した。略奪だけならまだしても。抵抗する百姓には娘や妻を凌辱した後に主人と共に殺害しては母屋や蔵や納屋までも燃やし。近隣の百姓を呼んで燃え盛る母屋と蔵を見せ。食糧の提供に応じぬとこうなるぞと脅した。腹を空かしては戦いにならないは兵士も馬も同じだ。玄米は兵士が食べて馬には穀物類を食べさせた。そんな事から将門は東国の民からは嫌われた。一旦は下總の猿島に居館を設けて支配したが百姓から嫌われたと同時に諸藩からも嫌われ。甥の貞盛と藤原秀郷《ひでさと》に討たれ歿した。与一はそんな話を稚児期に聞かされたであろう。百姓に嫌われる大将は長続きしないを承知だ。若者が腹を空かして戦に臨むをさせたくない。だから食糧を多く準備した。与一には若くして戦の大将の素質が備わり。学問にも優れておる。与一にぴったりの文字がある。それは文質斌斌《ぶんしつひんぴん》（文と武が兼ね揃い。実質も備わり。君子になる条件も整う。文質彬彬《ぴんぴん》とも書く）。与一の心には、源家と力を合わせて絶対に平家を討滅させる思いが如何に強いかだ。

よーし、原衛門は力強く呟く。明後日の夕刻には出陣と致す。来るであろう与一に告げる。与一は、昨日には覚悟の決断をした筈だ。決断した思いを長引かせてはならぬ。出陣の催促をされぬうちに告げる。与一は、いつかいつかと待っている。出陣の日と刻を決めれば一緒するであろう悌二郎への思いもある。原衛門の思いは悌二郎が同行し、常に与一の補佐役をする事だ。知り尽くしている兄弟が一緒なら与一の働きも違う。城主の資隆には申し訳が立たぬが和国を和平と安穏に導くには与一の力が必要。和国を人華の園にするには一刻も早く平家と後白河の二つを錦の坐から簒奪する。二つの物体は和国の害毒。その為には手抜かりなく。準備万端で平家に挑戦させる。

朝餉が済んだなら馬喰に会う。残りを譲り受け、今夜と明日の夜は、半分を別の場所に留めるを依頼する。以前に探してた豊原の小川の畔へだ。ここからは離れるが東《とう》山道《さんどう》に近く。やや迂回だが廻って山城へ曳き連れ行く。そこは草が繁り。秣も撒《ま》き置けば自由に食べて眠って体力を保持する。そう思いつつ朝餉に就いた。

朝餉をしつつ、川向こうを見ると与一の青毛と数頭が列して斜面を下り。どの馬にも振り分け荷駄が結んである。出陣の為の叺だ。与一と数人の若者が、既に叺が置いてある場所に来ると。馬を止めて振り分け荷駄を下ろし始めた。誰の動きも無駄がない。働くのを稚児期から見て無駄の無い体の使い方を知っている。与一と共に那須の兵士になる心得を稚児期から覚悟しておる。その思いが原衛門に緊々《ひしひし》と伝わる。出陣する者は言葉には出さずも。儂は無傷で帰ってこられるのだろうか。いや、儂は絶対に無傷で帰ってくるんだと思っても若《も》しもはある。それを思うと身辺は奇麗にするものだ。殿舎に奉職していた時に、百人単位の兵士を送り出すのに何度も立ち会った。その者らに聞くと身辺を奇麗にしたと言った。だから八溝騎馬隊で出陣する若者も身辺を奇麗にしつつ準備をした筈。素性の知れぬ暴漢に途中で襲われる筈はないと思っても長い道中ではあり得る。その時の為に身辺を奇麗にしろは戦場へ出立の条件。併し、儂が先頭で行くからには絶対に途中の襲撃を回避せねばならぬ。そして完全な形で統領に会わせ。後日に源家の大将に目通りをする。

儂も覚悟して周囲を整理しないとならぬ。立つ鳥、跡を濁さず、である。この傘岩を数百年後には誰かが仮の住まいとするもある。その為に奇麗にして退去する。本当に助かった傘岩だ。この傘岩が無く、仮小屋を建てるにしても資材を揃えるのを考えると住むまでには数日を要したからだ。傘岩に感謝である。

玄米を頂戴した百姓にも挨拶する。訳あって急遽《きゅうきょ》戻る事になったと。儂が急にいなくなったのと。与一らが城主に無断出陣が関係あると思うかは判断に委ねる。

原衛門は手綱を取って鼻面を撫でる。すると原衛門の腹部に摺り寄せる。主の行動と心を読み取り。既に渡河を承知している。向こうの河原に数頭の存在も知っている。馬なる動物は集団が好きなのである。

渡河すると。与一が寄ってきた「雨が止んで良き朝でございます。深夜にも荷駄を運び申しました」

「あり難き事。準備万端だな。昨夜に決断したのだがな。明後日の夕刻に二陣の出立とする。当然に儂も一緒でござる。玄米などを頂戴した百姓に、明日には挨拶を済ませておく。立つ鳥、跡を濁さずだ。与一殿もそうなされるが良かろうぞ」

「畏《かしこ》まりました。既に覚悟でございます。誰もが身も心も出陣の思いで一杯でござる。明後日の夕刻の出立と言ったなら感涙することでしょう。一二歳から一八歳でござります。実戦宛らを繰り返しましたのでひこたれ（くじけ）るや敗走はございません。誰もが和国の為に騎乗で戦いたいのでございます。更に念を入れて伝えます。念を入れての人員は儂を含めて四十一名でございます」

「十分でござる。忝《かたじけな》い（身にしみてありがたい）」

「それでは……別の準備がありますので儂は先に失礼を仕る」与一は青毛に騎乗すると馬手して駆け去る。原衛門も馬手。その間も若者は荷駄を河原に並べて油紙を覆った。その数、叺は六十俵以上。征矢の包は三十以上はあろう。叺のどれかには、昨日に確認した砂金とは別もあろう。

何処の藩の戦いで百姓や漁師に金塊や砂金をばら撒いて敵の動向を探るのを、与一は耳にして砂金の持参を思い立ったのであろう。金塊や砂金を目にして心の変わらぬ人間のおらんのを若輩ながら承知している。場合によっては戦わずして勝利もあるのを予見をしておるのか。出来る事なら戦わずして勝利を得たい。それには砂金をばら撒くのも戦術だ。砂金が底をついても戦わず勝利を得たい思いもあろう。荷駄を並べ置いた若者は挨拶と馬手で立ち去る。原衛門は懇ろに返答して見送った。

原衛門は赤毛で河原を駆け抜け。更に斜面を登り切ると馬喰への道を急ぐ。明後日はいよいよ出立だ、と肝に銘じて急ぐ。またも与一に、翔んだのを聞けなかった。あれから何度も顔を合わせておるのに聞く勇気がない。聞いても正直には答えずに軽くあしらわれるだけだの思いもある。併し、儂は確実に見た。儂だけでなく、この赤毛もだ。話せるなら聞きたいものだ。話せずとも見たのは間違いない。儂より先に、蒼昊に異変を感じて見上げ、翔ぶのを見たのは間違いない。

馬喰に到着すると。以前に検分した頭数が馬城に囲ってある。どれもが悍馬であるのが一目で分かる。悍馬の馬匹は難しいが那須の牧夫は見事に馬匹をしてしまう。那須馬が古代から西国に運ばれた意味が理解できる。それは牧夫の腕の確かさだ。末永く続いて欲しいものだ。戦いは無いのが良いに決まっておるが永遠に続くだろう。これ以後の戦いをさせない為の戦いだと言ってだ。

「全部を頂く。約半分は、豊原小川の畔の草原に、明後日の夕刻まで留め置く」を依頼した。原衛門が下見で見つけた場所で近くに八衢があって交通要衝の分岐でもある。馬喰頭も牧夫らも承知の場所だ。傘岩より上流の地域だが高台なのに清流があり。合流の手前には山葵《わさび》が自生し、狂い咲きの白い小花が幾つか咲いていた。急流の対岸には広大な孟宗の篁《たかむら》がある。春はかなりの筍《たけのこ》が出るだろうに近隣の百姓や他の住民では収穫を仕切れずに若竹に成長していた。数年前の成長竹は自然淘汰で枯れ朽ち倒れていた。この周辺も熊が棲息していない証だ。それで原衛門は馬の一時的場所に選んだ。それでも馬喰頭は、牧夫の一人を川の畔で番をさせると申し出てくれた。至る所に野生馬が棲息しておるから盗難は考えられぬが安全の為と言う。馬城は平坦だが川の畔や草原は凹凸で危険だからだ。原衛門は再度に、有難うを言って離れた。この辺りを通るのも今日限り。長期でなかったが傘岩を含めて住むには良い所だ。冬は寒いが暮らすにゃー、いい塩梅（あんべえ）だで、と百姓の主人が言った通りだ。平家と後白河の討滅を見届け。生き延びたら那須で暮らすもよかろう。妻子と阿南慎之輔一家を連れてな。そんな事を思いながら玄米を頂戴した百姓に向かう。

道すがらに目にする畑の農作物は、数日来の雨で水分と共に養分を吸収して伸びた気もし。久ぶりの蒼昊に雑草さえも生き生きして見える。五風十雨《ごふうじゅうう》（五日に一度の颪、十日に一度の雨が万物に好適とされる）ではないが半月後位には初冬になり。初冬前の慈雨《じう》であったのだ。

　行く先々の平原に複数の親子で走り廻る馬の姿がある。仔馬らしきの一部は親馬と、やや同じかと見えるのもある。それらは春先の誕生馬であろう。あの中から、馬喰や牧夫が悍馬を見つけ、戦馬か農耕馬に適するかを探り出すだろう。

　玄米と豆を頂戴した主人が、収穫後の稲株の残る田を馬耕《ばこう》（馬に曳かせる農具）を付けた馬で耕す姿が見える。頂戴した日から、やや一ケ月以上が過ぎた。二毛作の麦を蒔く為だろう。農道と畑の境に葱《き》（ネギのこと。古称は、キ）の畝が数本あって葉の部分が青々としてかなり太い葱だ。赤毛の原衛門が農道をのんびり行くと。主人が振り向いて馬を止めた。農道は荷車馬と人々の往来で石の様に硬い轍《わだち》に蹄鉄音が戛戛と響くからだ。原衛門は、馬脚を緩めて下馬し「以前に玄米などを頂戴した者でござる。訳あって急遽に西国へ出立を致す事になりましてな。頂戴したお禮に参りました。ここに末永くも考えたが、一旦は離れる事になりました。西国の由《ゆい》に成《け》りが付いたなら妻子と友人を連れてまいります。その時には再度に頂戴しますぞ」

「そうですけぇ（か）な。いつでも参《まい》らせ。那須はな、作物も豊穣だが民の心も豊穣だで。家族と友人を連れて参《まい》らせな。ここで土塊《つちくれ》を耕せば誰であれ。那須の殿から善き事でお呼びがあるど。那須国のじでぃ（時代）から汗を流して土塊を耕す百姓は貴《たっと》ばれただ。耕尊武卑《こうそんぶひ》だでな。耕尊武卑なんぞは何処の国でも通用せんだべが那須では通ずるだで。初めて聞くもん（者）は分からんべが、土塊を耕す百姓の方が殿や武士よりもえれ（偉）く貴《たっと》ばれるだ。那須は上も下も偏頗《へんぱ》（不公平でない。偏《かたよ》らない）ねぇってこったで。ここで暮らしゃ。他人を疑うや猜疑や妬《ねた》みがねぐ（なく）なるど。豊な土塊が耕作物と人身を豊穣にしてくれら（る）。だから大昔から人華の園って言われた。だげんど（だけど）他の国と比べりゃ。今だって人華の園だで」笑みを浮かべて言う。耕尊武卑は直ぐに納得した。納得しても心が重い。寛恕な殿と豊穣な民と百姓の心を踏みにじる行動を既に起こしている事をだ。現時点では、数日前に近隣から不明になった若者の噂は耳に入ってはないのだろうが数日後には入る。そして明後日は与一と伴に四十人が消える。それは百姓の息子であったり商家の息子である。それだけでなく約百頭の馬と無数の叺だ。叺には食糧と秣で相当量になる。河原で大量に作った征矢もだ。後で思えば大きな、戦いの出陣前の準備であったと誰が思う。それも城主も家臣も若者の家族も知らぬ間にである。儂は、立つ鳥、跡を濁さず、を唱えながら。跡を濁す、を堂々と行使しておる。和国の為と言いながら那須には大きな濁りと疑以上の傷痕《きずあと》を残す。西国に成《け》りが付いたなら。妻子と友人を連れて参りまする、とは真っ赤な嘘。成《け》り付いても来られる筈はない。与一を始めとして那須の若者を戦いに曳き出した裏切り者として殿や百姓からも追われる身となろう。原衛門は笑顔を返す気分にはなれずも言葉だけは返す。

「あり難き言葉でござる。やや一ケ月の暮らしですが、まさに、耕尊武卑でござった。耕す民が不在では玄米も麦も諸々の野菜も食べるは出来ない。まさに耕す民は耕尊でござる。那須が好きになり申した。西国で事が済んだなら必ず戻って参るを肝に銘じます。それでは、これで失礼を仕《つかまつ》る。馬耕の忙しい手に申し訳ござらぬ」を言うと手綱を引き寄せて赤毛に騎乗する。父母や両親に言われたとはやや違うが、土塊を耕す民百姓があってこそ国家が成り立って潤うのである。那須は独立国の時代から土塊を耕す民百姓を貴んで尊敬をしておるのだ。国家が潤って潤沢になると国主や、それに従う者は浪費するものだが那須国にはそれがなかったのだ。それは耕す民百姓を思ってである。

もう一軒の百姓に向かう。原衛門の心は更に重い。寛恕な人華の園の民百姓へ大きな裏切りをしている事にだ。原衛門は高館城の天守閣を眺めながら赤毛を駆けさせる。那珂川の右岸から眺めるには絶景よと思いつつだ。那須野ケ原は何処までも見渡せて広大だ。与一が先日に言ったのを思い出す。数百年の後には、那須が和国の中枢になるだろうと。その言葉は合っておる。儂も思う。那須が和国の中枢にならねばならぬのだ、と。

二軒目も挨拶をして戻りつつ。やや遠回りをして今度は赤毛をゆっくり闊歩させる。この風景も見納めになるなと思いつつだ。

与一出陣

出陣の日となった。与一に、やっとその日が来た長い夜であり、待ちに待った夜明けである。本来の出陣は殿を始めに家臣と家族に見送られてであるが、そうはゆかぬ異例の出陣で正確には出陣は当て嵌《は》まらぬであるが、敢《おしきっ》て出陣とする。出陣とあらば男の魂は奮い立つからだ。原衛門にも与一にも、夕方の出立《しゅったつ》までは気を抜けぬ若者への心境であろう。若者の家族が異常を感じて騒ぎ出さぬとも限らぬからだ。八溝騎馬隊になると覚悟した若者は、仮に親に感づかれて反対されても、与一との約束を選ぶ覚悟であろう。併し、母親が、我が身と馬に泣き縋って振り払って出陣の覚悟までしておるだろうか。与一を理解し、思いや意見を述べて最後の覚悟をしても母親に泣き縋られると心変わりもあるだろうと原衛門も想像する。出陣刻前に、果たして全員が馬と共に現れるかの危惧はある。二〇歳過ぎは一人もおらず。一二歳から一八歳である。特に一二歳の年少者へは嘱望と期待が大きい城主。それは鳳雛《ほうすう》だからだ。鳳雛を巣立ち直前の巣から奪う行為をしておる。出陣が近づくにつれて心は重い。与一もであろう。その少年と那須の将来を担《にな》う重き思いがあるからだ。

到頭《とうとう》と言うか、愈々《いよいよ》と言うか、八溝騎馬隊の出立の刻が迫っておる。原衛門が危惧した事は起きなかった。誰もが早めに河原に到着した。誰もが実戦宛《さなが》らで、衣装も顔も凛々しき若武者である。若《も》しや道中で襲われるもある。その時は、場所も刻も選ばず戦う必要に駆られての戦装束だ。一二歳とされる数人も装束から一二歳とは想像出来ぬ形《なり》は与一が厳しく諭《さと》した証だ。悌二郎も当然に戦装束。与一の一つ下なのに、それよりも幼く、一二、三歳に見え。その顔を見ると。絶対に生きて戻させねばならぬと再度思う。与一も年少者の齢なのに厳しく訓練した賜物で一六歳には見えず。生まれながらにして統率力が備わり。大将の素質もある。与一以外に文質斌斌《ぶんしつひんひん》が合う人間は和国にいなかろう。深山の統領に会わせても源家の大将に会わせても見劣りしない自信を原衛門は持った。

与一を含め、四十一人は原衛門の前に整列した。それぞれに手綱を軽く握ってだ。馬同士も臆するも挑発せずは、浄法寺河原や那須山麓や平坦地の訓練を承知をし、寝起きも数多に繰り返した事で仲間と思っているからだろう。それぞれの馬には既に叺と征矢の包みが振り分け荷駄に結んだ。道中が長い為に鞍も鐙もしっかりと胴着させせ。一人として抜け目ないのは与一の指導であろう。原衛門は下馬して話すも全員は騎乗したまま聞く。これは原衛門の思いを与一に伝えたからだ。出陣の若者は騎乗のままで良いぞを前もって言ったからだ。

河原に並べられていた物資は全て振り分け荷駄にした。叺などから抜けた落ちた藁しべが一本すらなく。立つ鳥、跡を濁さず、を与一が実行させた。

「間もなく出陣の刻となり申した。与一殿から幾多数多《いくたあまた》を聞かれたろうから細かな事は申さぬ。目標は平家討滅のお手伝いでござる。儂と同じに、平家打倒を目標に生きてきた儂の大将の統領なる者が山城国の深山におる。先ずはその統領に顔見世するのが肝要でござる。統領は誰よりも和国の和平と安穏を願い。そなた達を持つ。剣と矢を薬匙《やくじ》を持つ手に変わる事を誰よりも念じておる。到着場所は都には近いとは言うが、不便極める深山でござる。那須山中の、どの山奥よりも鬱蒼《うっそう》なる深山だと覚悟されるがよい。途中までの先頭は誰彼《だれかれ》なく交互に馬脚を進めるも。山城国に入ったなら儂が先頭を仕る。行程は十五日を見込んである。数日は荷駄の為に重かろうが、日毎に軽《かろ》やかになろう。荷駄で重い数日は馬の機嫌を取りつつ参ろう」で原衛門が、やや後退すると与一が前進する。与一の背中には、御献上品、の幟が竹竿に掲げて背中に結び付けたのが川風にはたはたと靡く。約二間の間隔を取り。御献上品の旗が与一同様に背中に結びつけてある。

「やや迂回になるが豊原小川の畔に馬が待っておる。それを山城国の深山まで曳き連れ参る。先ずは豊原へ参ろう」で原衛門が馬手すると。与一が出立の言葉を掛ける。

「平家の討伐討滅のお手伝いの出陣でござる。誰もが負傷のなきよう那須に戻るを、懐に再々誓って出立とする。良いな」で馬手を開いて高く掲げると。

全員が「おー」と発して馬手の拳《こぶし》を高く掲げた。蒼昊の陽は西に随分と傾き。馬影が河原の石礫に長く映る。八溝騎馬隊出陣の蹄鉄音が戛戛と響き。与一の合図で、並足から速足となって更に戛戛音が高鳴る。馬は斜面を並列で登る。しんがりは原衛門だ。原衛門は、やや遅れて出発するも、直ぐに速足となって斜面を登り切った。与一を先頭に那珂川の河原を出立したのは永寿三年（元暦元年とも）の晩秋である。刻が過ぎて薄暗くなったなら儂が先頭になるを与一に言ってある。薄闇や闇でも見える儂をどう思うだろう。

　半刻程で豊原小川の草原で馬を集めると。前の馬の尾に手綱を数珠繋ぎで曳き連れ。速足で西国山城国の深山を目指す。百頭以上の蹄鉄は戛戛と地面を蹴って勇壮《ゆうそう》だ。列したまま速足の馬影が那須野ケ原に長く伸び。晩秋とあって枯れ始めた草原を撫でる風が騎乗者の頰を優しく通り過ぎていく。

　与一は時々は軽く鞭を入れるものの速足を守り。後方を振り返っては乱れ無きに気遣う。空馬は、やや列を乱れるものの後方の騎乗馬に急かせられると列に戻って足並みを揃える。これも馬匹の効果である。

日暮れの早い晩秋だが、西へ太陽を追う形の為に日暮れが遅い気がする。それでも一刻を過ぎると薄暗くなり。青毛に乱れを感じた原衛門は馬列の横を襲歩で進み。与一をしんがりに廻して原衛門が先頭になると。すると再び馬脚を進める。原衛門の考えは、あと半刻はこのままで行き。適当な広場があったら夕餉と共に夜明けまで野営する。真ん中辺りの騎乗者に、はためく幟の文字が不鮮明になったら申し出よと言ってある。

あと半刻も駆けると。馬も喉が渇いて腹も空くだろう。馬の息遣いで原衛門は空腹と喉の渇きを承知している。与一とて承知をしている。

中程の者が幟の文字が不鮮明になったと言う。原衛門は、相分かったで馬脚を緩めつつ馬列を留め。休憩場所を探してくると言って赤毛で離れる。月明かりあるも原衛門以外は進むは出来ない。当然に馬もである。やや近くに小川があり。やや傾斜地ではあるが休憩に良い。原衛門は馬列に戻り。近くに程良い場所があるを告げ。再び馬脚を進めて休憩地へ向かって到着。「ここで夜明けまで野営ぞ」を告げると誰もがほっと息を吐きつつ笑顔になる。それぞれに下馬すると。馬は勝手に小川に近づき水を飲む。馬は言葉には出さずも喉が渇いておったのだ。

「のんびりと夕餉を摂ったなら眠るがよい。車座になって焚火も良かろう。持ち馬や曳き連れ馬体を枕に寝るもよかろうよ。休息も眠るも戦には必要ぞな。夕餉を済ませたなら二名は周囲の警護にあたるのだ。二刻程で交代するがよい」を言うと。与一が一番に名乗り出た。自分が食べるより、馬に与えるのが先で荷駄の叺を下ろすと口を開き。柄杓《ひしゃく》で秣や穀物を掬い。草叢《くさむら》に撒くと。馬は水を飲むのを止めて賺《すか》さず食べ始める。それを見届け。自分たちがやっと食べる。

食糧は干飯と干肉だ。干飯も干肉も鹿や猪の肉を味付け煮にして天日干をして乾燥竹皮に包んである。茶や白湯の入った竹筒が何本もある。

先に夕餉を頂く者は「先に悪いなー」を言って食べ始めた。馬に秣などを与えた者もやっと自分が夕餉にありつける。ある者は枯れ葉や枯れ枝を集めて焚火をする。道中で飲む茶と白湯を竹筒に詰める為でもある。その為に、先に夕餉を済ませた者は水《すい》嚢《のう》（縦糸と横糸が太くバケツ状）を肩に小川に水を汲みに行く。この辺りは誰に言われるでもなく自発的に交互な行動だ。

そんな事の繰り返しで四日も過ぎると荷駄が軽くなって自然と馬脚も速くなり。鞭を入れることなく、本来の速足で進む。これなら計算した通りに十五日なら深山へ到着する。四日前に出立した初陣は十三日間で到着するだろう。荷駄が軽く。速足に負担が少ないからだ。

深山へ到着

道中で情報を得つつ、原衛門と那須与一らが深山の統領にお目通りしたのは十四日目の夕刻であった。館《やかた》の様な穴倉の様な木片と岩石片を張り合わせた疑似建屋に杉と檜の皮で屋根が葺いてある。原衛門は見慣れた館だが、与一を始めとする若者は、統領の館と聞いた時。どんなにか立派な館に住してると思っていたろうから驚き顔に原衛門には見えた。統領と原衛門の再会は約三年ぶりなのに挨拶もそこそこに、与一を統領の前に進めた。統領の形《なり》から三年間に一歳も齢を重ねたとは思わない。二〇〇歳までも生きるだろう。統領は先発隊の初々しさに驚嘆もしたのは当然であるが、与一の顔を見た途端に更なる驚嘆の顔と言葉を発した。東国には、こんなに麗《うるわ》しき若武者が存在していたとは想像しなかったのであろう。先陣の嚮導役から「二陣には、文武に優れ。特に弓弦には優れて日本一の名称を冠しても足らぬ。麗しき与一なる若者が到着するぞ」を聞いて期待と同時に心躍らせておった統領は、頼もしき若者を見つけてくれたと原衛門に再度の礼を述べて満悦だ。原衛門の消息文にあった通りに偽りでも大袈裟でもないと称賛した。統領は原衛門が初めて与一を見た時に感じたと同じ言葉を発した。与一を初めて見た者は誰でもそうであろう。見目麗しき、をである。

原衛門にすれば、統領への良き恩返しよ。妻子と阿南家族を救護してくれたお返しはこれで充分だろう。後は、源家の大将にお目通りすれば原衛門の統領への恩は、一旦は区切りが付く。統領の言葉「これから宴ぞ。全員での宴は今夜限りだ。明日からはそれぞれに持ち場に着いて準備をして頂く」初陣の先発隊と共に一献やりつつ夕餉となった。統領の下で鍛錬と共に修行中の数人の給仕でだ。その三人は女人だ。「宴の機会は暫くは無いと思えよ。後は平家討滅後の勝ち盃ぞ」原衛門の音頭で「おー」の声が深山の樹林に木霊した。

盃を傾けつつ那須の若者は囁きあう。それは、都が近いぞと言いつつも渓谷を幾つも越えた深山である事にだ。那須は茶臼岳を眺めつつの暮らしで。これ以上の不便な渓谷も深山も皆無と思っていたのにである。統領は言う。「後にお目通りする義経殿は、更に奥なる深山の鞍馬山で稚児時から文武を修行した後。東国蝦夷《えみし》の藤原氏の下で更なる修行をした事で名の知れた武将になられたのだぞ。そなた達も山城の深山に来られたのを絶好と考え。更に弓（ここからは弓）の上達に邁進するがよかろう」原衛門が道中に、天狗が棲むかも知らん深山ぞと言ったのは嘘や脅しではなかったと囁きあっては、本当に天狗が棲んでそうな山奥だなと囁《ささや》きつつ。遅くまで盃を傾けて思い思いの場所を見付けて朝まで寝た。

　そして翌朝、若者だけあって一夜で道中の疲れはすっ飛び。統領に命じられた持ち場に配属され。騎馬隊員は二人組で分散され。以前は武士であったのに藩主や大将に不満を持って離脱し。自らは野武士と称し。隠れ先で統領の噂を知り。統領を訪れ。平家打倒を手伝わせてくれ、と言うも。時を待てと諭され、再び渓谷や峥嶸《そうこう》の深山で武術を習得しつつ時を待った者だ。統領は、その者らに八溝騎馬隊の弓の命中率を伝授する考えだ。原衛門の目にも狂いはなく。行動と仕草から嘗《かっ》ては腕の立つ武将であったと納得した。統領は数日前に親分肌を呼び付け。「下野国那須から、八溝騎馬隊なる弓の名士が多数参る。平家討滅開始の前日まで八溝騎馬隊の名士の指導を受けよ。年少者だからと見下したり、侮《あなど》りたい思いもあるだろうがそれは間違いぞ。弓に優れるだけでなく。文武にも優れて乗馬もである。八溝騎馬隊の指導で乗馬の上達と共に弓の命中率も上げよ」を厳しく伝えた。与一と悌二郎の指示で組み分けされ。それぞれに十頭の馬を曳き連れ。渡された絵図面を手に渓谷や別の深山へと向かった。馬は嘗《かっ》ての猛者や野武士と称する仲間に騎乗させる為だ。

　統領は、原衛門に、山陰に活計している。妻子と阿部慎之輔に、会いに行ってはと言われたものの。それは個人的な事です。今は個よりも和国を鑑みる時です。平家との戦で勝利の暁になって初めて会う資格がございます、で。山陰に行くのを遠慮した。

「そうだな、今は和国を一番に考えるべきだ」で統領は納得した。

与一と原衛門は砂金の叺を振り分け荷駄にして頼朝と義経にお目通りする。

頼朝は「八溝騎馬隊と共に百頭もの馬を曳き連れた事に感謝を申す。ご苦労であった」と言うもののそれ以外に特別の恩義の言葉を述べない。それに対して義経は「兄は言葉足らずがある。心では感謝の思いを持ちながら言葉には表せぬ性格よ」を言う。原衛門と与一は、心で喜んでくだされば良い事よ、で。与一は、義経殿に再会が出来たに重きを置き。嬉しさに逸る心を抑えて冷静さを保つ。義経も再会の喜びで与一を迎えたが互いに歓喜をする場合でない。那須野ケ原で会ったのは、与一が一〇歳頃である。双方が共に齢を重ねたのは間違いない。与一の目には、義経殿が苦労しているなと感じた。頼朝なる兄の前では我慢が多い。頼朝なる人物は無理な要求をなさるお人と聞かされていたからだ。それでも平家討滅の意志だけが通じ。義経殿は、平家討滅の後には兄を和国の総大将にして鎌倉に都を置き。自分は兄を補佐する役目で良い思いなのだと感じる。

「与一に会ったのは一〇歳頃であったな。あの頃は何処かに子供の面影があったが今は一人前の大人である。弓が更に上達したとの風聞はそこかしこにある。弓も刀も槍も実戦を経験して更に上達するものだ。猪や鹿をどんなに射ても上達はせぬ。今日だけは戦を考えずに一献交わそうな。明日からは早速に行動を起こして貰う。瀬戸内の沿岸や島々を見て頂く。同行は九郎（義経）と原衛門だぞ。与一が都周辺におっては、お喋《しゃべ》り雀が騒がしくなるからの。特に女子《おなご》衆がな」で盃を交わした。原衛門は、ここでは与一の補佐役で一歩引いて二人の様相を遠目近目で見る存在になる。お喋り雀が騒がしくなる、とは与一の麗しさに、嫉妬の思いもあるからだ。原衛門へも労いの言葉を忘れない。「冠木原衛門。そなたの存在と働きは統領から多々に聞いておる。魑魅の化身かと思われる動きをするそうな。与一と合わせて平家壊滅には最重要な原衛門と承知をしておる。無理をせずに恙なく平家壊滅の暁まで尽力を賜《たまわ》るぞ。尽力した者への恩賞は十分に考えておるぞ。恩賞は平家壊滅の後ぞ。与一も同様であるぞな」

「もったいないお言葉を頂き忝《かたじけな》い」与一と原衛門は深々とお辞儀をした。

　与一とは再会の盃を交わした後に。原衛門へは今後の働きへの盃である。与一は、青毛に振り分け荷駄にした叺を下ろすと。叺の口を開けて見せる。

「那須武茂川の砂金でござります。那須は砂金が潤沢です。戦利をこちらに向ける為に、ばら撒きも必要です。どうぞこの砂金を使ってくだされ」与一は叺の砂金を一握り摑んで見せる。

「おー、見事な山吹色の砂金よな。遠慮なく使わせて頂くぞ。那須砂金の潤沢さは資隆殿に会うた時に聞いた。あり難く遠慮なく使わせて頂くぞ。儂らも、それなりに用意はしたが那須砂金には敵わぬな。色の違いが一目瞭然だ。これを握らせて心の変わらぬ者はおらん。手始めは河内湾から播磨灘《はりまなだ》へ出て潮の流れの検証だ。与一は本当の海を目にしたことはなかろうな。海は広く深いぞ。時には那須の百姓の母屋程の波もある。だから恐ろしい時もある。半分は楽しみにするが良いぞ」

頼朝から離れた義経（以後は大将）と原衛門と与一は浜辺へと騎乗したまま向かう。与一の青毛には砂金の入った叺が荷駄にしてある。

浜辺へ来ると。地元の漁師と小船を雇って三人は海へ出た。与一は海の広さに吃驚と同時に感激した。これが海か、ここは瀬戸内で狭いが、陸沿いを西下し、更に行くと九州がある。与一は、舳先《へさき》に座って波の大小を観察する。平家との戦いは海戦が主になるのは予想が付く。波を知り、海水の流れを知る事が勝利の条件であるからだ。与一は船頭の漁師の話と大将の話に耳を欹《そばだ》て聞いて海の周匝《しゅうそう》（隅々まで見て回る）を知る。それにしても海は広い。九州の向こうには更なる広い海がある。そこを東支那海と言うそうだ。東支那海の向こうに大陸があり。幾つかの高い山を越えるとその向こうに太陽の沈む大きく深い井戸がある。井戸を確かめるまでは絶対に死んではならぬ。その一歩は平家を討滅する事だ。与一は再度心に誓う。そして那須を人華の園にする。那須だけでなく、和国をである。原衛門も同じ思いで聞く。

　船頭が言う。「砂金を一握りに渡せば何とでもなります。活計の為に平家に与する振りの大将や蟠踞勢力の下におるが、心までは平家に与《くみ》しておらんでな」

「総勢は三十万とも言われるが事実か」

「形としてはそうですが、地元の親分に砂金を握らせれば、半分以上は味方になりますな」船頭は砂金を握らせれば何とでもなるに力を入れる。

　行く先々には思いの外に銭を徴収する箇所があるのには驚く。船を着けるのに善き場所と思うと。元締の子分と名乗る男が苫屋《とまや》から出て。津料《つりょう》（この時代には港と波止場なる名詞は無い）を寄こせと刀を振り上げる。こんな男に敗ける事はないが、銭に換算すれば何倍にもなる一握りの砂金を渡すと黙って下がり、着けさせてくれた。また、陸から続く岬の突端は藩境となり。そこを越えようとすると関銭《せきぜん》所があり、津料と同様に銭を払わぬと航行させぬと言う。ここで問題を起こしたくない。料金よりかなり多くなる砂金を握らせると笑顔で下がる。人の心は銭で動く証で通貨銭より価値ある砂金の一握りで大きく変わる精神を目の当たりに実践する。

「あの者らは簡単に味方に出来ます。あの仲間も砂金の一握りでこっちに傾きます。傾かぬのは平家直属の兵士です。……戦があるとすれば海が主になりますかな」

「なる、なるでなく誘われた振りで海戦を望む。瀬戸内の海よりも広い海がいい。船も馬も自由闊達に操れる海と海岸は戦向きだ。……与一の青毛は平気か」

「青毛には、隠れた羽と水掻きがございます」

「与一の乗馬の匠と弓の命中率は届いておる。そこへ隠れた羽と水掻きとは心強い。平家撲滅には海上での馬上弓が主になろう。覚悟して矢を射よ。放《はな》せよ」

「覚悟してございいす。一刻も早く平家の大将を狙いたく思います」

「焦《あせ》るな。こっちは焦らずも。敵を焦らすは必要ぞ。焦れば負けだ」こうして三人は播磨灘から河内湾へ戻る。

数日して、陸路で中国諸国の山陽岸沿に出ては海と波の様子を見取り。それぞれに頭で作戦を練る。内陸部にも関銭所が随所にあり、通行料を徴収されるも。「ひと握り摑め」を言うと。掌を叺の中に挿し込んで砂金を握り。摑み出した砂金を見て驚きの声を上げて喜ぶのは何処の元締めも子分も一緒。それらの全部がこっちの味方になるとは限らぬが、情報だけは得られる。内陸部の山岳で樵《きこり》らしきに話を聞き。麓では百姓の話も聞き。海辺では漁師の話も聞いて大将は告げる。「これで味方の戦死と負傷が減る」で一旦は宿に就き。消息文を認《したた》める。

内陸部では重盛や宗盛を大将に、頼朝に応援をしたい諸藩の兵士との戦が繰り返され。平家が勝ったり、頼朝に与する大将が勝ったりで日々が過ぎて行く。

併し、想像する以上に瀬戸内の海だけでも大小合わせて三千隻を超す船と聞かされて驚嘆した。その中でも東支那海からの航行船は大型船が多く。三本の檣《ほばしら》に帆を大きく広げ、風を満帆《まんぱん》に受けて航行する大型船に、与一は度肝を抜かす思いになったが心で称賛した。あの様な大型船を那珂川に遡《さかのぼ》らせたい。その為にも那須は人華の園となり、和国の中枢にならねばならぬ。その為の一歩前の平家討滅だ。併し、平家の為ならいつでも戦うぞの船と漁師の元締めも多い。砂金を握らされて一時は心変わりをしても。これまでの恩義を思うと。そうは簡単には平家を見捨てる事は出来ぬのも聞かされた。東支那海をも自由闊達に航行して大陸までも往来する船の船主と。そこに乗船させる水夫《かこ》の元締めが何百人も居ると言う。船主と水夫《かこ》と漁師の元締めは、平家によって大陸との貿易で富を得たとされ。平家に歯向かう輩は命を賭して戦う心構えを常に備えてると言う。特に清盛の祖父と父によって得た富は巨万である。清盛が病死の後も嫡子の重衡《しげひら》も清盛同様に大陸との貿易に理解を示し、平家に歯向かうは我らが許さぬぞの瀬戸内沿岸の国主も藩主もあり。平家討滅を狙う輩には徹底的に戦うぞを秘め。平家討滅を一番に狙うのは鎌倉の源兄弟ぞと承知をするも。木曽の山猿よりは増しだが、東国の田舎武士だ、の思いが多く。恐れるに足りぬ兄弟よで、歯牙にも掛けぬ国主や藩主や元締めも多い。特に瀬戸内外《はず》れの、赤間関海峡《あかまがせきかいきょう》と豊後海峡《ぶんごかいきょう》以南に屯《たむろ》と蟠踞する元締めらだ。それでも砂金を握らせると源家に靡く船主と水夫と漁師の元締めも現れ始めたが大将の思いはまだ。砂金を一握り摑ませたとしても言質《げんち》（約束）をした訳ではなく。通り一遍として後の事は知らぬ振りをするのも承知の上だ。

　内陸部では戦は繰り返されている。形としては忠度《ただのり》（清盛の弟）が一度は大将となったものの大将の器ではなく。歌人として忠度を知る者は忠度が平家の大将となった事で驚きを隠せなかったのである。結局は一の谷の戦で戦死した。それでも平家再興を願う西国の団結力が強く。頼朝に与する数千人の兵士に対し、西国の藩主は万人単位の兵士を向けての戦いである。これらの戦いの度に双方は幾百の兵士を何度も失ったにもかかわらず。双方共に諦めるはせず。戦いは続けられる。総大将も大将も小さな戦を本望とはせず。一握り、二握りの砂金を渡すと考えを改めて味方になりまするぞと言う船主と漁師の元締めも増えたのは確かだが本気にはしない。それでも西国の平家側の一時の総兵士三十万よりは少なくなったものの二十万は下らんだろうと予想される。兵士の数では圧倒的に平家が優る。そこで与一と原衛門は感じた。大将に焦りがあるなと。

三人は周防《すおう》の浜に宿を取り、大将は消息文を認めると。宿の主人に依頼して逓夫を呼び。一刻も早く、届けよで砂金を一握り渡した。消息文は頼朝へである。内容は、平家の味方は三十万、こっちの戦略によっては二十万を下回るだろうとも記した。記しはせずも平家兵士が十万を割ったら本戦を挑む考えだ。本戦は海上になるのは間違いない。海上の何処が主戦場になるかは未定だ。

夕餉を済ませると。与一は一人で海辺へと出掛けた。話としては聞いてたが海水には満ち干《ひ》きのあるのを聞いて驚いた。それも月と関係あるを船頭と大将の話の中で知った。天空にある月と海がどうして関係あるかと思う。潮が干《ひ》く時は海岸が広くなり、海辺の海水がかなり遠くまで逃げていってしまう。それが満ち潮になると波に浮いている物を運びつつ忽ちにして海水が増し。船に乗っても波とは別の動きを感じて潮の満ち引きの力は普段の波とは別なのも知った。その干《ひ》き潮と満ち潮が毎日あると言うのも与一は納得が出来ない。与一は半欠けの月を眺めたり、波打つ海水を見詰めては暫くの刻を過ごした。

半刻を過ごした頃に原衛門が迎えに来て。「夜の海辺は冷たい風が吹くからな」

「月と海水の満ち干きが関係すると聞いたのでな。満月ではないが月の光で海水を確かめたいと思ってな」

「儂も満ち干きの事は分からんがな。昼の月の無い刻でも満ち干きはある。わざわさ夜に見なくてもな」

「昼にもあるだと。月が出ておらんのにもか」

「そうだ。月と大地には互いに引っ張る見えない力があってな。海水が月に引っ張られて行くそうだ」

「ほう……。海水は月まで引き上げられるって事か」

「そこまでは知らぬ。難しく考えるな。世の中には分からない事があってもいいもんだ」

「…………」

「風が冷たくなったぞ。大将が待っておられる」で与一の袖を引く様に浜辺を離れる。

与一にとって夜の海風なんぞはそよ風だ。「那須連山の山々の頂を青毛で登ったり下ったりを何度も繰り返した。真冬は五尺も雪が積もった稜線も駆けた。渓谷や沢に入れば五尺はあろう氷柱《つらら》の狭窄《きょうさく》間も闊歩した。青毛にだけ冷たさをさせてはならぬを思い。儂も歩いて脚の冷たさを実感した。その冷たさは口では表現できぬ。それに比したら海辺の冷たい風なんぞは苦にはならん」それでも言葉に甘えて宿に戻る。歩きつつ与一は思う。海水が凍る冷たさの厳寒期に平家と戦えば絶対に勝つ。総大将はどう思う。

「儂の心配もいいが、渓谷や深山の仲間はどうしておる。那須の冷えるのは稚児期から慣れてはおるが、慣れぬ土地の暮らしが心配だ。それに、元々は何処かの武将であったりの戦の猛者とされる仲間との仲間割れは無いのか」

「それは心配はござらん。統領の下で鍛えられた輩には、人を見抜く目も養わる。だから若輩や年下を侮《あなど》りはせん。平家討滅を掲げる者の目標は心魂《しんこん》に叩き込まれておる。八溝隊員に弓の指導を受けた者は数日で命中度を上げるのは間違いない。後に感謝の弁を述べるだろう」

「僅かな刻しか統領の下にはおらんかったが睨まれると普通の人間は怖気づくな。あの統領こそが和国の総大将になるべきでござらんのか」

「儂も、そう申し上げた。すると統領は、儂はその器《うつわ》ではないとな」

「器以上の器であろうよ」

「それが統領の生き様よ。褒誉推譲《ほうよすいじょう》の全てを周囲の者に与える精神ぞ。……近日中に、再度……播磨灘周辺の海と波の具合を見たいと言うぞ。大将がな」

「近くに屋島がある な。其処に宗盛を大将として言仁（安徳天皇）もおるとな」

「行宮《あんぐう》（通常は天皇行幸の仮宿舎）まで造営して清盛の妻の二位ノ尼や建礼門院も一緒ぞ。兵士が如何ほどかにもよるが一網打尽に海の骸《むくろ》に出来まするな」

「言仁も憲仁（高倉天皇）の子に生まれた為に気の毒にも数奇な運命を辿る事にござる。和国を和平と安穏にする為に海の骸にして差し上げるのです」

「差し上げるか……」

「海水が月に引かれるそうな。骸は海水と一緒に言仁を天空に召させて差し上げるのよ。言仁の祖先は浮橋を伝わって降臨したと言うだろう。だから祖国の天空へ、お戻しをしてあげるのだ」

「…………」

「…………」二人は暫く、半欠けの月明かりの天空を眺める。

「出掛けに大将が申されたぞ。情報を集めるは良いが、軽佻《けいちょう》浮薄《ふはく》を見抜かぬと敵の思う壺となな。東国の田舎武士が砂金をばら撒いて情報を集めているぞなの噂が既に流れておる」

「思う壺の裏を描くのも戦の基本よ。壺の底を何度も繰り返して見ないと。この戦に勝利はない。平家血筋の多くは、和国民の汗と涙を食い物にして表面だけの国の勢いが四百年も続いた。言仁は幼帝で国勢の意味は知らぬ。知らぬままが良かろう。言仁以外は国畜《こくちく》であり、人畜《にんちく》（畜生の様な行いをする人間。国畜も同じ）と思うがよかろう」

「生かせておっては害になるだけってことだな」

「言仁には気の毒だが一番の方法よ」見上げる月を薄い雲が流れて少々陰る。

原衛門は与一の袖を無理に引く形に宿へと戻る。

屋島監視

　翌日も三人はそれぞれの持ち馬に騎乗して播磨灘方面へと向かう。大将は騎乗したまま言う。「小船を二艘見つけてくれ。一艘は沈んでも流れてもよさそうな艦褸《ぼろ》船だ。艦褸船には数本の丸太を頑丈に括りつけるのだ。五尺程と三尺程が良かろう。その丸太に筵を固く巻き付ける。もう一艘には確《しか》たる漁師なり船頭を雇い。その者には砂金を弾んで渡せ」

「分かり申した」で与一と原衛門は大将から離れ、苫屋へ、青毛と赤毛で駆ける。

　指摘の通り、二艘と地元の漁師と共に雇った。一艘は艦褸船で大波が来たなら沈没は間違いないだろう。それでも船底に厚めの板を敷き。五尺と三尺の丸太を間隔を置いて数本立て。筵を巻き、更に荒縄を何重にも巻いて頑丈にした。それを大将に見せると。よくやったと顔を綻ばせた。

「艦褸船の丸太は平家の輩と思うのだ。背高丸太は立人で、もう一つは子供か、坐《ざ》す者だ。丸太の先端から五寸の辺りに、赤布か白布で鉢巻き状に結べ。鉢巻きより上は頭だ。艦褸船を曳航して沖に出し、干き潮を見届けたなら綱を切って流れに任せる。艦褸船は流されつつ波間に漂う。漂う艦褸船の丸太を矢継ぎ早に狙うのだ。丸太と見ずに平家の輩と見てだ。良いな。……漁師に、数日の干き潮の刻を確かめて参るのだ」

「今日の干き潮が何刻頃になるか確かめて参ります」与一は青毛を走らせて再び苫屋に向かう。与一は思う。波間に漂う船は安定せぬ。数度しか見てないが干き潮で海水が沖に引かれる時はかなり速い。小船は縦横無隅《じゅうおうむぐ》に揺れつつ沖に流されるのは必至。海に入れば騎乗した打ち手も波間で揺れる。大将は、原衛門と儂の弓の命中度を確かめる気だな……。

「原衛門は中型の帆船を見つけて参るが良かろう。帆船は明日以降、波浪の強き日に使う。これにも丸太を数本をしっかりと立てて固定する。丸太は長短で藁と筵をしっかと巻くのだ。艦褸船と同様に丸太は鉢巻きで結べ。船頭には、しっかりと砂金を握らせるのだ。良いな……。後日に魚油《ぎょゆ》を斗樽《とだる》で買い置きするんだ。一旦は十本だ。……方々の店《たな》からだぞ。買い占めでないと思わせるのだ」

「分かり申した。早速、船の手配に参ります」原衛門は、馬手を上げると駆け出す。大将は十樽の魚油をどう使うか言わぬ。聞いても答えぬだろう。赤毛は砂を後ろに跳ね飛ばしつつ駆ける。海岸に来て数日なのに、既に砂上の走りを心得た走りだ。赤毛には更なる砂上の走りを心得させねばならぬと思いつつ急かす。深山周辺にて騎乗訓練の嘗《かつ》ての猛者にもであるが八溝騎馬隊にもである。騎乗者よりも馬に砂上の走りを経験させる必要がある。

　与一は半刻もせぬ間に戻ると大将に報告をした。

「約一刻半の後に小潮が始まるそうです」

　ずっと海を眺めていた大将は、与一の顔を見ようともせずに言う。

「そうか……儂は海辺で見ておる。与一は、潮に引かれつ艦褸船の丸太を休みなく征矢で狙い打て。躊躇《ちゅうちょ》せずにだぞ。丸太は平家の輩ぞ。頭を狙え。頭だぞ」

「分かり申しました。……それでは船頭に伝えます。艦褸船を曳き行き。潮がはじまったなら綱を切れと」

「艦褸船が少しでも西へ流れれば幸いだな」

「そうでございます。西か、南（瀬戸の島々）かは時の運でございます」与一は馬手すると青毛の胴腹を膝で軽く蹴る。すると青毛は速足で海岸線を駆ける。同時に、船頭は竿で力強く押すと船は海べりを静かに離れて波間に向かう。艦褸船は三間ほどの綱に曳航されるも動きが散漫。船頭は竿から舵に替え。大小の波の中を匠な舵捌きで沖に向かう。百間（三三〇メートル）程先を大小の無数の航行船が見える。大きな帆船は九州か大陸からの貿易船で小船は漁を業とする漁師だろう。

小船が沖に向かっても余り離れると海べりからの矢は届かない。そのあたりは船頭に話してある。通常兵士の征矢の飛翔距離は二三丈（約七六メートル）位だが命中率は低い。儂の征矢は二六丈は飛ぶ。飛ぶだけでなく命中率は高い。背の箙には三十数本の征矢が入っておる。箒川の浄法寺周辺の茅や葦で作った征矢だ。与一は騎乗したまま目測で小船を追いつつ弦に征矢を番《つが》え。射はせぬも弦の弾き具合を確かめる。敵から征矢が飛んでくるのを頭に描く。それを躱しつつ射るのは難しい。待てよ、海上の船は揺れる。揺れるより漂うで命中率は低い。敵矢も十本射て八本は無駄になる。それに対し、こっちは海辺であり浅瀬であるを考慮すれば命中率は上がる。儂は十本射て九本の命中を目指す。与一は征矢を射る瞬間を脳裏に描きつつ海辺を青毛で駆ける。その内に干き潮の刻が来て船頭が旗を振り上げ、襤褸船の綱を切った。すると襤褸船は更に漂いつつ。潮に引かれ速度を増し、真南の四国の島の方角へ流れるかと思えば流れず。やや西へと流れ始めた。これでも長短の丸太が見えて赤白の鉢巻きも確認できる。与一は青毛の胴腹を膝で蹴ると。青毛は海へと入って行く。更に深みに入り、騎乗する与一の足首の辺りに海水が来た所で手綱を引くと。それ以上は入らずに歩む。深水は青毛の胴腹の中心辺りだ。与一はそこで初めて波間に漂う襤褸船の鉢巻きの上部。

いや、平家輩の頭に狙い定めると一矢を射た。与一は矢の行方を目で追う。一矢は命中せず船べりに刺さるのが見えた。更に二矢、三矢と射た。何れも外れて船べりに刺さった。そして四本目に射た矢は鉢巻きの上に命中した。いや、平家輩の頭にだ。三本の矢は頭に命中せずも船べりか何処かに当たるは間違いない。よし、一本が命中した事で要領を得て命中率は上がる。命中した矢を大将は確認した筈だ。

三矢は外したものの二十本射て十七本が命中した。射た後に大将の待つ海辺へ戻りつつ思う。青毛は那珂川を真横に渡河する力があった。青毛なりに馬体に当たる流れの力は承知していた。今度は馬体に当たる流れを両方とも上流からだと思わせる。数回繰り返す事で承知するのが獣の習性だ。それは馬自身が生きる為にだ。繰り返す間に騎乗者が坐する背骨の位置まで海水に堪えられるのを共に知った。箒川で背骨位置まで深水馬匹したのを海でも発揮した。青毛なら出来る。青毛の脚には見えぬ水掻きが付いているのを信じてだ。そうでないとこの戦は勝てぬ。那須と和国を人華の園にするには儂の働きよりも青毛の働きだ。勝利は源兄弟に譲り、儂は辰韓と大陸を目指す。更には太陽の沈む大きな井戸を目指す。

戻ると讃えてくれたが、やや不満ありと与一は見た。大将は百発百中を望んでおるのだろうと。そうした事を繰り返しつつ。三人で海を眺めては潮の干満を脳裏に詰め込む日々が続き。それぞれに海戦の絵図を頭に描く。

原衛門が見つけた中型の帆船にも長短丸太を十数本立て。艦褸船同様に藁と筵を巻いて頭部を赤や白の鉢巻きで平家兵士の輩に見立て。漁師を数人雇い。帆の操縦と風と波の高低を見計らって作戦を考えるも三人が描く作戦はそれぞれ違う。晴れか雨か曇りか大波か小波か凪《なぎ》かでも違う。大将は、才智《さいち》は才智を求めるで自分以上の才智を求めておるが才智はそうは存在せぬ。儂は大将の足元にも及ばぬ田舎武士で実戦経験は皆無。だからここで潮の干満を実証し、実戦宛《さなが》らに矢を射るを繰り返す。実戦は騎乗の儂も平家の輩も波間に揺れる中でどう狙う。那須から持ってきた征矢は実戦にだけ使い。今後の艦褸船への矢は周辺の茅や葦で間に合わせる。大小ある入江や丘には茅も葦も豊富にあって材料に不足しない。暇を見付けて毎日作る。

干き潮によって多くの海水は西側に流れるのは知悉した。播磨灘方向へ流れるも当然にある。屋島行宮《あんぐう》の言仁や家族と家臣をどう誘《おび》き出すかで勝敗は決まる。行宮周辺や島内で死傷者が多く出せば島を捨てる。屋島や周辺に屯する家臣や兵士が百単位か千単位か事前に知りたいものだ。それを漁師に依頼して確かめる。

苫屋に帰ると、消息文が届いていた。頼朝本人からでないのは明らかだ。名からすると最側近の一人だろう。大将は読むと額に皺を寄せ。読め、と言いたげに莫蓙《ござ》に消息文を置いた。原衛門は莫蓙に置かれた文を両手にして読む。与一に見える形に、与一の方に向けた。消息文にはこうある。

弓に優れた兵を送り下され、とだけである。原衛門と与一は思う。総大将は苦戦をしているのだな。それでも弱みを見せたくない為に部下に指図はしない。見兼ねた部下が、弟である大将に援軍を申し出たのだなと。それも総大将には内緒で消息文を出した。発覚したなら多くの兵士の目前で一刀に斬首だ。場合によっては切腹だ。それを覚悟で側近の一人が大将に援軍を求めた。それも単なる兵士でなく。弓に優れた兵士とある。その者は、那須国から弓に優れた若者が多く来たのを風聞で知った。原衛門は思う。与一が、儂が行きます。を言わせない為に儂が行く決断を瞬時にした。原衛門は、文を丁寧に畳むと大将の膝元を押し進め。「統領の深山に行って参ります」を、やや控え気味に言うと。

「そうしてくれるか。夜は馬で駆けられぬぞ。……原衛門には夜も見えるのか」

「辛うじて……与一は大将と常に一緒をしてくれ。……明日あたりに魚油の樽が運ばれてくるぞ。運び来る者を丁寧に接するのだ」

「分かり申した」

原衛門は大将に頭を垂れると、素早く立ち、隅に置いた弓を肩に掛け、箙を背負うと外に出た。外は既に暗く、三頭の馬は馬体を横にして半眠りの状態にある。原衛門の姿を見ると三頭共に馬体を起こし、赤毛だけが寄ってきた。馬はそれぞれに主人を承知しておるのだ。柱に繋いでた手綱を手に鼻づらを撫でると体を寄せてきた。原衛門は赤毛に跨り、鐙に乗せた爪先で横腹を蹴ると並足で歩き出す。更に横腹を蹴ると駆け出す。原衛門は思う。大将は、儂が夜目にも馬で走れる目を持つのを知らぬのだなと。

……送り下され、の文から推測するのは、西国の山陽中腹で繰り返される小競り合いは平家が優勢の証拠である。前哨戦での敗け続けは本戦に敗ける兆候でもある。敗れては和国の歴史を変えるは出来ない。

儂の戦いは卑怯な手段は使わぬであるが、平家討滅するには卑怯な手段を選ばざるを得ぬ。原衛門は、頭を赤毛の頭部と揃え。目を見開いて前方を注視し。速足とまではゆかぬが、やや速足で、浜辺から山道へと駆け進む。

八溝騎馬隊を前哨戦で働かせる訳にはゆかぬ。与一の話や訓練の中で平家撲滅を念頭に訓練や鍛錬に耐えてきたのだ。それを小競り合いで消耗させる訳にはいかぬ。八溝騎馬隊が、仮に負傷や戦死であっても本戦での被害にしてやりたい。戦いとはそう言うものだ。儂が前哨戦や小競り合いで薨や屍（いずれも死ぬ事）になるのは厭《いと》わない。併し、それでは後白河の最期を見届けられぬ。平家終焉と後白河の最期を見届ける為には卑怯な手段を使うも良かろう。大将も卑怯な手段を使う準備をしておる。それは魚油だ。

夜明けまでに山陽中腹に屯する平家の一部でも壊滅したい。儂しか出来ぬ卑怯な手段でだ。原衛門が夜道を赤毛で駆け行くと。夜行性の小動物が、いつもはしない筈の蹄鉄音に吃驚して立ち止まってしまうのが居る。それは鼠や兎だ。原衛門はそれらを矢で狙い打つ。五匹もあれば十分だ。血の滴る肉魂を串刺しで焼く。すると肉魂に含まれる油脂で燃える。燃え切っては使い物にはならない。刻を見て消す。油脂の含んだ肉塊を矢の先端に刺す。矢は狭隘に繁る茅で三十数本用意した。そして平家の陣屋へと向かう。数人は見張りで兵士の多くは休憩である。奴らに、こっちは見えずも儂には見える。布や毛皮で覆った陣屋が数棟見え。見張り番は焚火をしていて炎が仄かに見える。目立つ為に本来の野営は焚火はしない原則だが夜は冷えるから暖を取らねばならぬ。原衛門は下馬し、樹木に手綱を結び。忍び足で焚火の方に向かう。顔を照らされつつ周囲を廻る兵士の姿が四つある。少し離れた位置にも三人の兵士が刀を担いで動き廻るのも見える。それより遠く、三十間程離れた位置にも焚火が見える。原衛門は手前の焚火だけを確認して戻り。大木の陰に小さな焚火を始め。急拵えの矢の鏃の手前に肉塊を差し込んで時を待つ。鏃は鼠と兎の歯や爪だ。鏃の手前に差した肉塊を炎に近づけると油脂で燃え始めた。当然に油脂の臭いもする。原衛門は面とまではゆかぬが兎の毛皮に目だけの穴を空けて顔に張り付けた。自分の顔は見えぬが、見た者は人間の顔とは見ない筈だ。

見張り兵士の一人に動きがある。大木の陰に炎らしき明かりが見えたからだろう。炎がある事は誰か居ると思うからだ。兵士は足を忍ばせて向かってくる。担いでいた刀を前方に構える仕草をした。原衛門は別の樹木の陰で兵士を待ち。大木の焚火に近づく兵士の裏に廻り、数歩だけ歩み。背後から腕を頸に廻して力強く絞めた。これだけで兵士は身動きできない。原衛門の方が頭一つ以上背高の所へ背伸びをしている。頸を絞める力も並大抵の力でないと悟り。人間業ではないと感ずる筈だ。兵士はグー、の声も出せせぬ。普通の力でないからだ。原衛門は僅かだけ力を緩め。ゆっくりと態《わざ》と訛って言う。「言う通りにすれば殺しはせぬ。……大声で、夜襲だー、夜襲だーと。叫びつつ走るのだ。いいか、分かったな。大勢で何人か分からないとも叫べ。……そして助かったなら、大勢でなく、一人で熊か鬼か魑魅の化身だと喧伝《けんでん》するのだ。助かったらだぞ。助かるか、死ぬかはお主の動きだ。分かったな」絞めてた腕を離し。「こっちを見ろ。儂の顔を見るんだ」すると兵士は振り返って儂の顔を見た。

「へー、熊か化身だー」と吃驚して体を震わせた。更に原衛門は言う。「東国端の八溝の化身だ」と言いつつ兵士の顔を睨みつけると兵士は更に体を震わせ。「やみぞの？……化身だと……」兵士は、やみぞが何の事か分からずに頸を傾げたが、背中を押すとよろけつつも走りだす。走り出して一度だけ振り返り。陣屋へ向かって走り。「夜襲だー夜襲だー。大勢で何人か不明だー。夜襲だー夜襲だー」大声で叫びつつ走ると。当然に陣屋周辺の兵士に動きがある。慌ただしく動き。刀を握ったり矢を番《つが》える兵士の姿も原衛門には確認が出来る。原衛門はそこに向け、肉魂《にくこん》を差した火矢を狙い定めて射る。速い、速い。油脂の含んだ肉魂は風を切っても消えず。火が矢に移って矢が燃え尽きはしない。兵士らは何処から火矢が飛んでくるかは見えない。原衛門は三十数本の火矢を兵士と陣屋に命中させた。陣屋の出入り口を狙った火矢も命中して出口を炎で塞がれた事で兵士は脱出が出来ず。陣屋内で阿鼻叫喚で右往左往する姿を想像した。肉魂の火矢が突き刺さった兵士は着衣に火が移って焼死し。小集団ではあるが阿鼻叫喚の中で全滅させた。火矢でない矢も必中で三十数人を殺害した。頸を絞められた男が逃げ切れたか、矢に打たれたかは分からない。本来は殺害が目的でなく。今夜も魑魅の襲撃があるのではと多くの兵士に知らしめるのが目的だ。陸地での戦を怖れて海へ逃げ場を求めさす為だ。熊か鬼か魑魅の正体を源家の差し金でないと思わせない為でもある。平家の大将には、我らの敵は源家以外にも在るのを承知させるのも手の内だ。儂の夜の姿を目撃した者は人間とは思わない。体は大きく顔に兎の毛を張り付けて襤褸を纏《まと》っている形《なり》は形貌醜《ぎょうぼうみにく》く容貌魁偉《ようぼうかいい》でもあるからだ。

原衛門は別の陣屋へ赤毛で向かいつつ、茅で矢を作り、小動物を矢で射止めては肉魂を鏃に差し。同じ方法で四十人以上の兵士を全滅させた。今夜中にもう一つの陣屋はやれる。赤毛で駆け行くと小さな焚火が四つ見えた。これまでよりも大勢と予想される。赤毛を止めると。茅で矢を三十数本を作り。小動物を獲止め。同じ方法の火矢で夜明け前に決行した。

この方法を三夜も続けば五百人前後の平家軍兵士を殺害出来る。逃げ切れた兵士は、原衛門に言われた通りの喧伝をする事で平家軍は怖気づく。そこに源軍の名は出ない。熊か鬼か魍魎の化身の姿だ。の噂で平家軍は、屋島か小島へ逃避と避難を早めるだろう。いや、逃避や避難とは口が裂けても言わず。幼帝を護《まもる》のと。源軍を海に誘い出す為と言うだろう。海に出ても屋島に移ってもこっちの遣《や》り方はある。平家の輩は、屋島への逃避と避難が滅亡の早まるを予想だにしない。

原衛門は一人で三夜、平家兵士を五百人以上殺害の後。素知らぬ顔で大将の待つ苫屋へと赤毛の脚を速める。赤毛の蹄鉄を履き替えさせる為に立場に寄ると。『八溝から来たらしい魑魅の化身が一人で平家の複数の陣屋を襲撃した。化身は数本の火矢を一度に射る。人間業ではない。間違いなく化身だ』等の噂を耳にした。それに恐れ、山陽中腹の陣屋を引き払った噂もあると聞く。先ずは成功。原衛門には、魑魅か化身が夜毎に現れるらしいが重要だ。噂が大きくなるのは古代から変わらない。噂が立つ程に平家を弱体化させる。

四日目の朝、原衛門は大将の待つ宿の苫屋へ戻った。原衛門の到着よりも噂の方が早い。「平家の総大将は慌てふためくだろうな。くれぐれも無理はせんようにな。与一ら八溝騎馬隊の働き場が無くても困るからな」何を暢気なことを言うと思えども口には出さぬ。与一も言う。「羆《ひぐま》か鬼か魑魅の化身らしいとの噂を聞き申しましたぞ」原衛門は顔に笑みを込めるも語らない。羆の様な、に当て嵌まる人物は他にはいない。原衛門以外に出来る業《わざ》でないも承知。熊の噂は何処かで羆《ひぐま》に変わった。西国に羆は棲息しないから目撃はしてないのに。まるで羆を目撃した経験があるかの喧伝《けんでん》するのは、噂だけでも羆は熊より恐ろしいと聞かされているからだ。噂とはそう言うものであり難い。

苫屋の隅に魚油樽が二本ある。数日中に数本が運ばれる。魚油をどう使う気だ。

「今日は、ゆるりと休むがいいぞ。三日三晩を寝なかったろうからな」を言うと与一と共に愛馬で砂浜を西へと駆けて行く。

原衛門は午前中は休息の為に寝るも。昼餉を済ませると置き文を認《したた》め。深山の統領の下へ赤毛で駆ける。襲歩手前で赤毛を急かす。

道端の立場《たてば》で赤毛に秣を与える為に立ち寄ると。「山間地は十分に気を付けなされ。罷か鬼か魑魅の化身が矢鱈と現れるそうですよ」を言う。原衛門は、あり難い事です。十分に気を付けまする。で立場を立ちさる。噂とは伝わる度に変わるものだ。矢鱈とは、複数回を意味する。噂はあり難い。

飯、だんご、酒、と旗のはためく休み処に寄り飯を頼むと。立場と同じに噂を聞く。原衛門は懐で拍手喝采した。噂よどんどん広がってくれ、と。明日の夜には更なる襲撃を企てる。それには統領の許可を得て戦いの猛者の手を借りる。その者らは八溝騎馬隊の手によって弓の腕が上達した筈。腕前を確かめたい。

夜まで赤毛で駆け続け、統領の館に到着した。館と名付ける程でないが十分に役目を果たしておる。統領に似合いの館。馬の蹄鉄音だけで儂と分かって館から出て馬手を挙げた。これで十分な再会の挨拶だ。原衛門も馬手して応えつつ下馬。「猛者を一人だけ借りたく存ず。大男を望みまする。数夜で済みます」

「おう……幾夜でもよかろう。那須の若者の厳しい訓練で弓の命中率は上がった。見事な指導力だ。那須の若者が矢を射る目に魂が籠っておる。儂は遠くから若者数人を見たが、矢を引く指の先までも魂が籠ってるのをこの目で確かめた。源の大将は強き味方を得たもんよな。それは原衛門の尽力によってぞ。それでもあの男は禮は言わぬぞ。自分の統率力が優れてると思っておるからな。……大男を望むなら碕森吟次郎《さきもりぎんじろう》なる者がよかろう。歳は経てるが西国の武将であった。謀反《むほん》の罪で磔《はりつけ》になる所を手引きがあって逃げた男だ。謀反は欺罔《ぎもう》だったのよ」

「禮は不要でござります。……分かり申した。碕森氏と一緒に馬もでござる」

「三つ程の山を越えた辺りに陣を構えておる。儂の許しを得たとして連れ行くが良かろう。……今夜は、どの辺りに羆を出没させるのだ」

「予定はござらぬ」騎乗すると馬手して杣道へと駆け行く。統領の耳にも羆か魑魅の噂が届き。魍魎か化身ごときは原衛門だと承知をしておるのだ。碕森なる元猛者を。いや、元は不要。儂より腕の立った武将であったのよ。だから嫉妬で謀反を欺罔を謀《はか》られ。優れる者への妬《ねた》みは常にある。膝で胴腹を軽く蹴ると赤毛は脚を速めて杣道を登る。夕日の紅い間に三つの山を越えたい。この辺りは修行中に何度も駆け登った杣道だ。行く先に幾つか目にする物がある。杣道から、やや逸《そ》れた場所の獣道に設置した、うじ（獣道に竹や生木の撥ねる力を利用して打つ石弓。うじ鉄砲とも言う）がある。

　半刻程で陣屋に辿り着いた。檜皮で囲った中から煙が見える。一人の若者が弓を構えて出てきたが直ぐに弓を下ろし。「原衛門殿でございまするな。どうなされましたな」破顔させて走ってくる。那須から一緒に来た騎馬隊の一人だ。会えるのはいつかと待っていた顔だ。「由あって統領の許しを得て参った。碕森吟次郎なる男に引き合わせて頂きたい」

「碕森さん。……分かり申しました」で陣屋に姿を消すと。直ぐに二人が出て。

「儂が碕森吟次郎でござる。……何故で参られた」儂に引けをとらぬ大男である。

「統領に、儂と一緒を仕《つかまつ》る何方《どなた》か一人と申したなら。直ぐに碕森名を挙げられた。馬と共に山を下りて頂きまする。弓を持たれるが良い。矢は現場で茅で作る」

「統領のお許しなら。何故《なにゆえ》かは聞かぬ。仕度をするから少しの刻を下され」で陣屋に戻る。儂より年長である。統領が瞬時に選んだに迷いも躊躇もなかった意味が解けた。年長だが身の熟しに老《おい》は無い。この男も統領によって心身に恩を得た。

　若者が言う。「平家との本戦はいつ頃になりまする」そうだろう。知りたい筈だ。

「半年とは待たせぬから充分に弓を鍛錬する事を怠らぬ事ぞ」

「分かり申しました。半年以内ですね」樹木の透き間を通す夕焼けが若者の顔を照らす。平家を討滅する夢を絶ってはならぬ。その為に那須国から遠征したのだ。

半刻ほど、二頭で駆け続けると日も暮れた。普通の馬では歩けぬ道も原衛門の赤毛は平然と歩む。原衛門の顔は赤毛の顔に揃えて前のめり騎乗だ。馬の目は夜は見えぬから行先安心確保の為だ。吟次郎は普通の騎乗で約一間の後ろを歩む。

途中にあった茅で矢も作った。これは火矢用《ひや》。これで今夜も数百人の平家兵士を殺害出来る。布と毛皮で覆った陣屋の周囲を燃やせば逃げるは出来ないからだ。殺戮《さつりく》が目標でないのを吟次郎と申し合わせてある。平家の家臣や兵士を瀬戸内の小島に誘《おび》き出すのが目標だ。数回の襲撃で千人を殺害すれば、それに恐れた家臣や兵士は必ずや海に逃避場所を求める。それでも逃避とは言わぬ。幼帝が生き延びれば自分らも生き延びられると計算しておる。海に出れば東国の諸国諸藩の兵士は戦い方を知らぬ。平家に与《くみ》する諸国や諸藩の兵士は海戦には強い。特に瀬戸内沿岸に蟠踞する諸国諸藩の兵士は海戦には慣れている。と自惚れるのを総大将も大将も知り過ぎる程に知った。原衛門は言葉には出さぬものの。平家に与する兵士を少しでも減らしたくての行動だ。吟次郎の手を借りれば能率が上がる。原衛門の目でも騎乗では目視が不可能となり。弓で獲た兎を焼いて一部の肉を夕餉とし食べる。残りは火矢に付ける肉魂とする作業を始めた。

夕餉の後、真っ暗な樹木間を歩み。頃合いを見て手綱を樹木に結んだ。長めなので立つも寝るも出来る。原衛門と吟次郎は焚火の灯りを目標に歩くも。かなり歩いても焚火らしきは見えぬ。絶対にあの辺りなら陣屋を張ってある筈と予想したのに見つからない。数日前、羆か鬼か魑魅の化身に襲われ。相当数の兵士が陣屋への火矢で逃げ遅れて焼死したのを聞いたからだろう。夜の兵士は暖の為に焚火はしない、であるが夜は冷える。焚火をすると見つかる率が高いのは誰もが承知をしている。それでも暖は取りたい。

二人は道無き樹木間を進む。曲がる時には枝を折って目印にする。道なき道を歩く時の鉄則だ。これも自分なりの癖であって他の者には分からない。闇を歩むと兵士の動きが見えた。焚火はせぬものの想像した辺りに。やはり陣屋はあった。向こうから見えるであろう辺りで落ち葉を集め。燃やして鏃の手前に肉魂を差す。茅で作った矢だ。肉魂に点火すれば準備完了。兵士の気を引く為に青竹を炎に入れた。竹は節間の一尺程の長さだ。青竹は燃えてパーンと破裂する。それを待つ。

青竹は燃え出して破裂音のパーンと共に二つに割れた。破裂音に釣られて兵士の二人が焚火を頼りに向かってくる。原衛門と吟次郎は、大木の陰に隠れて兵士の近づくのを目で追う。すると忍び足で焚火に向かってくる。二人だ。こっちも二人だ。焚火を見て何かを囁く。「誰もいないいなー」「焚火を残しては遠くへは行ってないいな」等を話しつつ焚火に近づく二人の兵士を樹木に隠れていた原衛門と吟次郎は同時に飛び出し、背後から腕を廻し頸を絞めた。二人はやや同時に、ウォーの声を発したが抵抗は出来ない。頸を絞められて苦しい。原衛門も吟次郎も面とは言わぬも。大男二人が兎の皮で作った面らしきを被っている。やや腕を緩めたて振り向かせ。顔を見せると。「ウワー」と二人共に発した。そこで原衛門が言う。「八溝から来た化身だ。ここで害は与えぬが、大声を叫んで逃げるんだ。いいな。大勢だー。大勢だーと。大声で叫びつつだ。化身だーとだ。叫ぶのだぞ。いいな」態と訛りを入れて言うと。二人は、本当に人間ではないいんだなの思いで体を震わせるのが分かった。

「早く行けー、大声で叫びつつだぞ」すると二人は一気に走り出して大声で叫ぶ。

原衛門と吟次郎は焚火に戻って面を外すと。鏃の元に肉魂を差した数本の矢に着火して走る。鏃の元で肉魂は僅かに炎を発してジュワジュワと燃える。走って風を切っても消えない。

二人の兵士が陣屋に辿り着いたのを確かめ。狙い定めて火矢を射る。火矢は見事に飛んで陣屋の出入り口を燃やし。次々に射る火矢は外れ無しに全部が命中した。燃える陣屋から逃げ出した兵士もおる。それは征矢で全発必中だ。吟次郎の征矢も全て命中。八溝騎馬隊の指導で腕を上げた証拠だ。命中率もだが身の熟しが早い。選ばれた甲斐がある。命中率だけでなく矢を番えるのも早い。

陣屋は炎を高く上げて燃える。四棟が全焼して兵士の被害は、ゆうに百人以上と計算した。何人かは逃げ果《おお》せたとみる。そは計算内だ。逃げ果せた兵士の中には頸を絞められたのも居よう。でないと噂は広がらない。今夜中にあと三か所は襲撃出来る。今夜一晩で五百人前後の兵士を殺害する計画でこれは平将門へのお返しだ。将門は関東に館を構えようとして。下總国の百姓を中心に焚焼したお返しだ。焚焼とは人間を薪の形に積み上げて燃やす意味だ。将門は兵士を送るにあって食料を十分に準備しなかった。食料は地元の百姓の蔵や納屋を襲って調達せよである。当然に百姓は反抗する。反抗する家長を集めて殺害し。婦女は兵士に凌辱を受けた後に頸を括って自死もあり。その遺体を薪の形に組み上げて燃やしたのだ。今でも平家に与する兵士はそれに近い方法で各地の百姓を苦しめておる

こうして原衛門と吟次郎は、三夜で平家に与する輩の兵士を二千人前後を殺害した。殺害が目標ではないとは思いつつである。これで平家に与する国主も藩主も恐怖を大にしたのは想像が出来る。吟次郎氏は統領の下へ戻って頂き。三夜の成果を話したろう。それによって本戦の考えが統領なりに描く。

平家に与する諸国諸藩の大将にも夜襲の被害が噂として届いた筈だ。そこでいよいよ本気で海戦を考える頃合いかと、瀬戸内の小島へ行く段取りが多くなったとの噂が総大将と大将の耳へ届いた。当然に与一にでもある。原衛門は、儂は何も知らんぞの顔で海辺の苫屋へと戻ると。魚油の樽の十本が揃った。目標の十本が揃った事になる。大将は、今度は何を揃えろと言い出す。

果たしてこっちの兵士は何万人になる。八溝騎馬隊の為にも十数隻の頑丈船が必要だ。八溝騎馬隊を沈没死をさせてはならぬ。頑丈船に悠々と乗せて平家の兵士を狙撃つ。そこで次々に征矢で射られて海面に沈む仲間を目前にして平家兵士の無様さを知るだろう。すると海戦を不利と考え。生き延びるには陸地へ逃げようとするだろう。それを沿岸で弓を持つ曾《かつ》ての猛者に委ねる。その者らは八溝騎馬隊の教えで高い命中率となったのを吟次郎で確認出来た。その者は戦慣れをしておる。大将よりも慣れている。八溝騎馬隊同様に大切に勝利後の道筋も考慮せねばならぬ。それを大将に告げ置く必要がある。

平家筋も頑丈な船を数隻は調達するだろう。幼帝を護る為の戦いだとの口実を付けてだ。幼帝を何処まで崇《あが》めて擁護と援護をする気だ。崇めの方法で戦いの長短が決まる。

夜襲はまだまだ続ける。そこで心配事が一つある。それは与一の兄者《あにじゃ》らが何処の藩に与しているかだ。与一を思うと救ってやりたいが、三十万とも二十万とする平家に与する兵士の中から選ぶは出来ない。与一なりに覚悟はしているだろう。夜襲で兄者らが殺害されるかも知れないとだ。兄弟だから助けたい。助かって欲しいの思いはあっても戦いに人物を選ぶは不可能。兄弟だけが助かって欲しいや掩護《えんご》や擁護《ようご》は邪道だとも承知はしている筈だ。

この間にも頼朝を総大将として平家と各地で戦いと小競り合いはある。勝ったり敗けたりで互いに戦死者を出している。小競り合いでの戦死者を少なくする為には早い時期の本戦であろうが、総大将も大将も本腰を上げそうもない。小競り合いで平家の戦死がまだまだ少ない思いからだ。平家は海戦に強いとされる兵士を屋島に集結させて幼帝の絶対死守を考え。頼朝を総大将とする海戦を覚悟した。

十月、十一月と同じ小競り合いの繰り返しである。月は更に過ぎて瀬戸内の海は厳寒となる。与一が想像した氷は張らぬが深山に来た頃の季節との違いは感じた。統領の深山へは入らずも西国の真冬の寒さを知っても、那須の茶臼岳や那須野ケ原の寒風と比べると肌に当たる風の強さが違う。海辺に初めて来た頃のそよ風とは思えぬ冷たい風だ。陸地よりも屋島やその他の小島に陣《じん》を構えた平家はどんなにか難儀をしているだろう。難儀や不自由させるのも戦の基本で。約四千人が屋島や周囲小島に避難したとするのを耳にした。併し、屋島と周辺小島は食糧品を始めとして生活物資が不足している噂が入った。それ見た事か、これが続けば無条件で降伏も予想させる。つまり兵糧攻めである。併し、こっちの総大将は飽くまでも平家の総大将の頸と幼帝と側近の者を同時に壊滅の考えだけを持つ。そうでないと和国の歴史を塗り替えることは出来ないと言うのだ。

八溝の化身に夜襲されたの噂は方々に広まった。原衛門の思い通りである。

「人間にしては大きく。顔は毛皮《もうひ》で覆われ、話しぶりも和国語でない。間違いなく化身だ。力も強く。頸を絞められたら、グーの音も出ない。矢を射るのも早く。人間業でない。魍魎か化身に間違いない」等である。大将の耳にも入って夜襲は大成功である。夜襲を怖れ、特に山岳部の兵士は瀬戸内の小島へ逃げようやで幾つもの陣屋を引き払って小島に逃げたと言うか、避難した兵士は数千人を超したとも聞いた。当然に総大将の頼朝の耳にも入っている。原衛門と統領館の男の夜襲が繰り返される度に瀬戸内の小島に移る兵士らの数が増したことは確実。

原衛門の耳に梶原景時が頼朝の応援要請に応え。万単位の兵士を引き連れて西国の海辺に陣を構えたそうだ。東国の諸国諸藩から嫌われている梶原を、よくも呼んでくれたなと思っても総大将の思いに拒むは出来ない。原衛門は梶原なる卑怯輩と一緒には戦いたくない。梶原自身は大きな働きはせずとも恩賞だけは誰よりも欲して応援に来たなの思いだ。八溝の化身が平家軍の陣屋を夜毎に夜襲しているとの噂が耳に入ったろう。梶原には何が何だか分からずの八溝化身の襲撃であろう。「やみぞの化身とは何じゃいな。化身なんぞは、この世にはおらんぞ」とは言うも気にはる。自分の兵士以外に強い集団は存在せぬと思っているからだ。いずれは梶原と顔を合わせるだろうが一日でも遅らせたく。統領館の猛者と組み。一夜に三、四ケ所の山間地の陣地を火矢で襲って悉く襲撃した。三夜でゆうに一千人以上である。夜襲は卑怯であるのを充分に承知だ。それは八溝騎馬隊を鑑《かんが》み無傷で一人も漏れなく資隆《すけたか》氏の下へお返しをしたい。八溝騎馬隊は資隆氏の鳳雛《ほうすう》である。育て途中の鳳雛を奪ってきたのだから無傷でお返しするのは道理。だから統領館で鍛えられた猛者を伴い。化身になって平家に与する武将と兵士を悉《ことごと》く襲撃。卑怯手段だが和国の数十年か数百年後を思うと。卑怯な手段であっても歴史の中で許してくれる。和国を人華の園、人華の国家にする為の手段だ。

原衛門が猛者と夜襲を繰り返す間にも大将と与一は屋島との島々の見張りと見廻りを怠らない。船頭と共に、漁師の形《なり》をしては、かなり近くまで接近すると。平家の監視船が巡回し。「ここには天子様がお住まいの島である」の理由から当然に接近は出来ぬ。漁師の目測で屋島の周囲は約七五間（一五キロメートル）。島の形から津は少なく断崖絶壁が多い。その屋島に向けて火矢を放せば失火を怖れて船で逃げようとして津に集まる。津を狙えば敵陣兵士を雪崩打つ形に殺害出来る。八溝騎馬隊には、人間と思わずに狙い撃てば一ケ所の津で百人単位で海の藻屑となる。津は四ケ所と見た。仮に、逃げて船に乗ったとして数百本の火矢がそれらを撃つ。更に、藁や筵を積んで魚油を流し込んだ帆船は風に煽られて進み。平家兵士や幼帝と徳子らの御座船に接近か衝突する。味方の帆船に火矢を狙い撃って火を点ける。帆船には魚樽があって藁と筵が積み込んである。藁と筵に点いた火は消える事はない。火は軈《やが》て帆布にも燃え移って幼帝と徳子やお側《そば》付きの逃げ場を奪う。海に逃げるか焼死かを選ぶ瞬間だ。考える間は無く、火矢と征矢が飛んでくる。燃える帆船は数十隻となろう。それらが他の船にも燃え移る。屋島を含めた島も海面も修羅場となろう。大将はそんな構図を描いた。平家は来年中には崩壊する。そして兄を総大将にして新しい和国が歴史に刻まれる。平家を国主と仰ぐ輩の本心は平安でも和平でも平穏でもなかった。なのに京《きょう》を中心の政《まつりごと》が約四百年も続いた。兄を総大将としたなら京《きょう》では政《まつりごと》はせぬ。当然に鎌倉が政の中枢となろう。兄が密かに調査させた事によると平家側が間接と非間接的に治める土地は五百ケ所以上あるとされ。その全部を没収（本来は重罪を犯した戸主や家族の財産と宅地田畑を取り上げる事）する思いがある。それだけでなく平家に与した輩も大袈裟に言うなら和国には住まわせぬ考えだ。

総大将が梶原景時に援軍を要請して沿岸の幾つかに陣地を設けた事で。元から平家に与していた藩と幾つかの小競り合いはあるものの、梶原兵士の情け容赦の無い征矢と槍と刀で悉《ことごと》く懲らしめる事で平家にも付かない。の約束を交わした藩主もある。藩主にしても兵士の多くを失いたくはないの思いで。言葉にはせずも、平家は絶対に敗けないのだの思いがあり。勝利の暁には平家の総大将と祝杯を酌み交わそうの狡賢い考えがあるからだ。藩主の多くは、祖父と親の代も平家との付き合いで多くの富を得させて貰った事に大恩を感じているからだ。また、漁師として活計の者の多くは平家とは縁を切れぬと言う。漁師は海を知る仲間を必要とし。更に知る必要から海を知る平家に与するが有利と言うのだ。

原衛門は襲撃の度に猛者を替え。その度に八溝騎馬隊の様子を聞くと。「若輩なのに異常を付けたい程に弓は優れおる。儂も弓には自信をもっておったが八溝の若者には敵わない。あの者らはどうして弓があんなに上達したのか。八溝の若者によって儂も弓の腕が更に上達した。十分に源軍の味方になれまするぞ」原衛門はそれを聞く度に思う。この猛者を含めて味方矢の命中率は百発百中に近いだろう。それに対して敵矢の命中率は五割以下。それを比すると短刻で戦いは決するだろうを想像する。半日とも持たずに平家は白旗を上げるか。その為にも更に夜襲が必要である。海戦を短刻で済ませる事で八溝騎馬隊の出番が少なくて済み。同時に戦の猛者らもである。この者らへは勝利の恩賞を厚くして頂くを総大将に進言する。その者らに会って顔を合わせた度に、文武にも優れているなであった。その者らは戦や小競り合いで藩主とは意見相違で一時は放浪の身であったのと。深山の統領の下で修行した事が、更に優秀な人間に育んだのである。その者らが新しい和国の総大将の下で官職に就く事で和国は和平と安穏の国家となるであろう。清盛の如く、子弟や血筋を官職に就かせては良き国家とはならぬを約四百年も見続けさせられた民である。子弟や血筋では不正の温床であるを充分に承知。そこへ来て娘の徳子を憲仁に半強制的に嫁がせ。天皇も牛耳るであったが、後白河はしぶとく。本気で清盛の言いなりにならなかったのは一つの救いではあったろう。

寒さを増す毎に原衛門と猛者の夜襲は繰り返され。三ケ月で九十回以上の夜襲を決行した。山間地は八溝の化身の夜襲が恐ろしいからと。平家に与する諸藩の兵は悉く怖れて沿海へ陣屋を求めた。沿岸部の陣屋へは梶原景時を始めとする東国の武士と交戦しては、双方に多くの被害を出しつつも続けられる。当然の如く上總介広常が梶原景時によって暗殺され。広常の領土の相当な領地を支配できる千葉常胤も数千の兵士を引き連れて気分良く西国入りした。それを聞いた景時は、儂が広常を殺害した事で常胤の領地と兵士が多くなったのに挨拶がないではないかと内心では面白くなかった。併し、今は啀《いが》み合う場合でないと心に収めて平常心を通す。この間にも西国の沿岸や山岳で小規模の戦いを繰り返す。平家に与する藩主は多くの兵士が戦死が出たのに降参せず。小競り合いを繰り返しながら新年の一一八五年（元歴二年。文治一年とも）を迎えた。

大将と与一と原衛門は、苫屋を背に海辺に立ち。元歴二年の日の出を眺めつつ。「来年の正月は鎌倉で日の出を見るのだ。よいな、与一も原衛門もな」で盃を向け合った。眺める先には屋島が浮かぶ。屋島へ往来の船か。祝い旗を掲げるのは新年の貢物を運んでおるのだろう。何隻かの小船も祝の旗を靡《なび》かせつつ航行するのは正月でも休めぬ事情もあるのだろう。「兄が鎌倉に和国の中枢を築いたならどんな仕事をする者にも正月の三ケ日は休ませる。政《まつりごと》を司る儂らだけが良き活計であってはならぬのだ」

那須の砂金を方々の漁師に握らせた事で情報が得られ。平家に与する諸藩の兵士は十万を割ったの情報が総大将へも届き。後は決断を待つ日々が続く。それでも大将と与一の瀬戸内の見廻りと監視は続き。痺《しび》れを切らす梶原景時が再々に早く決断せよと義経に迫る。総大将に儂が直談判すると言うのを大将が抑える日々も続く。平家も屋島へ襲撃あるのを覚悟はしたろう。来るなら来いで早く来いの噂まで届いた。敵は焦っておるな。焦らせるのもの戦の手の内。

「後一ケ月は我慢せよ」が総大将から届いた。

その間も大将と与一は瀬戸内の潮の流れを朝に昼に夕にと眺めては潮の流れを見ては戦略を練る。与一が戦略を練っても総大将の遣り方で戦うのは百も承知で任せるだけ。手加減はせず。何処の諸国諸藩であっても平家に与した者は立ち上がるを許さず。平家に援護したと聞けば地獄まで追い詰める覚悟だろうと与一は推測した。だから平家筋に与している兄者らが心配だ。那須の父元へ兄者の誰かの消息文は届いて無いだろうか。兄者らは、八溝の化身が夜毎に平家に与する陣屋を襲っておるそうだ。いつかは儂らの陣屋も襲われるのではと思っているだろう。兄者らは祖父母や傅育《ふいく》から八溝の化身の話を聞いておる。実際は誰も目撃しないのに「高笹岳（八溝山）には化《け》生《しょう》が棲み、人を喰《く》らい六畜《りくちく》（牛、馬、羊、犬、鶏、豚）を攫《つか》み引き裂《さ》き悩ます」と。儂ら兄弟姉妹だけでなく。城下に住む家臣の姉弟や百姓の姉弟までも八溝の化身の話を稚児《ちご》期に聞かされ。稚児時は、八溝山には本当に化身が棲んでると思うも少年期から大人になると。化身なんぞは棲んでないと思っても祖父母にも傅育《ふいく》役にも化身は嘘だろうとは問わない。

化身が弓に長《た》ける噂を聞いた兄者らは、化身は弟の与一だろうと一度は思ったのではなかろうか。寸刻に十数本以上の矢を射る者が与一以外に存在すると思わないからだ。与一が化身に扮したとしても夜襲なる卑怯はしない。父殿からも祖父母から何度も言われた。戦いは正々堂々と戦うのだ。八溝の化身とは誰だ。いや、何者だとは思っておる。兄者らは冠木原衛門なる人物を知らぬからだ。

十本の魚油樽では不足と言う総大将の意見で更に五本を苫屋に運ばせた。魚油樽は、休憩したり苫屋飯《めし》を食べた一軒の苫屋主に依頼し、砂金を握らせて隠し置いた。十五本もの魚油樽を見て何を思う。総大将も魚油の樽が何本揃ったかと消息文にもあったのを思うと樽の数が気になっているのだ。魚油樽の数だけ、特に頑丈な帆船を調達せよの消息文も届いたのを思うと魚油を重要視しておる。

決戦の日

与一が西国に来て約五ケ月が過ぎて一七歳になった。約五ケ月なのに大人びたのが誰にも分かる。それなりに顔が精悍になったとも感じる。

夜明け前に源軍は疾風の如くに行動を開始した。それは引き潮の刻に合わせた元歴二年の二月である。総大将の命令で約百隻に梶原兵士と千葉兵士と猛者が分乗して屋島に向かう。日付が変わり。丑《うし》（現在の午前一時から三時の間）の刻に引き潮が始まった事で。潮の力で屋島や他の小島に辿りつけるを見込み。総大将は決戦開始と決めたのだ。その為に腕の確かな船頭を船の数だけ雇った。星と月明かりの中でも確実に航行できる匠《たくみ》をだ。屋島に向かっても最接近はせずに敵陣の征矢を待つ形に半円の形に陣取って一旦停泊し。徐々に進み。約六百本の征矢を弦に番えて刻を待つ。腕の良き船頭を雇ったから総大将の思う形《なり》に舵を操り。屋島の約三十間《けん》（六〇メートル）程に到着し。島内の動きを眺めるも樹木が遮って詳細は見えぬ。島内は見えず。屋島から、やや離れた小島に無数の大小の船隻が係留してあるのは確認した。敵陣が多いのは計算済みで約二百隻は見える範囲にあるも、島陰に係留されているのを合わせると三百隻を超えるだろう。敵陣の船の数など総大将にはどうでもいい。総大将は幼帝と側近を海上に誘き出すを重要と考えておるのだ。

八溝騎馬隊は乗船しない。総大将は原衛門の意見も考慮して沿岸か波打ち際で騎乗して戦況を窺いつつ征矢を射る機会を待つ。周囲には梶原兵士と千葉兵士も大将と共に射矢の機会を待つ。総大将は、やや離れた海上に船を停留させ、星と月明かりで微かに見える船の動きと屋島の状況を窺う。

八溝騎馬隊は騎乗したままで波打ち際に与一の青毛を含めた四十一騎が縦長に並列している。当然に悌二郎もである。与一同様に西国に来て約五ケ月なのに幼顔《おさながお》が消え。やや大人になった顔だが城主の資隆夫妻にすればまだまだ鳳雛だ。戦いが終わったなら鳳雛を無事に資隆氏にお返ししなければならない。八溝騎乗隊の一人一人の間には梶原と千葉の兵士が二人三人と入って並ぶ。総大将の考えは八溝騎乗隊と命中率を競わす為でもある。

待つ事二刻（四時間）を過ぎた頃の夜明けと同時に無数の征矢が一斉に飛んできたが、一本もここまでは届かずに海面に突き刺さった。兵士と、やや離れて停泊の総大将の馬手の旗が振られ。弦に番えていた征矢を一斉に射ると。数百本の征矢は見事に敵陣を目指して飛んで行った。一本として海面に突き刺さる征矢は無い。どれもが敵陣の兵士か船の舳先や横板に突き刺さるのが見えた。約五ケ月の訓練は無駄でかった。征矢を番えて船べりに並ぶ味方の兵士は列をなして入れ替える度に百本以上の征矢が飛んで。どれもが敵陣兵士の頭や胸に突き刺さる。刺さった兵士の声は聞こえずも何かを叫びつつ。海に落ちたり飛び込むのも確認が出来る。平家の兵士は、敵矢の命中率を察知した者は危険を感じて海に飛び込む姿も見える。味方は躊躇せずに征矢を次々に射る放つ。届かずに海面に突き刺さる征矢は無い。

総大将が魚油を積んで帆船の船頭に合図をすると油樽の栓を抜く。するとゴボゴボと音を立てて魚油は船底に流れる。帆船には藁や筵が平らに積んである。船頭は風の流れを読むと。帆を上げ、風速と風向きを見つつ帆綱を操って風当たりを見る。船頭はそこで帆船から小舟に乗り移る。帆船は帆に風を受けて屋島の方角へと向かって進む。その間も味方の兵士は屋島周囲の船に向かって征矢を射る。敵陣の征矢が多く飛んでくるのは明らかでも味方船に届くのは少ない。味方征矢に比べると命中率皆無に等しい。

敵陣の船が多い為に同志が衝突して沈没も見えた。船から落ちた兵士を助ける余裕は無い、敵陣は、職人一人に馬鹿千人（譬え話は、職人一人に馬鹿八人）だ。原衛門原を含めた味方の征矢は百発必中。弓を訓練させた統領の考えに間違いはなかった。原衛門の約九十回の陣屋への夜襲で五千人以上を焼死させたのも大いに役立ってる。風に煽られた帆船が敵陣の大型船に近づくのを確認した総大将は、征矢に火を点けて帆船を狙えの言葉に準備をする。征矢の鏃には小動物の肉魂が差し込まれてある。肉魂には油脂が含まれて風で消える事はない。総大将の小旗が振られて火矢の数本を同時に射ると。征矢は煙の糸を引いて帆布を燃やす。火の粉が落ちて魚油の沁み込んだ藁や筵を燃やしつつも帆に当たる風が船を進めつつ。並ぶ敵陣船に衝突しては更に火の広がりが見えた。誰も乗ってなさそうな船が燃えたり沈むのが確認できる。そこを目掛けて更なる征矢を射る放つ。魚油を船底に撒かれた別の帆船も風を受けて屋島へと向かう。屋島周辺に係留されて漂う大小の船に衝突すると更に燃え広がる。更には船に乗った味方兵士が火矢を射ると。一本として無駄なく飛んで帆を燃やす。船底に落ちる火の粉が藁と筵を燃やしたまま船に衝突するのが更に確認された。それでも総大将の合図で征矢と火矢を射続ける。情け容赦ない攻撃だ。敵陣から届く征矢は無いだろうを考え。味方の船が一斉に屋島に向かう。その数は百隻以上だ。屋島にはどんな仕掛けがあるか危険で上陸は出来ないが、敵陣の館も兵士も悉く襲撃が総大将の考え。島内はどんなにか阿鼻叫喚《あびきょうかん》であろうと想像する。幼帝を取り巻き輩はどうしておる。

幼帝の考えは無いだろうが取り巻き輩は幼帝の扱い方では自分らも生き延びられると思っている。総大将はそれを良しとしない。幼帝もろとも平家陣は海の藻屑が総大将と大将の考えだ。殿舎《でんしゃ》への奉職者は末端であっても生き延びるは許さない。況して幼帝を出汁に生き延びるなんては許せぬ。平家の家臣も諸国諸藩の武士も兵士も悉く壊滅する。それが新しい和国の始まりの一歩の考えは変わらない総大将。味方の射矢は文句の付けようのない命中率。それも地上でなく波に揺れる船の上での射矢である。

〇〇

予想はしていたが引き潮が終わると間違いなく満ち潮の刻が来た。船の動きが違う。舳先は四国側に確実に向いているのに船は逆戻りで沿岸に押し寄せられているのが誰の目にも見える。太陽が昇り始めた明るさと。船隻《せんせき》から移った炎が岩場の樹木まで燃やす事で屋島全体が明るくなって側近と家臣と兵士の動きも目撃出来る。その動きは誰もが忙しい。屋島全体が混乱状態にあるは想像出来る。人の動きの状態から屋島を捨てたに見える。幼帝を始めとした側近や平家の輩はどうしている。屋島で焼死の覚悟か、海に飛び込むのか。

それを見計らっていたのであろう敵陣の船が一斉に動きだしたのだ。こっちからは見えぬ島陰に隠し係留の無数の船だ。味方船は腕の立つ船頭を雇ったのだが満ち潮の波の早さと潮の流れには敵わない。船頭が如何に舵を操っても船は沿岸に向かってくる。敵陣は屋島を捨てた覚悟の動きだ。屋島は焼かれるを覚悟でこっちの思いを読んでいたのであろうと。沿岸に押される船上の猛者を始めとした兵士の射矢も命中率は完全に落ちた。潮と波の力で船は想像以上に揺れるからだ。それを知ってか知らずか敵陣の射矢が飛んでくる。命中率は低いも時おり船に届き。味方兵士にも命中して負傷者も出た。直ぐに命は落とさずも船上では傷への施しは無い。船が沿岸に寄せられると同時に頭部や胸部に征矢の突き刺さった敵方遺体が波間に浮沈するのも見える。その数は数えきれずだ。

船上からも沿岸からも屋島の炎と煙が見える。城なら落城だ。平家は飽くまでも幼帝を護る為に館とまではゆかずも行宮《あんぐう》を建てたのだ。当然に側近が住む館もである。その幾つかの建物が燃えているのは確かだ。

人の動きから推測するには行宮も燃えたのだろう。太陽が昇るにつれて人の動きが忙しくなったと同時に。兵士らしきの動きが活発だ。活発な兵士の射矢が命中するとは限らない。そんな兵士や輩を相手にする必要も無くなった。ここは引き上げると見せかけて戦いの場を移すのは総大将の決断だ。

どの戦にあっても決断の出来ぬ大将は勝負に負けるとされるのは当たっている。清盛の生存中にあっても、清盛からすると子息は何れも、不徳の致し、を承知で官職に就かせた。その官職は軈《やが》ては戦の大将となり。部下からすると決断力の無い大将と噂された。決断力のない大将の下での戦は不満が募るばかりだ。それでも平家に与すれば善き前途があると思ってしまうのが諸国諸藩の大将らである。それが結局は平家衰亡を速めた一歩でもあったのだ。

長子《ちょうし》の重盛は武勇人で忠孝の心が深かったとされ。清盛の亡き後も重盛に従い追随して行けば、家臣や武士を失う事は無いだろうと思い追随する中で失敗に気付いた諸国諸藩の主も多い。それは重盛の忠孝に深さにである。武勇人は狡賢《ずるがしこ》い方が生き延びる理論が定説としてある。重盛と重衡の平家の大看板を失い。今回の敵陣の総大将は形としては宗盛《もねもり》だが意志薄弱だとの噂を聞いておる。総大将は思う。儂の刀で宗盛の頸をバッサリ刎《は》ねれば数刻で済む戦いであるのに、敵陣総大将が意志薄弱の為に長引いてしまう。短期短刻なら被害が少なく済むのにだ。

総大将の旗が振られ。掛け声で味方の船は沿岸へと向かう。舵を沿岸に向けて進むよりも満ち潮に押されてである。ここで与一を頭とした八溝騎馬隊の出番である。敵陣の船は波の流れで西へ流されつつも沿岸に舵を取るもある。源軍を追って沿岸と陸地で本気で戦う武人も兵士もいるのか。そんな事はさせず。先に沿岸に到着した総大将は与一に命を出し。八溝騎馬隊は海に入れと言う。与一は躊躇しない。騎乗馬が何処まで海水に耐えられるかを既に経験しておる。青毛自身も、どの辺りまでの海水に耐えられるかを承知だ。与一は総大将の言葉に「分かり申しました」を大声で言うと海に駆け入る。すると待ってましたとばかりに四十頭が一斉に海に駆け入る。どの馬も海水に躊躇はしない。その間にも敵陣船の数隻が満ち潮に押されて沿岸に向かってくる。与一は、これ以上は接近はさせぬと思いや。一番矢を射ると見事に命中して敵陣兵士の喉を貫通させたのが沿岸に並ぶ味方兵士の目にも見えた。続いて二番矢、三番矢と射ても外れはしない。一射《い》一殺である。与一に合わせて他の八溝騎馬隊も次々に征矢を射る。全部が命中し。誰もが寸刻の間に数本の征矢を射る。その速さは見事だ。何処の兵士も真似は出来ぬ素早さで。梶原兵士と千葉兵士の目前で約五百の平家の兵士を海の藻屑にした。屋島周辺で死亡したのを合わせるとゆうに一千人を超す敵陣の被害だ。総大将も大将も原衛門もこれには満悦である。八溝騎馬隊は腹まで海水に浸かったままで駆けつつ敵陣の船を狙い射る。そのどれもが外れず。敵兵は矢を射る為に船上で立つ。その兵士に次々に命中させては海に落とす。

　更に与一の青毛は、騎乗する者なら誰でも嫌う深みに浸かって行く。沿岸に立つ味方兵士が唖然と見守る中でだ。与一の青毛の脚には水掻きが付いてるのではと誰もが思う海中での行動だ。

　上陸も沿岸への接近も無理と思った敵陣船は満ち潮で沿岸に押されつつも舳先を西に向けたのだ。あの者らの射矢には敵わぬと思ったのだろう。敵陣船は次々と舳先を西に向けて行くのは間違いない。総大将も大将もそれを眺めていると。燃え盛る屋島の陰から。やや大型の帆船が見えてだんだん大きくなる。二本檣《ほばしら》の一本を途中で切断したのだろうか、波に揺れる船と一緒に揺れる柱の天辺《てっぺん》に日の丸を中央に模した扇があるではないか。何かと思う一瞬後に、幼帝が乗る御座船《ござせん》だ。敵陣にすると幼帝の安徳が乗船しているのだから射るなの目印であろうと誰もが思う。御座船だから矢を射るなが戦場で通用する筈はない。幼帝であろうと射るのが戦争である。総大将にも大将にも与一にも幼帝を助けるは微塵もない。与一は狙う。波に揺れる扇の中の日の丸をである。帆船も揺れて柱の天辺の扇もゆれつつ西に流される。海水に馬体の半分が浸かる青毛も揺れて与一も揺れる。与一は更に青毛を深みに移動させ。頃合い思う辺りで鐙に乗せた爪先で胴腹を蹴ると停止した。与一は数本の征矢の中から一本を選ぶと弦に番え。ぐーんと渾身の力を馬手に込め弦を後ろに引き。波間に揺れる御座船の檣の天辺の扇の中心の日の丸を狙う。いや、鏃を一寸だけずらすと。鏃の先に幼帝の顔がある。幼帝を射るべきか、扇の日の丸を射るべきか、与一は一瞬迷う。儂も人の子だ。……深呼吸し、息を止めると射る。征矢は一瞬に飛び。扇の中心の日の丸を貫通して海中に消えた。沿岸に並ぶ誰もが信じられない場面を目撃したのだ。総大将が大声で「与一、見事ぞ。これぞ和国一の弓の名士よな」と大声で称える。並ぶ梶原兵士も千葉兵士も弓弭高《ゆはずだか》（弓を掲《かか》げる）と拍手で称えた。悌二郎が列を抜け出して与一に駆け寄り。「兄者《あにじゃ》……見事な射矢であったぞ。誰にも真似出来ん射矢でござる」馬手《めて》を握りあう。悌二郎の目には涙がある。初めて見せた涙であろう。与一は悌二郎の肩を左手《ゆんで》で軽く叩いて互いを称え合う一時である。離れると何事も無かった顔で沿岸に戻り。何よりも先に青毛の頸筋を撫でて称えると顔を摺り寄せた。味方陣営と敵陣営が目した歴史の一場面でもある。与一を始めとして八溝騎馬隊の誰もが驕《おご》り高ぶりはしない。屋島と周辺での源軍の兵士の戦死は僅かに対し、平家軍は屋島と沿岸で三千人以上の戦死者。負傷も千人以上とされ。屋島を中心に夥《おびただ》しい甍《みまかり》が数日に亘って浮き沈みしたとされる。これで戦が終了したとは誰も考えず。平家はまだ戦いを続ける気で。宗盛が周防と筑豊の間の彦島《ひこしま》に館を構え。幼帝を擁護しつつ再戦の時を待つ噂が総大将に届いた。またまた、平家の輩は幼帝を頂点に国家を築く気なのか。与一は思った。御座船の檣《ほばしら》に掲げた扇を射るでなく。幼帝を射るべきでなかったのか。総大将に、何故に言仁《ときひと》を狙わなかった、と叱咤を覚悟していたがそれには触れない。

与一には幼帝の顔も頭も良く見えた。双方が波間に揺れても一矢で命中する自信はあった。大将に言われ、小船に立てた三尺の柱に鉢巻きを結び。鉢巻きより上を人間の頭と思って射よの命令で何百本もの矢を射て自信あった。なのに幼帝の頭を射るのに躊躇があった。儂にも稚児期はあった。自分の稚児期を思うと幼帝を狙うは出来なかった。幼帝が生き延びても錦の坐に据《す》える事はさせるものかの総大将と大将の思いはある。幼帝の命の預かりは総大将に任せる。

大将が再び、原衛門を含め、与一と共に八溝騎馬隊の手で兵士の弓の命中率を更に上げよの命令が出た。「やや一ケ月の時を与えるから神業《かみわざ》的な征矢を伝授するのだ。次の戦いは更なる海戦になるぞ」で与一と原衛門は猛者と梶原と千葉の応援兵士を引き連れて深山の更なる奥山で弓の命中率を伝授する態勢に入る。

原衛門の日中は総大将命令の通り、応援兵士に弓の命中率向上に尽力すると共に。毎夜ではないが、一人、二人と猛者を連れては山間部を移動しつつ平家陣営を火矢で襲撃を繰り返す。山間部に陣を構え。表向きは平家に与しているぞを見せるも。心の半分は平家に与しないぞの思いの輩が如何に多いかも実感する。原衛門の夜襲だけでなく、梶原景時や千葉胤常の陣営も山間部や沿岸線で平家に与する小諸国との戦いは繰り返されている。

壇ノ浦の戦い

元暦二年（文治一年とも）三月二四日、平家軍と源軍の戦いが開始された。この戦いに頼朝は義経に総大将を任せた。義経に任せた真意は頼朝以外には知る由はない。屋島の合戦で神経を使い過ぎて体調を崩していたとも言われるが想像の域である。平家の総大将は宗盛であるが、海戦の数刻で平家の敗色は兵士の誰にも想像が出来た。兵力の差とやる気との差である。平家総大将の宗盛は源軍総大将の仏心を少なからず期待したのではないかの書物もある。それは幼帝言仁の命までも奪う事はしないだろうの思いからだ。

そんな宗盛の思いとは関係なく、総大将を任され義経は平家兵士に征矢を遠慮なく射よを命じ。数刻の間に壇ノ浦と彦島の周囲には征矢が頭部や腹部に突き刺さった薨《こう》薨《こう》（遺体）が夥しく浮かび。その数は一刻（二時間）と待たぬ間に千を超えた。平家の船隻が多い為に味方同士で衝突し。兵士を乗せたままで沈没も多くある。それでも平家に命を賭した兵士は無我夢中で征矢を射るも、心の落ち着かぬ射手の命中率は下がる。それに対し、源軍は梶原兵士と千葉兵士に、八溝騎馬隊による弓の命中率を上げる特訓をした事で無駄な征矢は無い。百発百中とまではゆかずもそれに近い命中率で平家兵士を悉く粉砕する。それを御座船上で幼帝と共に目にする二位尼《にいのあま》は、言仁に「平家はもう終わりです。言仁様をお守りする事は出来ません」と諭し、数人の女官に三種の神器を抱えて入水させ。それを見届けると。言仁を二位尼自らが抱えて入水する。

平宗盛は源軍に捕縄された事で。計画した長期戦は一日と持たずに戦いが終わった(書によっては総大将の命令で、兵士数百人が海に潜って言仁を探したが発見はされなかったともある。また、三種の神器も、二種は海中から見つかったものの一種は発見されなかった)。平家大将の宗盛は近江《おうみ》で断殺されて平家は滅亡の途を辿り。頼朝は再び総大将となり、源家は隆盛を増して鎌倉に館を建て。開国以来西国ばかりで政《まつりごと》が行われ。天皇までも西国から移ろうとしなかったのに頼朝は、天皇までも身近に置いて牛耳るつもりであったのに、後白河の意見が強く実現には至らなかったのである。

原衛門は、後白河は儂にお任せ下され、とは言うものの警戒が厳しく、原衛門のある時は猪突《ちょとつ》如き。ある時は影者如きでも接近は出来なかった。その後の原衛門は、儂の平家討滅のお手伝いはここまでですな、を言うと。深山の統領を訪れ、山陰に匿《かくま》ってくれた妻子の地に一人旅立つ。その後の冠木原衛門の消息は不明。源軍に追われた平家の輩が、各地に落人として暮らす中で原衛門を記憶してた者の数人の手によって襲撃されたとされる。

平家討滅の大立役《おおたちやく》の与一と悌二郎ら八溝騎馬隊は帰還して城主の資隆を筆頭に家臣が大喜びで迎えたものの良き事は長くは続かなかった。与一と悌二郎は約二年を要してやっと帰還しても途中で不穏な風聞が耳に届いた。出陣時は一六歳の与一。悌二郎は一五歳であったのに。帰還時はそれぞれに歳を重ねて誰が見ても大人の仲間入りの顔貌《がんぼう》である。家臣も城下も百姓も一緒になって二人の無事な姿に涙を流して喜び。与一と悌二郎だけでなく、三十九人の八溝騎馬隊の何人かは傷は負ったものの命を落とす事は無く帰還して資隆と母を喜ばせた。それは原衛門の気配りからである。城主の鳳雛達を無断でお借り申したのだから無傷でお返しするのは当たり前の考えからだ。特に母親は大喜びで与一を抱きしめた。腹違いの悌二郎とて同様である。悌二郎の母親は事情があって不在でも父親は資隆であるのは間違いなく実子同様に育てたからだ。二人の帰還は喜ばしき事でも資隆にも母親にも気掛かりは与一の兄ら九人の今後である。九人の兄は平家に与して戦ったのが因《いん》で追われる身となったのを知らされたからだ。長男の太郎光隆《みつたか》から、行き場がなくて高館城を隠家《かくれや》にしてくれと消息文が届いていたからである。与一も悌二郎も帰還中に聞いていたが、平家に与して屋島と壇ノ浦で戦った兵士は悉《ことごと》く追い続ける噂をだ。源兄弟がそれ程までに敵兵に執着《しゅうじゃく》するとは思わなかったのにだ。光隆兄からの消息文を母親から渡されて与一が読むと次の内容だ。「父上、母上、長らく御無沙汰でございます。由あって高館城を離れて十年近くが過ぎました。父上と母上には不便と不幸を重ね申しましたが、この度は帰還をしたく存じます。大きな戦が二つございまして双方に参戦を致しました。二つの戦いは儂らの九人の親不孝と違って与一の働きは輝かしきものでございました。与一と八溝騎馬隊の働きがあってこそ源軍の勝利と確信を致します。父上も母上もそれを承知でございましょう。だが、儂らは平家に与して参戦した事で追われる身となりました。頼朝と義経は、誰であれ、平家に与した者は地獄まで追い詰めるそうでございます。既に隠家が発覚して殺害されたのは家族を含めて千人に及び。諸藩の兵士は落人になって山間地や谷間に隠れて住んでございます。今更にして泣き言《ごと》を言うなの叱咤を覚悟で父上と母上の高館城に帰りとうございます。どうぞ助けて下され」とである。与一は消息文を丁寧に畳んで母親に返した。敵味方として戦っても戦いは決着した。八溝騎馬隊は頼朝殿にも義経殿にも善き事ばかりであったのに。兄者ら九人は平家に与したからとて追われる言われは無いだろうを言っても聞く耳を持たぬのが二人の大将である。

　与一と悌二郎が帰還した。約一ケ後に兄者ら九人は揃って帰還した。姿から苦労の連続であったと推測する。長兄の光隆の容貌は父を越える齢《よわい》の老け《ふ》形《なり》で相当の労苦があったと想像され。資隆も母も多くを聞かずに九人を迎え入れ。「戦いが終われば敵味方はない。安心して休養なされるがよかろうぞ」で。九人は高館城からやや離れた山間地に庵《いおり》を建てて隠れた活計を続けるも。隠し事や秘事は長くは続かず。誰か告口《つげぐち》をしたのか。与一の兄らが那須の高館城に匿《かくま》われていると知った頼朝は梶原景時に高館城の襲撃を命じた。城主の資隆も与一も悌二郎もこれには驚きである。仮に、頼朝に、兄者らを匿《かくま》っているのを知られたとしても。高館城を襲撃は無いだろうの思いがあったからだ。況して梶原景時に襲撃を命じるは信じられぬ。仮に襲撃を命じるとしても梶原ごときに……。儂ら八溝騎馬隊の屋島と壇ノ浦の働き振りを忘れたはあるまい。悔しい。梶原ごときに。

　高館城は山城で高い地に立ち。西側と北側は那珂川から続く巍巍《ぎぎ》峩々《がが》で梶原軍勢が簡単に登る事は出来ぬ自然な要塞だ。護るのは東側と西側だ。双方を護れば梶原軍勢に襲撃されるは考えられぬ。

源兄弟は、与一が用意した砂金を思う存分に使い。漁師や元締めに、一握りずつ渡した。砂金の一握りは漁師の一ケ月分収入よりも多かった筈だ。それで平家討滅の為の情報を充分過ぎる程に得た。中には軽佻《けいちょう》浮薄《ふはく》らしき出鱈目話もあったが大方は真実を告げてくれた。兄弟して那須の砂金は見事なものよと褒めたではないか。戦いの後に、兄者らが平家に与する諸藩の兵士に加わっていたのを許して下されよの意味で砂金を持参したのではない。軈《やが》ては源兄弟が和国の総大将になるのは間違いない。そうなる為にお手伝いをしただけで。兄者らを許してくれよの思いの砂金ではなかった。

懐の半分ではまさかであったのに梶原軍勢は南東から襲撃した。これは予想の通りだ。併し、梶原軍勢の思い通りには襲撃は進まず。一旦は諦めて蜂須周辺の陣地に戻り、山城を眺めつつ襲撃の手順を練る梶原軍勢。当然に大将は景時である。そして二日の後に再びの襲撃をするが、山城の那須勢が有利で悉く梶原軍勢を懲らしめた。那須勢は弓も征矢も使わず。日頃から準備しておいた大小の石を城の端から落とすだけである。頭より大きな石を落とされては受け止めるは術《すべ》は皆無。兵士の多くは石と共に転げ落ちては頸を折り、腕を折り、足を折っては戦闘不能となって二度目の襲撃にも那須勢は勝利した。これで梶原軍勢は諦めて引き返すかと思えど。そうはならぬ。頼朝は資隆の頭を持ってこいを景時に命じた確証はないものの。資隆の頭を持って帰還すれば大きな恩賞を得られるを想像すると諦めはしないだろう。高館城を襲撃して資隆の頭を鎌倉に持参すれば頼朝からの恩賞は大であろうと期待しての襲撃であろうが、先の屋島と壇ノ浦の八溝騎馬隊の矢の命中率を覚えているなら無理な襲撃もへたな襲撃も出来ないはずである。と思っても諦めないのが梶原景時の懐である。それには一にも二にも大きな恩賞を賜りたいからだ。

三度目の襲撃を予想される薄暮に資隆は覚悟の戦術を使った。蜂須の陣地周辺から見える様にと。山城の土塁端の近くに数頭の馬を曳き出し、桶に入れた白米を兵士に持たれると。馬体に次々にぶち撒き。更に刷毛を手に兵士が馬体を洗う仕草をしたのである。白米を馬体にぶち撒けて洗う仕草は、蜂須の陣地周辺からは、大量の水に見えるのである。そこで景時は思う。山城で水には不足をしていると思っていたのに。城には馬を洗う程にの水が大量にあるんだ。大量の水があっては土塁を登る襲撃は不可能だ。昨夜は大小の石を落とされて襲撃に失敗した。今度は水を大量に落とされては襲撃はできぬ。で三夜連続の襲撃は諦めたも完全な諦めではない。資隆の頭を頼朝にお見せするのが務めだの思いは変わらない。

三夜連続の襲撃は諦めたが数日後には戦略を練って夜襲を決行する。一旦は諦めたに見せ掛けるも絶対に落として遣るの思いは変わらない。そして翌朝、景時は数人の家臣を連れて檜沢周辺まで見廻りに来て周辺の異常に気付いた。周辺の樹木の枝葉に、やや白い粉状態の物が付着すると共に。馬を進める道筋の枯れ草にも粉状の物が塚の状態にこんもりと溜まってるではないか。景時もであるが兵士達も馬の脚を止めて下馬し、指先で塚状態の一角に触れると。それは糠であると確信した。景時は指先に付着した糠を唇に触れ。更に舌で舐めると間違いなく糠である。景時は山頂の高館城を眺めつつ悔しがる。昨夕に目にした。桶で水を馬体にぶち撒けて洗う姿は資隆の策略であったのだ。高館城には大量の水は無いのだ。大量に水があると見せかけたのは白米であったのだ。白米に僅かに含まれる糠で塚が出来る程だから兵糧米には不自由してはないが水はないのだ。資隆めー騙したなー。水が無いなら戦略も策略もあると考えた景時は、誰も考えぬ手段を執《と》った（白米に混ざってた糠は軽い為に風向きで飛び。その糠が一ケ所に積もって塚が出来たとされる地名が糠塚なる小字《こあざ》としてある）。

景時は寒井《さぶい》（現存地名）地区の百姓の鶏《にわとり》を悉《ことごと》く兵士に盗ませ。その鶏を使ったのである。鶏の肛門に藁しべを挿し込み。藁しべに火を点けて山城の土塁を追い立てたのである。時は晩秋で土塁の草は枯れて火を点ければ燃えるのは誰の目にも分かる。肛門の藁しべに火の点いた鶏は肛門周辺が熱いから当然に逃げようとして土塁を登る。逃げようと登ろうと肛門に挿された藁しべの火からは逃げるは出来ない。それでも鶏は鳴き声を発しつつ土塁を登る。多くの鶏は途中で焼け死んで城に登り切るは少なくも土塁の枯れ草に火を点けた事で炎となって上昇して城の周囲の樹木を燃やし。藁しべの火に羽を燃やされつつも数羽は登り切って焼死した。鶏の焼け死ぬ場所が那須勢にとっては不運。火の点いたままの数羽は床下に入った為に土台付近から失火した火は木造の城を忽ち燃やしてしまったのである。土塁の枯れ草から樹木へも延焼して逃げ場を失った家臣や兵士は燃え盛る城内で多くが焼死した。辛うじて城から脱出はしたものの、南東側に梶原勢からの征矢で逃げ切るは出来ずにここでも多くの犠牲者が出た。反対側の西北は巍巍峩々の岩で逃げられる訳は無いと思いつつも、逃げようとする家臣や兵士は手を滑らせて那珂川へ転落して多くが犠牲になる。当時の那珂川の水流は現在の何倍もあり。落ちたら助かるは皆無。その中に城主の資隆が含まれていた。資隆を含めた兵士は鎧兜《よろいかぶと》装着である。鎧兜は重く。忽ち水中に沈んでしまったのである。転落した辺りは淀んで淵であった事から鎧淵として現在も語られる。

梶原景時は高館城が燃え落ちるのを眺めつつ鎌倉へ戻るも。逃げ切った与一の頭部も資隆の頭部も頼朝に持って行くことはなかった。景時は兵を使って与一を探せの命令を出したが発見する事はなかった。一時は与一と味方同士の思いが浮かんで本気になって探すのには躊躇があったのでは無かろうか。

　那珂川に落ちた城主の資隆を探す事も無く。高館城は与一を始めとした十六人の兄弟姉妹は那須を離れる事になり。与一は近くの山寺に籠って陶器を造るも長くは続けず。那須を去り。同時に兄や弟や姉妹も那須から離れてそれぞれの活路を求める。与一は一時は越後方面に行き。僧になったともされるが定かではない。十六人の兄弟姉妹はばらばらになったとされるも団結力は強く。時々は連絡はし合うも一緒の活計はせず。和国の各地でそれぞれの活計を守ったとされる。その兄弟姉妹もいつぞやは屍《しかばね》になるも末裔が引き継がれ。和国の各地に那須なる姓の元となったのではあるまいか。各地に有する那須姓の全てが、与一ら兄弟姉妹の末裔とは限らずも、何らかの関係があるのではと思われる。那須与一の墓碑とされ、幾つも存在するも、筆者が認める与一の墓地は大田原市の福原だけだ。

　与一が原衛門に熱を込めて語った「辰韓と大陸にお禮に行った後は、大陸の更なる端の太陽が沈むとされる大きな井戸を確かめに行くんだ」と。那須を再び、人華の園、にするんだは実現ならず。那須地方は単なる下野国の一角となり。やがて栃木県となるのである。与一の生まれ育った高館城は梶原勢の手によって焼かれてから約八三〇年。城址としては残るものの。曾《か》っては城下であったと想像する辺りは全くにして風情はなく。その周辺を、文字にするのも悲しい気持ちになる。書きたくはないが書いてしまおう。数年後には絶壊《ぜつかい》集落になるであろうと。与一が青毛で城山の端から飛び立って着地したのは確かか不確かかは不明で何故か石の上だ。その石は現存し、僅かに蹄鉄の跡が残るのは那須与一が那須に生きた証であろう。与一は二三歳で歿したとする書と。六三歳で歿したとする書があり。また、前述《ぜんじゅつ》もしたが那須与一は実在せずに物語中の人物とする書もある。

人華の園　那須は独立国だった・終わり

執筆に当たり左記の出版物を参考にさせて頂きました。

※姓氏家系大辞典・角川書店刊。※天皇125代全史・スタンダーズ社刊。
※日本歴史地名大系・平凡社刊。※日本武将列伝・桑山忠親著・秋田書店刊。
※日本郵便の歴史・青冬社刊。※鎌倉開府と源頼朝・安田元久著。教育社刊。
※黒羽町の民話。※馬が動かした日本史・蒲池明弘著・文藝春秋社刊。
※小川町誌。※黒羽町誌。※那須町誌。※栃木県大百科事典・下野新聞社編。
※広辞苑。※大辞林。※那須与一・谷恒生著・河出書房新社刊。
※茨城県大百科事典・茨城新聞社編。※福島県大百科事典・福島民報社編。
※入門中国の歴史・明石書店刊。※中国歴史地図・朴漢済著・平凡社刊。
※ウマ大図鑑・監修・日本ウマ科学会・PHP研究所刊。
※馬の自然誌・JE・チェンバレン・屋代通子（訳）築地書館刊。
※天皇家の歴史・新人物往来社刊。※平清盛と平家のひとびと・井上辰雄著・遊子館刊。
※中国歴史文学事典・新潮社刊。※平清盛と平家四代・河合敦著・講談社刊。
※源平・海の合戦・森本繁著・新人物往来社刊。※大白蓮華・聖教新聞社刊。
※日本史ミステリー・天皇家の謎100・不二龍彦・山下晋司共著・宝島社刊。

※華の弓・那須与一・那須義定著・叢文社

著者プロフィール

益子 勲（ましこ いさお）

千葉県在住。

『戯れの後に。』(2009年、文芸社)、『そんだってよ』(2017年、文芸社)、『へー、そんな事ってあったんだー』(2021年、文芸社)ほか

人華の園 那須は独立国だった

2024年1月15日 初版第1刷発行

著　者　益子 勲
発行者　瓜谷 綱延
発行所　株式会社文芸社
〒160-0022 東京都新宿区新宿1－10－1
電話 03-5369-3060（代表）
03-5369-2299（販売）

印　刷　株式会社文芸社
製本所　株式会社MOTOMURA

ISBN978-4-286-24772-4